講談社文庫

新装版

大逆転！

小説 三菱・第一銀行合併事件

高杉 良

講談社

目次

新装版　大逆転！

——小説　三菱・第一銀行合併事件

第一章　頭取の決断

1

　第一銀行常務取締役の島村道康に頭取の長谷川重三郎から呼び出しがかかったのは、昭和四十三年五月十八日土曜日午前十時過ぎのことである。

　常務以上の役職役員には個室が与えられているが、島村のばあい来客との応接に利用するくらいで、大部屋の常務室で執務していることが多い。その日も、島村は常務室の自席で書類を読んでいた。

「頭取がお呼びです。至急おいでいただきたいそうですが」

「そう。そんなに急な用があったかなあ」

　島村はワイシャツの袖をおろしながら、硬い表情の若い秘書嬢に笑顔を向けた。ひきしまった赭《あか》ら顔だが、笑うと童児のように柔和になる。

五月中旬にしては蒸し暑く、ワイシャツが肌にべとつくほど汗ばんでいる。島村は、椅子に着せてあった背広の袖に腕を通しながら起ち上がった。

頭取室のソファで、新聞をひろげていた長谷川は、

「お忙しいところをお呼びたてして申しわけないね」

と、いつになく愛想よく島村を迎えた。

長谷川はどこか人を寄せつけない冷たい雰囲気を漂わせており、長谷川の周囲はいつもぴりぴりしている。第一銀行の創業者である渋沢栄一を実父に持つ毛並みのよさに加えて秀才のほまれが高く、若いときから第一のプリンスとして君臨し、なるべくして頭取になった長谷川は、銀行家《バンカー》とはまた異なった硬質なイメージを与えずにはおかない。それは、あるいは貴族的ムードといえるものであろうか。

第一銀行で長谷川にはっきりものが言える役員は少ないが、島村はその数少ない一人であった。島村に、若いころ長谷川と一緒に仕事をした気安さがあることと、土佐いごっそうで、思っていることを腹にためておけない気性は生得のものでもあった。その島村でさえも、ときとしてよそよそしさとでもいったものを長谷川に感じることがあった。

茶の用意が終わるまで、長谷川は珍しく世間ばなしをしていたが、秘書嬢が部屋か

ら出て行ったのを見届けてから、話を切り出した。

「三菱と合併したいと考えてるんだが、きみの意見を聞かせてくれませんか」

「…………」

「去年の十一月ごろでしたかね、三菱の田実頭取から一緒にならぬかともちかけられたんですが、あなた、どう思いますか」

「…………」

躰中の汗がスーッと引き、島村の背筋を戦慄が走った。足もとが揺らぎ、ソファごと沈み込んでいくような錯覚にとらわれた。

喉の渇きを覚え、島村は湯呑みを口に運んだ。三菱銀行との合併などあり得べからざることであった。

「賛成いたしかねます」

「合併そのものに反対かね」

「必ずしもそうではありません。私自身は一般論としてもそれぞれ固有の歴史と伝統を持つ銀行が合併しても簡単に融和できるものではないので、合併メリットよりもデメリットのほうが出てきやせんかと心配しているほうです。このことは銀行に限らず、あらゆる企業について言えることではないでしょうか。欧米と異なり、日本独特の風土といいますか、お家意識が強いので、単純な図式で資本の論理が働くような仕組みにはなっていません。過去の合併の事例を引くまでもないと存じますが、名実ともに一体化するまでに相当時間を要し、なかには二つの会社が半永久的に融和せず、合併が逆にマイナスに作用しているケースがないでもありません」

「きみがそれほど古くさい考えの持ち主とは思わなかったな。それじゃ合併そのものに反対ということになるね」

長谷川は口もとに微笑を浮かべて、いかにも余裕たっぷりな態度をとり続けた。

「しかし、銀行再編成を時代が要請し、その流れに抗し切れないとすれば、それもやむを得ないと思います。ただし、合併する相手についてはあとあとに禍根を残さぬよう、あくまでも慎重に選択すべきです。三菱ではいかにも相手が悪過ぎます」

「どうしてかね」

「明らかに吸収合併ではありませんか」

「その点は心配ない」

長谷川は、大きな頭を振って、つづけた。

「田実さんとは、ふたりだけで何度も話してるが、対等合併ということで合意が得られています。きみ、〝ファーストチョイス・イズ・ベスト〟ですよ。いつだったかスイス・コーポレーションの頭取がさかんに強調していたが、私も同感です。あれこれ迷わず、最初の選択こそ最上というのは多くの場合言えることなんです。三菱はまさにファーストチョイスですから、これにまさる相手が出てくるとは思えない」

ずいぶん勝手で乱暴ないいぐさだと思いながらも、島村はそれには触れずに言った。

「三菱では相手が巨大過ぎて呑み込まれてしまいます。勧銀か東銀なら分かりますが……」

「勧銀は、昔の農工銀行じゃないか。それこそ行風が違いすぎますよ。だいいち現在の勧銀の首脳部にそれだけの決心があるとも思えない。東銀は外為銀行で、大蔵省当局の干渉もあり得るのでちょっと無理でしょう。三井は、帝国銀行で経験ずみだが、やはりこれも行風が違う。覆水盆に返らずともいうし……。三和、住友、富士いろいろ考えたが、共通点が少ないように思います」

「しかし、三菱というのはどうにも納得ができません」

島村は、残り少なくなった茶を喉へ流し込んだ。

意見を聞くというよりも、長谷川が腹を固めていて、賛成を強要しようとしていることが分かるだけに、焦躁感が募り、息苦しいほど胸がふさがってくる。

「好むと好まざるとにかかわらず銀行再編成はやらなければならんと思います。第一としても然るべき相手を探さなければならない。この半年の間、私なりに熟慮してきたつもりです。三菱なら、気心も知れている。きみもご存じのように田実さんとは戦前からのつきあいで、おたがい言いたいことが言える仲だ」

長谷川は、眼鏡の奥できらきら光る眼をせいいっぱいなごませて、冗談めかしてつづけた。

「頼みの島村さんに反対されると私も辛い。分かってくださいよ」

「お言葉を返すようですが、第一は戦中、三井銀行と合併し、大変苦労しました。結局、性格の不一致はいかんともしがたく帝国銀行は第一と三井系に分離したではありませんか。三井でさえそうなのですから、力の強い三菱では推して知るべしです。第一と三菱ではあまりにも力が違い過ぎます。三菱に限らず財閥系の銀行との合併は絶対避けるべきだと思います」

「財閥うんぬんより三井とは家風の相違でしょう。それに当時とは環境が違いますよ。第一と三井の合併は時の政府の要請に基づくもので、軍需生産に必要な巨額の資金を供給させ、大銀行を戦争目的に集中させることにあったのだから、もともと木に竹をつぐような不自然な面があった。もっとも私は帝銀時代に第一側が特に割りを食ったとは思わないし、合併メリットもなかったとは言い切れないと思っている。羹《あつもの》に懲りて膾《なます》を吹くようなことを言うとは、島村さんらしくないね」

長谷川は広い額にたてじわを寄せ、島村を鋭く見据えた。

島村は思わず眼を伏せたが、くじけてはならじと懸命に見返した。

昭和十八年から二十三年までの帝銀時代も陽の当たる場所を歩き続けた長谷川には末端の苦労が分からないのだ、と島村は思ったが、さすがに口には出せず、言葉を呑み込んだ。島村は帝銀時代に本店の審査部に籍を置いたことがあり、当時、人事面で三井系にイニシアチブをとられ、まだ中堅社員ながら口惜しい思いをしたことを昨日のことのように憶えている。あんないやな思いは二度としたくない。

島村はいまさらながらそう思った。

「頭取は対等合併といわれますが、ほんとうにそうでしょうか。仮にそうだとしても、それは表向きのことで、実態が吸収合併であることは両行の規模を比べてみるまでもなく明らかです。資本金は三菱の三百六十億円に対して第一は二百四十億円です。預金は三菱の約二兆円に対して第一は一兆四千億円に満たない状態です。支店数は三菱が百八十五、第一は百四十五です。いずれもほぼ三対二の比率になりますが、背後の経済力を考えますと残念ながら彼我《ひが》の力の差はさらに拡大し、三対二どころでは……」

「そんなことはきみに言われなくても分かっている」

長谷川は、甲高い声で遮った。

「第一の経営基盤が弱体だからこそ三菱と合併するんじゃないですか。しかし、吸収されるんではない、あくまで対等だ。小が大を呑み込むことだってあり得ないことではない。いいかね、田実さんと私の信頼関係はきみが考えているほどいい加減なものではありませんよ。これは、ここだけの話にしてもらいたいが、合併銀行の頭取は私がなることで話がついている。田実さんは会長に退くということだ。第一側の役員や従業員が冷やめしを食わされるようなことはありません。ま、私は、人事うんぬんよりも、もっと大きな観点で、判断しているつもりですがね。銀行は大きくて、強くなければいけない。両行が合併すれば日本一はもちろん、世界的にも第五位の大銀行になるんですよ。銀行も国際的な広い視野で考える時代です」

長谷川の眸が輝いている。島村にも三菱を呑まんとする長谷川の気概が分からぬではなかったが、それが長谷川の個人的な野心に過ぎないと思われてならなかった。三菱側には、第一を吸収合併することのメリットは少なくないが、第一にとっては、逆にマイナスになることははっきりしている。吸収されなければならないほど第一の力は衰えてはいないはずだ。そんな必然性はない。

長谷川の気宇壮大な野心を三菱が利用しようとしている、といった思いが島村の頭をよぎった。長谷川が突然、話題を変えて言った。

「島村君、きみも土佐の男でしょう。きみの郷里の先輩の坂本竜馬も薩長連合を考えたじゃないか。きみほどの男が分かってくれんのかね」

「頭取、それは違います……」

島村は間髪を入れずに返した。

「竜馬が考えたことは薩長連合ではありません。薩摩、長州、土佐の三者連合です。銀行の合併も三者連合なら私にも分かります。三菱と第一だけではなしに、ほかの第三者が入ってくれれば、たとえばそれが勧銀であれ大和であれ、第一と力を合わせて三菱に拮抗することもできますが、三菱と第一の二行だけでは人事的にも困難な問題がつきまとうと思います。ともかく私としては、第一が吸収されてしまうような合併には賛成できません」

「ま、そうむきになりなさんな。十日後ぐらいのうちには田実さんに一応の返事をしたいので、それまでもう一度考えてみてください。ともかく私としては島村さんに賛成してもらわなければ困るんですよ。ファーストチョイス・イズ・ベストです。絶対にこれしかない、三菱以外の相手は考えられません」

長谷川は〝きみを頼りにしているよ〟といった思い入れを示すように島村をまっすぐ見つめた。

2

島村は、頭取室を出ると、常務室を素通りして個室へ引き取った。

えらいことになった、と島村は思った。まだ胸が騒いでいる。喉もからからに渇いていた。

島村は電話をとって、

「すまないが、お茶を一杯淹《い》れてくれませんか」

と、秘書嬢に言いつけて、ソファに坐り込んだ。

ほどなく茶を運んできた秘書嬢に、

「お食事はどうなさいますか」

と訊かれて、腕時計に眼を落とすと、十二時を二十分も過ぎていた。いつもなら蕎麦かなにかをたのむところだが、まるで食欲がなかった。

「けっこうです」

「はい。失礼します」

怪訝な顔で秘書嬢が引き下がった。

煎茶を喫んでいて、島村はふとあることが頭をかすめ、ハッと胸を衝かれた。

第一銀行系列と目されていた日東化学、大日本製糖、日本特殊鋼などの経営再建を三菱に求めたケースがここ一、二年目立つことに気づいたのである。すると、会長の井上薫が代表権をもたされなかったことに考えが及び、長谷川頭取が二年前から着々と布石を打っていたのではないかと思えてくる。井上が代表権に固執しなかったとはいえ、考えてみれば、長谷川が井上からバトンタッチされたときに、その点で念を押さなかったのは先輩に対して礼を失している。井上の発言権を最小限にせばめておくために、恬淡《てんたん》としている井上をいいことに敢えて代表権を与えなかったとも考えられる。

考え過ぎだろうか、と島村は懸命に打ち消しにかかりながらも、疑念を払拭することができなかった。事実、井上は常務室のメンバーから除外され経営に口出しすることはなかったのである。

井上が長谷川に頭取の座をあけ渡し、会長に退いたのは二年前の三月十七日のことである。長谷川は五十八歳の若さで第一銀行の頂点に立ったが、この二年間、独裁といっていいほど決定権を行使してきた。

島村の連想はさらに続く。――第一銀行・小樽支店の廃止と、それに伴う三菱銀行・下関支店とのバーター問題も布石の一つと考えられないだろうか。島村は、札幌支店の支店長経験者として北海道の事情に精通していたことと、業務担当常務でもあったので、小樽へ行って支店廃止の説明に出向いたときのことを思い出していた。得意先に頭を下げて了解を求めて廻ったが、つらい三日間であった。

昨年十一月ごろ田実さんから話があったと長谷川は言ったが、長谷川のほうから持ち掛けたと考えるのは穿《うが》ち過ぎだろうか。

田実と長谷川の年齢差は六歳で、長谷川にとって田実は大先輩だが、島村は若いころからの二人の親交ぶりを知っているだけに、合併に向かってまっしぐらに突き進んでいる事態に思いを致さないわけにはいかなかった。


昭和十五年に島村が第一銀行丸の内支店に赴任したとき、長谷川は貸付係長で、島村は次席、十七年に長谷川が支店長代理に昇格したときは、島村は長谷川の後任の貸付係長になった。あのころから長谷川は、丸の内支店には支店長が二人いると言われたほど勢威を誇っていた。当時、丸の内支店は旧東京海上ビルの北側一階にあったが、それと背中合わせの三菱銀行・丸の内支店の支店長代理が田実で、田実は長谷川のところへよく遊びに来ていたものだ。

文武両道に通じた長谷川の英才ぶりを田実は当時から評価し、愛《う》い後輩《やつ》といった心情で眺めつづけてきたのではないだろうか。あるいは、長谷川の才能を愛し、一目置いていたということだろうか。

島村は、長谷川ほど優れた文学的能力と経済的政治的能力とを兼備している人間は珍しいと、日ごろから尊敬措く能わず、心服していた。島村自身、歌を詠み、文学にも通じているだけに、なおさらそれを強く感じていた。渋沢栄一の血筋を最も色濃く引いたのが長谷川と、長谷川の甥に当たる渋沢敬三といえた。

父親の創った銀行が三菱に吸収されて、それでいいのだろうか。——九十五年の歴史を持つ日本最古の名門銀行が消滅していいはずはない。なんとしても翻意させなければならない、なんとしても——。島村は胸をしめつけられる思いで、そうおもい続けた。

帝国銀行の失敗の歴史に、長谷川がなぜ眼を向けてくれないのだろうか。前車の轍を踏むようなことがあってはならない。

第一銀行と三井銀行が合併し、帝国銀行として発足したのは昭和十八年三月二十七日のことだが、両行が合併覚書に調印したのは前年の十二月二十八日であった。昭和十七年五月金融事業整備令が公布され、政府が金融機関の合併等を命じ得ることになったが、こうした背景のもとで結城日本銀行総裁の仲介によって第一と三井の合併下交渉が急進展し、十二月二十一日から二十八日までの短期間に基本的な合意に達した。

すなわち同月二十一日、三井銀行から合併の申し込みを受けた第一銀行の明石頭取は、佐々木副頭取らと相談のうえ、翌二十二日、万代三井銀行会長と会見し、正式に合併交渉を進めることで合意した。二十二、三日の両日、常務重役会に諮《はか》って承認をとりつけ、ついで二十四日佐々木・石井両相談役に了解を求めたところ佐々木は「やむを得ぬ」とこたえ、石井は「ご時世だなあ」と言って、ともに了解したと、第一銀行小史は伝えている。

ちなみに、合併直前の第一、三井両行の預金・貸出・有価証券残高を比較してみると、預金は第一が三十億六千七百万円、三井は二十一億八千九百万円、貸出は第一が十七億七千七百万円、三井が十三億四千八百万円、有価証券は第一が十二億一千万円、三井が八億二千五百万円となっている。預金計数では六対四で第一が三井を上回り、店舗数でも第一の八十三に対して三井は四十六に過ぎない。

しかし、帝国銀行は設立後五年半で、第一銀行と新帝国銀行（現在の三井銀行）に分離されるが、昭和二十三年十月、再建整備完了に伴って新発足した第一銀行の資本金は十億三千万円、預金残高は百五十二億二千七百六十八万円、一方の新帝国銀行はそれぞれ九億五千万円、二百二億五千七百九万円で、新帝国銀行サイドには十五銀行の合併分が含まれているとはいえ、三井側が合併前に比べて優位に立っていることが目を引く。

帝銀分離の理由については、①両行の永年の貴重な経験や立派な伝統は合併後あいまいのまま放置され、事務処理上の統一も失われる状況であった、②両行はそれぞれ特殊な性格を有し、営業方針に一貫性を欠く憾《うら》みがあり、ために取引先にも不安を与えがちであった、③人的関係では年齢層に不均衡があり、かつ有能者の合理的配置が十分行われなかった。この結果、営業活動も非能率的となり、合併当時には業界で圧倒的優位にあった預金計数も低下し、次第にその地位を脅かされるようになった――と同小史に記述されている。二十二年末ごろから銀行内部はもとより取引先にも分離を希望する者が次第に多くなり、二十三年一月上旬には支店長その他役員等からも分離の要望書が提出され、従業員組合でも分離に関する要求決議が行われた。そして総司令部、大蔵省、日本銀行などの了解を得て、分離の原則が内定したのは同年一月中旬のことであった。

昭和二十三年七月、再建第一銀行の第一回支店長会議で荻野頭取は、帝銀時代を回顧して、「一昨年十二月私と酒井副頭取が常務に就任いたしました時、第一回常務会は一日にして決せず二日におよんだような次第で、すでにそのときに銀行経営の理念の相違があったのであります。第一銀行の伝統的経営理念すなわち『業務即道徳』を経営方針たらしめるため……」と述べたというが、このことは第一、三井両行の合併がいかに厳しい結果をもたらしたかを端的に示している。

第一と三井は元来近い関係にあった。というのは、第一銀行は明治六年六月第一国立銀行として創立以来、三井組との関係が深く、創立当時の資本金二百四十四万八百円のうち百万円は三井組の出資によるものであった。明治二十九年、国立銀行の営業満期に至り、株式会社第一銀行として営業継続後は、三井との関係は薄くなるが、それでも大正中期までは三井家から重役が派遣されていたという。第一との合併に三井側がより積極的だったのも、そうした歴史的背景を抜きにしては考えられないが、その第一と三井でさえ、融和することなく合併は失敗に終わったのである。

島村ならずとも、三菱との合併に危機感を持つのもむべなるかなと言えよう。

3

その日の夜、島村は夕餉もそこそこに書斎に閉じこもった。長谷川をして三菱銀行との合併を翻意させる手だてを考えなければならない。

島村は、文机の前に正座し、腕組みして瞑想に耽《ふけ》った。長谷川一人に権力が集中していることを考えるまでもなく所詮牛車に立ち向かう蟷螂《とうろう》の斧と言えなくはないし、長谷川の強大な力を過小評価しているわけでもなかったが、この段階では長谷川の気持ちが変わる可能性は残されていると島村は思っていた。長谷川ほどの男なら分からぬはずはない。島村は、長谷川に傾倒しているだけに、その晩節を汚すようなことがあってはならない、と切実に思うのだ。

当然のことだが表沙汰にできる問題ではないし、常務会限りで処理しなければならないが、副頭取と六人の常務が結束すれば長谷川といえども独走することはできないのではなかろうか。副頭取の峰岸俊雄は一橋（東京商大）の先輩で、小唄の稽古を一緒にやった仲でもあり、お互い気心も知れているが、長谷川の女房役に徹しているだけに、正面切って異論を唱えられるかどうかその立場は微妙であった。清原薫、安田一夫、日下昇、藤田慎二、小沢隆二ら常務室の面々の顔が島村の脳裡に浮かんでは消える。

藤田の顎の張った顔を思い浮かべたところではかなり時間をとられた。藤田こそ長谷川の意中の人ではなかったろうか。後継者として特定し、ひそかに成長を期待していたふしがみられるが、その藤田は肝臓を病んで病床にあった。藤田が健康なら次期頭取として長谷川の後を襲うことは十分考えられるし、第一の逸材として早くから聞こえていた男である。藤田が元気だったら、長谷川が果たして三菱との合併を考えたろうか。後継者難が長谷川の気持ちを三菱との合併に傾斜せしめているのではなかろうか――。島村は思考が逸《そ》れかかり、頭をひと振りしてもとへ戻した。

最近、常務会が常務会として機能しておらず、重要事項のすべてにわたって長谷川が先に結論を出し、常務会が追認するかたちがとられている。それを思うと、はなはだ心もとなかったが、問題が問題であり、ことがらの本質を考えれば、長谷川の独走を常務会が唯々諾々と赦《ゆる》すようなことがあってはならない。いまこそ常務会が結束しなければ第一銀行は消滅してしまうのである。九十五年の歴史を誇る日本最古の銀行が……。

島村は来週早々に長谷川頭取に会って翻意を迫り、常務会で否決へもっていく以外に手だてはないと結論した。そのためには、より明確に反対理由をあげなければならない。島村は、三菱銀行との合併がいかに無謀なものであるかを、思いつくままにノートに書きつけていった。

一、三菱銀行と合併した第百銀行は、今やすっぽり三菱の併呑するところとなっている。重役ではわずかに普川君一人が残るのみではないか。いくら長谷川氏が新銀行の頭取になると言っても、前車の轍を踏まぬと誰が言えようか。

二、コンピューターの血液型の相違（第一はＦＡＣＯＭであり、三菱はＩＢＭである）。

三、古河、川崎系列の問題をどう考えるか。

四、三菱、第一とも日銀借入が多いので合併してもプラスにならない。

五、共通の取引先が多いので、預金の重複減に結びつかないか。

さらに島村は、

一、シュープリーム・コマンダー（最高指揮官）が六十歳代で単独に事を決しようとすると仕損ずることが多い。すなわち人間六十を過ぎるとクラスメートも少なくなるし相談相手がいなくなるので、つい自分の判断だけを頼って一存でものごとを決めてしまいかねず、独りよがりで自分の出した結論に溺れかねない。

一、一万一千人の行員を連れて行くより長谷川氏の令息を逆に三菱銀行から当行へ連れ戻して、帝王学を勉強させることは考えられないか（故明石照男氏のひそみに倣う。明石氏は渋沢栄一子爵の女婿、三菱銀行から第一へ移り、後に第一の頭取になる）。

一、長谷川頭取の言う「坂本竜馬も薩長連合を考えたではないか」は誤りで、薩長土三者連合が本当である。――（坂本竜馬が生きていたら明治史に別の変化が生じていたかも知れない。竜馬は単なる政治家ではなく、これに経済的要素が加わっていたので、もう一人の渋沢青淵〈栄一〉が生まれていたかも知れないのだ。木戸公よりはもっと偉く、経済に関しては井上馨公に近いかも知れない。青淵がパリにあるとき、二十七歳にして既にレオン・ロッシュ、カション、パークス、シーボルト等英仏の策動家の意中を見破っていた。霧の中でどれが道であるか、危い河であるかを既に見透していたのである。小栗上野介と渋沢青淵は同じ幕臣でありながら前者はただ幕府の安全のみを考え、北海道を担保にして仏より六百万ドルを借り入れんとしただけだが、これに対して青淵は更に高所――日本の立場から、たとえ幕府が滅びてもこの案に反対した。偉なりと謂うべし。竜馬もまた同じ）。

などとノートに付記した。

島村は生来、小事にこだわらない屈託のない男だが、この日ばかりはさすがに神経がたかぶり、気持ちが高揚してなかなか寝つかれなかった。

4

翌週の月曜日、出勤早々、島村は秘書室を通じて、長谷川に面会を求めたが、時間がないと断わられた。

島村に出張の予定があったことや、会議がかさなって両者がゆっくり顔を合わせたのは金曜日の午後であった。

「どうです。まだ反対ですか」

長谷川は、硬い表情の島村の気持ちをほぐすように笑いかけてきたが、

「はい」

という島村の返事に、さっと顔色を変えた。長谷川にしてみれば、島村が反対論に固執しているなどとは夢にも考えていなかった。権力者の俺にたてつくはずがない、必ず折れてくるとタカをくくっていたのである。

「それは困ったね。何度も言うようだが、決して三菱に吸収されるわけではない。き

みはすこし被害者意識が強過ぎるよ」

長谷川は高飛車な言い方をして、島村を睨《ね》めつけた。

「しかし、当行に比べて三菱の力が強過ぎることは頭取もお認めになるでしょう。現に、昭和十八年に三菱と合併した第百銀行は、いまやすっぽり三菱銀行の併呑するところとなっており、重役で残っているのは、一橋で私の二年後輩だった普川君ただ一人です。確かに頭取の力がお強いことは分かりますが、仮に形式は対等合併だとしても実態が吸収であることはだれの眼にも明らかではありませんか。組織とは元来そういうものです。対等合併というのは詭弁であり、言葉のもてあそびに過ぎないように思います」

「…………」

長谷川はいかにも不愉快だというように、ぐいと顎を突き出して、天井を見上げている。

「いかがでしょう。一万一千人の行員を連れて三菱に吸収されるよりも、明石氏の故知に倣って三菱銀行におられる頭取のご子息を当行へ連れ戻して、私が責任をもって皇太子教育をさせていただいてもいいと思うのですが……」

島村は長谷川をして翻意させたい一心で、メモを見ながらそんなことまで持ち出したが、長谷川はさすがに苦笑を浮かべた。

「きみのご厚意には感謝するが、いまはそんな時代ではないからね。遠慮させてもらいますよ」

「失礼なことを申しました。おゆるしください」

島村も素直に撤回したが、ひるむことなく合併反対論を展開した。島村は決して立板に水のなめらかな話しぶりではない。むしろ慎重に言葉を選び、間合いを取ってゆっくりしゃべるほうだが、その島村がものに憑かれたように滔々《とうとう》と弁じたてている。

コンピューターの血液型のこと、古河、川崎系列の問題、日銀借入金の多いこと、預金の重複減のこと、島村は懸命に論じた。

長谷川は、島村が湯呑みに手を伸ばした隙を衝くように強引に引き取った。

「合併に反対するきみの気持ちはわからぬではないが、きみがどう考えようと対等合併であり、田実さんにもその点は何度も念を押して確認している。きみはどうも誤解というか先入観にとらわれ過ぎているよ。合併する相手が弱体では駄目だ。三菱だからこそ、メリットがあるんじゃないか。もっと大きな観点に立ってくれないか。日本の金融界でリーダーシップをとる程度の小さな考え方じゃなく、銀行も国際化、世界化に対応していかなければならない。朝日銀行との合併は失敗だった。協和などとの合併などは問題にならんよ」

「朝日との合併が失敗とは思いませんが」

「これも見解の相違か」

長谷川は、いちいちつっかかってくる島村をもてあましたのか、皮肉っぽく言った。

朝日銀行は、第一銀行の信託部門、第一信託銀行を前身とし、三十七年十二月に中央信託銀行設立に協力して信託部門を中央信託に譲渡し、朝日銀行と改称、東京都中心の中小企業金融を使命として発展してきた。同行は資本金十五億円、預金六百九十億円余の地方銀行中の中位に位置していたが、開放経済に対応して金融界も体制強化を迫られていたこと、重複している設備等管理費用の節減が図られることなどの合理化効果が期待できるとの判断から井上の頭取時代に第一がこれを吸収合併した。

長谷川にしてみれば、朝日銀行など吹けば飛ぶような中小銀行を相手にしても始まらない、あくまで相手は三菱でなければならないと言いたかったのであろう。

と同時に、このことは間接的に井上を批判していることにもなる。朝日銀行の吸収合併は、井上が打った手だが、開放経済に対応してなどと大層なキャッチフレーズのわりには、あまりに相手が弱小であり過ぎたし、信託部門を放棄したことなどのデメリットがないでもない。「朝日の吸収は合併などと言えたしろものではなく、金融再編成の範疇にも入らない。むしろマイナスであった」と、長谷川が厳しい評価をくだしていたことは事実である。

米国バンク・オブ・アメリカ、同チェース・マンハッタン・バンク、同ファースト・ナショナル・シティ・バンク・オブ・ニューヨーク、英国バークレイズ・バンクに次ぐ世界第五位の預金高を誇る三菱・第一銀行を誕生させることが長谷川の夢であった。いや、その夢は実現しつつある。しかし、島村に反対されるとは……。それは初めから計算にはなかった。だからこそ長谷川は余計むかっ腹だった。

「いずれにしてもこれほど重要な問題なのですから常務会の場で厳密に論議すべきです」

「まだそんな段階ではないし、きみに指図されるおぼえもないよ」

「シュープリーム・コマンダーが六十歳代で単独に事を決しようとしますと、仕損じることがままあるものです」

「きみ、妙なことを言うね。とにかく決定権は私にあるんだ」

長谷川は険しい表情で、語気鋭く言った。

島村は〝ファーストチョイス・イズ・ベスト〟に対するせめてもの皮肉のつもりで

言ったのだが、さすがに長谷川の癇にさわったようだ。

「ついでに言っておくが、私には個人的な野心などはない。ただきみとちがって、より大きな視野に立って、ものごとを見ているだけだ」

「なんと言われましても、私には納得できません」

「考え方の相違だから仕方がないな。私としては、きみの理解が得られると信じてたんだがね。きみが考えを改めてくれるのを待っているよ。この問題は、しばらくきみと私かぎりにしてほしい。他言は一切禁じる」

長谷川は冷たく言い放って、つとソファから起った。

島村は背筋にひんやりしたものを感じながらも、自分のほうから翻意する気にはなれなかったし、まだ諦めてはならない、と懸命に自分に言いきかせた。

「野心はない」と長谷川は強調したが、それは却って、野心のあることを裏書きしているように島村には思えてくる。

長谷川の甥にあたる渋沢敬三は、第一銀行の副頭取から請われて日銀副総裁に転出し、その後日銀総裁、大蔵大臣への道を辿ったが、長谷川は心中ひそかに渋沢敬三と同じコースを歩みたいと希っているのではないか――。

長谷川は欧米の大銀行であるバンク・オブ・アメリカ、ファースト・ナショナル・

シティ・バンク・オブ・ニューヨーク、スイス・コーポレーションなどを訪問したとき、全国銀行協会の会長として手厚いもてなしを受けたが、銀行は大きくなければならないと、しきりに強調しはじめたのは、この一、二年のことである。

全銀協の会長職は輪番制で、長谷川の任期は来年四月までだが、全銀協会長を経て世界第五位の新銀行の頭取に就任し、そして日銀総裁、蔵相の椅子を狙っていないと誰が言えるだろうか、と島村は考える。しかし、そう思うそばから長谷川ほどの男が私利私欲、名誉欲だけで、三菱との合併に走るだろうかとそれを打ち消したい気持ちが湧いてくるのも事実であった。

島村は、常務室の自席に戻ったが、しばらく書類に眼を通す気にもなれず、ぼんやりしていた。長谷川はかつてバンク・オブ・イングランドを訪問し、帰国後、その時の感想を漢詩に託して見せてくれたことがあるが、その七言絶句をなんの脈絡もなしに不意に島村は思い出した。

礼装厳然門扉閉
紡糸老女今何処
総裁静憂英帝国

暮色漸深倫敦市

この漢詩をみせながら長谷川は、イングランド銀行の守衛の服装が厳然としていたこと、時の総裁ブラウン氏がコットンインダストリーを回顧し、英国の将来を憂えてしみじみと語ってくれたさまを島村に話してくれたものである。

大英帝国の衰亡と倫敦《ロンドン》の夕景を結びつけた味わいのある末尾に、島村は感動したが、みずみずしい感受性と情感を持った長谷川がなぜ、三菱との合併に反対する俺の気持ちを理解してくれないのだろう。それとも、長谷川なりの大きなロマンが合併に託されているのだろうか。だからといって、第一銀行が三菱銀行に吸収され、併合されれ、消滅していいという法はないと島村は思う。

5

島村はまたしても悶々たる一夜を明かさなければならなかった。

長谷川が三菱との合併問題について胸中を吐露したのは、島村を腹心として信頼していたからこそといえる。それが島村にも痛いほどよく分かるだけに、島村の悩みは深い。

長谷川に弓を引くことは人間としての道に背くことになるのだろうか。忠臣に徹することが人間として採るべき道なのであろうか。

長谷川に対して、百パーセント、ロイヤリティを尽くすことが正しい道なのか。そうあればありたい。そうできれば、これほど悩む必要はない。なぜなら、長谷川に従うことが島村にとって最も安穏な道だからだ。

最後の最後まで反対の立場を貫き通せるかどうか、不安がないと言えば嘘になる。

三菱銀行に入っていたら、こんな悩みに苦しむこともなかったろう。人間はその立場立場によってこうも生き方、考え方が変わるものなのか——。島村はいくらか弱気になっている自分に気づいていた。そうでなければ、遠い昔のことに思いをめぐらすわけはない——。

島村は、昭和十年三月に東京商大を卒業したが、その前年の秋、如水会・土佐会のメンバーで三菱合資の総務理事であった江口定條から、三菱銀行で採用したい、との意向を内々受けていた。形式的に入社試験は受けるが、小坂善太郎と島村道康の二人は三菱銀行への就職がはやばやと内定していたのである。

ところがその直後、やはり郷里の先輩で当時、渋沢栄一の秘書をしていた白石喜太郎に第一銀行への入行を強く誘われたのである。

島村は、ある朝、白石に同道して第一銀行の本店で明石頭取を紹介された。眼もとが涼やかで鼻筋の通った、一見貴公子然とした明石照男と対面して、島村は緊張したが、明石は実に気さくな男で、話していて気持ちがうちとけ、たのしかった。

明石は帰りがけに、わざわざエレベーターの前まで島村を見送り、「風邪をひかないように気をつけてください」と、いたわるように言葉をかけて、島村を感激させた。

島村が三菱銀行を振って、第一銀行に就職する腹を決めたのは、明石の人柄に魅了されたせいかも知れない。あのとき、白石の呼びかけを断わって、明石に面会していなければ、いまごろどうなっていたろう、と島村は三十年以上も昔のことを懐かしく思い起こす。

三菱といえば、祖母の歌子のことを連想せずにはいられない。歌子は島村の祖父、恒三郎矩道に十六歳で嫁いできたが、矩道の若いころ、島村の生家でもある久万《くま》の家に坂本竜馬、中岡慎太郎、岩崎弥太郎などがよく出入りしていたという。島村の幼少のころ、「土佐の志士が久万の家に往来していた時分の話」を祖母からいく度となく聞かされたが、岩崎弥太郎の品の悪さには辟易したと繰り返し語ったところをみると、歌子は弥太郎によほど悪印象を持っていたとみえる。弥太郎は酔うと徳利をひっくり返し、矩道のいちばん大切にしている中庭に向けて、縁側から放尿をしたり、歌子の手を握ったり、いろいろわるさをしたそうだが、歌子が矩道に弥太郎のことを批難すると、矩道は「あの男はいまに大を成す男だよ」と言ってとりあわなかったという。その反面、歌子は、坂本竜馬を第一人者と評し、女の眼にも竜馬の偉大さが素直に映っていたようだが、後年、島村が竜馬に私淑するようになったのも祖母の影響を受けてのことと思われる。

逆に三菱財閥の祖、岩崎弥太郎に対する反感が幼児のころから知らず知らずの間に植えつけられ、それが島村をして三菱銀行への入行を避け、合併に拒絶反応を示した精神的な背景を成しているととれないこともない。

ノックの音がしているが、島村には聞こえない。ひかえめな音が少し強くなり、

「失礼しますよ」

妻の美治子が顔を出した。

美治子は、夫の様子にただならぬものを感じていた。そとづらもうちづらもよいほうで、いつも笑顔を絶やさない島村が、このところ、うかぬ顔で考え込んでいること

が多い。

島村は、家では酒はほとんど飲まない。たしなむという表現も当たらないほど猪口一杯の酒で顔を真赤に染めてしまう。そのかわり健啖家で、夜の予定がないときは必ず前もって美治子に伝え、可能な限り夕餉に家族全員が顔をそろえるように、とりはからわせる。

ちなみに、長男の道明は大学の四年生、長女の文子は大学一年生、次女の美代子は高校二年生で、島村家は五人家族である。

島村は、家庭料理をゆっくり時間をかけて賞味する。「うまい」「おいしい」を連発するので、作るほうも張り合いがある。

そんな島村が食事もあまり進まず、美治子が子供たちを動員して、腕によりをかけてこしらえた料理を機械的に口に運んでいるだけだ。会社でなにかあったとは察しがつくが、仕事の話を家でするようなことはまったくないので、美治子はひとり気を揉んでいた。

「十二時を過ぎましたが、まだお仕事ですか」

「もうそんな時間か。いや、そろそろ寝るが、先にやすんでけっこうだよ」

「そうもいきませんわ。お茶を淹れましょうか」

「すまんがお願いする。紅茶にしてもらおうか」

「はい」

島村は、紅茶にブランデーをひと滴《たらし》してスプーンでかきまぜた。こうすれば眠れるだろうと考えたのである。しかし、期待した睡魔は襲ってはこなかった。

島村は、祖父、祖母についで父民衛、長兄矩康のことがしきりに思い出された。

民衛は、十八代島村家の当主で、日露役に従い、のち満州開発、朝鮮開発に尽くすが、三男の島村道康に「世間の事は皆因縁による、よく人を導き培へば後には善果必ず至る、離れる如きも必ず会ふ、道は遠きに似て近し世の務心うべし」と教訓を垂《た》れ、「自分個人の事は考へてはならない、大は国家、または自分の所属する企業に身を挺して尽くせ、仲間のために働け、これが島村家の家訓である」と教え、訓した。

長兄の矩康は、陸軍大学を首席で卒業、恩賜軍刀を賜わり、大本営参謀兼連合艦隊参謀であったが、昭和二十年一月十五日バイヤス湾上空、機上で戦死、陸軍少将を賜わる。

歴史家であり文豪でもある徳富蘇峰の手になる島村家の家系図によると、島村家は歴史上の大戦、元弘の役から関ケ原、維新、日露、日独、大東亜戦争のいずれにも従軍しており、公のために尽くし、畳の上でない戦死者が多い。

島村は長兄、矩康のことを考えながら、いつでも死地に赴く決心は若いときからできていたはずではないか、と自分に言いきかせた。

第一銀行のために、自分は捨て石になってもいいではないか、身を挺して尽くそう、長谷川頭取の翻意を最後まで促し、三菱との合併を断念させることが俺の使命ではないか——そう心に誓った。そのときの心境を島村は「亡き父の訓へに我は導かれ、重き使命に出で立ち往かん」と歌に託している。島村は心がやすらかになり、いつしか深い眠りについていた。

6

翌週の月曜日、島村は出勤早々、頭取室に顔を出した。秘書を通じて長谷川の都合を聞くのが順序だが、そんなまだるっこいことはしていられない心境で、いきなり頭取室のドアをノックしていた。

長谷川は一瞬、咎めるように顔をしかめたが、島村が三菱との合併問題で折れてきたとでも取ったのか、すぐに表情をやわらげて、席を立ってソファに島村を導いた。

「島村君、私の考え方が分かってくれましたか」

「いいえ。私としては頭取のほうこそ、三菱との合併を諦めてくださるものと信じています……」

思い詰めたような硬い表情で島村は、

「合併の相手は、ほかにいくらでもあると思います。常務会で筋道たてた検討をお願いします」

と、一気に言った。

「きみ、まだそんなことを言ってるのか。いい加減にしたまえ」

長谷川は血相を変えて言った。

そんな長谷川を、島村はほとんど睨みつけるように凝視した。眼と眼が激しくぶつかり合い火花が散ったが、ふたりはしばらく無言で睨み合っていた。

「きみがこれほど分からず屋だとは思わなかった。私は見損っていたようだ。しかし、残念だがいつまでもきみにかまけてもいられない。見切り発車させてもらうよ。きみには合併してからも、一働きも二働きもしてもらいたかったが、仕方がないね」

「頭取が私のような者に眼をかけてくださったことには感謝の言葉もありませんが、第一銀行のため、そして頭取ご自身のためにも三菱との合併には賛成することはできません」

「もう分かった」

長谷川は吐き捨てるように言って、手を振った。おまえの顔など見るのもいやだ、といった感情が露骨に出ている。

「私は、頭取から釘を刺されてますから、本件についてはもちろん口外しておりませんが、頭取から、ぜひ井上会長、酒井相談役のご意見を聞いていただきたいと思います。その上で、常務会に諮って……」

「余計なことは言わんでもいい。井上さんや酒井さんのようにリタイアした人の指図をいちいち受けなければいかんのかね。判断は私がする」

ひきつった癇走った声で長谷川は言って、ソファから腰を上げた。

「お待ちください……」

島村はなおも食い下がった。

「きみ、しつこいぞ」

長谷川は、すさまじい形相で浴びせかけ、島村に背を向けて、ソファから離れて行った。

長谷川は、島村が頭取室から出て行ったあと、デスクに頬杖をついて貧乏揺すりを始めた。いらだっていた。

シュープリーム・コマンダーが六十歳代で単独に事を決しようとすると仕損じる、などと言わせておけばいい気になって……。長谷川の表情はますます険しく尖っていく。

島村は取締役札幌支店長、同名古屋支店長、常務取締役大阪支店長などを歴任したが、いずれも支店の業績拡大に手腕を発揮してきた。業務担当常務として抜擢したのもそのためで、長谷川はかねがね島村に眼をかけていただけに、裏切られたという思いが強い。

もっとスケールの巨《おお》きい人物だと思っていたのに、吸収合併に固執するなど近視眼的であり、かつ低次元ではないか、見下げ果てた奴だ、と長谷川は思う。

いまや、島村は、長谷川にとって獅子身中の虫であった。このまま放置すれば、蟻の一穴になりかねない。ここは強く出なければならぬ、と長谷川は腹を決めた。

長谷川はその日のうちに峰岸副頭取、清原、安田、日下、小沢の各常務をつぎつぎに頭取室に呼びつけ、三菱との合併について、なみなみならぬ決意のほどを披瀝した。

脚が竦み、腰が抜けてしまうほどの衝撃を受けながらも、誰一人として反対論を展開するものはいなかった。それほど長谷川は気魄を込め、不退転の決意で臨み、一人一人を膝詰め談判で説得したのだが、髪ふり乱して賛同を迫る長谷川に対して、意見をさしはさむことなど望むほうが無理であったかも知れない。

長谷川は、どうやら島村を孤立させることに成功したもののようであった。「島村君だけがどうにも分かってくれないが、この際少数意見は無視させてもらうことにするよ」と長谷川は賛成をとりつけたあとで、峰岸や、清原にうちあけた。

7

その夜、赤坂の料亭Nに長谷川は峰岸、清原、安田の三人を伴って飲みに出かけた。いわば、固めの杯を交わしたい心境であったとみてとれる。顔ぶれの中に、島村の顔がないことは、長谷川にとっていかにも残念でならなかったが、いまさら愚痴を言っても始まらない。しかし、長谷川は島村のことが頭から離れなかった。

長谷川は強い酒で、いくら飲んでも乱れることはないが、この夜はアルコールのめぐりが早く、しかもいつになく饒舌だった。

「島村の頭の硬さには私もほとほとあきれたよ。私があれだけ口を酸っぱくして言いきかせてるのに分かろうとしない。世界観がちがうといってしまえばそれまでだが、小さな自分の世界に閉じこもってしまって、そこから脱け出そうとしない」

「吸収合併に、なんであれほどこだわるのかね。この私が対等合併だと言ってるんだよ。もっとも私に言わせれば吸収だろうと対等だろうと、かまいやしない。どっちだっていいと思ってる。極端な言い方をすれば、国家社会のためなら第一に限らず銀行の一つや二つ潰れてもいいとさえ思ってるよ、九十五年の歴史がなんだっていうんだ」

「ファーストチョイス・イズ・ベストだよ」

「経済大国などといわれながら、トップの富士が世界でやっと二十位前後をうろついているようじゃどうにもならん。世界第五位の銀行が日本にできると考えただけで、夢がふくらんでくるじゃないか。国際化の波に銀行だけが乗れずに、旧態依然としていいわけがないよ」

「田実さんと私が力を合わせれば、その力は二倍にも三倍にも強くなる」

「大蔵省、日銀のバックアップが得られることも間違いない」

長谷川は、三人の側近を相手に、飲むほどに酔うほどに独りで喋りまくった。峰岸も清原も安田も、もっぱら聞き役で相槌を打つだけだ。

長谷川が銀行の一つや二つ潰れてもいい、と口をすべらせたときは、さすがに三人とも白けた顔になったが、もちろん反論を唱える者はいなかった。

「島村をなんとか処分しなければならんと思うが……」

長谷川が若干、舌をもつれさせながら言った。すかさず安田が、

「泣いて馬謖《ばしょく》を切る、ということですね」

と応じ、三人が顔を見合わせた。

「そこまではどうでしょうか。たしかに閣内不統一はいけませんですが、もうすこし時間をかけて話してみたいと思ってるんですが……」

峰岸のもったりした調子が煩わしいのか、長谷川は仏頂面で、

「あの石頭には何度話しても通じやせんよ」

と、いまいましそうに言った。

ウイスキーグラスを持つ、華奢な白い手がふるえている。

「きみがそれほど言うんなら、一度ぐらいきみから話してもらってもいいだろう。しかし、無駄だろうね」

「頭取の新銀行に賭ける考え方はよく分かります。国際化に対応して、スケール・メリットが問われる時代ですからね。この計画を推進するためには、やはりマイナスの要因は排除すべきですよ。不協和音は取り除かれてしかるべきです」

安田がちゃらちゃらした調子で、長谷川のご機嫌をとりむすぶように言った。

手酌で黙々と日本酒を飲んでいた清原が、「副頭取が島村に一度話してみるといってるんですから、とにかくその結果をみてからでも遅くないでしょう」と、とりなした。

八時過ぎにきれいどころが繰り出して、座がにぎやかになった。

長谷川がお気に入りの馴染みの芸者を呼び寄せて、

「きみ、例の唄をやれよ」

と、催促したのは九時近かった。

〝長谷川重三がダイヤなら、○○××道の砂利よホイホイ〟と流行歌の替え唄を当時長谷川は興が乗るとよく芸者に歌わせて、悦に入っていた。
○○××に、一高、東大の長谷川の同期で花の七年組の二人の名が挿入されている。茶目っけといえば茶目っけだし、座興ととれないこともない。とりたてて目くじらを立てるほどのことはないともいえるが、人によっては傲岸不遜な長谷川の思いあがりと受けとめる向きもあり、このへんは評価の分かれるところだ。
長谷川はその夜、赤坂の料亭Nから田園調布の自宅へ直行せず、クルマを銀座へ向かわせた。銀座のバーやクラブなどへはめったに顔を出さないが、Nの女将の妹が銀座に店を出したという案内状を貰っていることを思い出し、立ち寄ってみる気になったのである。

その女将の妹の名は富美江といい、年は三十四、五と若くはないが、ふっくらした優しい顔立ちとふつりあいに気の強そうなところが長谷川の気持ちを引いたもののようだ。

長谷川ほどの男だから女にもてないわけはない。ソシアル・ステータスも高く、男前ときていれば、まわりが放っておかない。女将に「どなたかよい女《かた》をお世話しましょうか」とさそわれたり、赤坂や柳橋の芸者からあからさまに言い寄られたことも一再ならずあるが、長谷川はいつも静かに微笑んでいるだけで、握手以上のことをしたことがなかった。

「よっぽど奥さまが懼《こわ》いのか、惚れているかのどっちかね」などと陰口をたたかれているが、実際、女の手を握るぐらいがせいぜいだったから、次第に女たちから敬遠され、けむたがられるようになっていた。

清潔といえば清潔だが、臆病ととれないこともない。いずれにしても女性に対して極度にテレ屋であったことはたしかで、話すときも相手をまっすぐ見ずに、伏眼がちにぼそぼそした話し方である。

そんな長谷川が、富美江に魅かれるものがあったとすれば、いつだったかNでの宴席に富美江が挨拶に顔を出したとき、なにかの弾みで富美江が「ダンプの運転手になりたい」と言ったことが印象に残っていたからだ。

当時、富美江はオースチンを乗りまわしていたが「高い運転席からあたりを睥睨《へいげい》して、そこのけそこのけで、あれだけまわりのクルマを蹴散らすように運転できたら、どんなにいい気持ちでしょう。実際うらやましいったらないわ」といった意味のことを長谷川に話した。おもしろい女だと長谷川は思った。話してみると、けっこう本も読んでいて、話題も豊富である。

「日本文学では、どんな作品が好きなの」

「別に系統だてて読んでるわけではありませんけど、芥川は比較的読んでるほうだと思います」

「ほーお、芥川ねえ、それなら中島敦はどう」

「読んでませんわ」

「僕に言わせれば、作品は少ないが中島敦のほうが断然上だと思う。手始めに『山月記』というごく短いものがあるから読んでみたまえ。筑摩書房から全集が出ているが、全三巻だから、全部読んでもひと月とはかからないよ。まさに完成された芸術品だ。人によっては漢学の素養があり過ぎてそれが邪魔しているという人もいるが、そんなことはない。みがきぬかれた、完璧な文体で、人の心を打たずにはおかない作品ばかりだ。三十四歳の若さで死んでしまったが、まったく惜しい。僕とは高等学校も大学も同じだし、年は中島君のほうが一つ下だが、同じ世代にこんな傑物がいるとは実際驚異でもあり、嬉しくもあった。もっと生かしておきたかったな」

長谷川はめずらしく口早に一気に言ったが、話しているうちに、興奮しているのか眼に光が帯びる。

長谷川が富美江とそんな話をしたのは三月《みつき》ほど以前のことだが、富美江からもたらされたクラブの案内状に、「中島敦全集、やっと読み終えました。長谷川さまがご傾倒されるのはもっともだと思いました」と添え書きされていたことも、長谷川の気持ちを銀座へ向かわせたようだ。

長谷川が、銀座七丁目にある開店間もないそのクラブにあらわれたとき、酔いはすっかり冷め、微醺も帯びていなかった。

ビルの一階にゆったりしたスペースをとり、落ち着いた雰囲気もよかったが、店内の壁の油絵に眼を奪われた。

「野口弥太郎じゃないか、これは素晴らしい」

長谷川は、挨拶もそこそこに三十号ほどの風景画に見入っている。

「マルセイユだね。この海の色がなんとも言えないじゃないか。実によい色だ」

「この画家はサウスポーでね……」

長谷川は、左手を振ってそんなことを言い、なおあかずに絵を眺めていたが、漸く傍の富美江の存在に気づいたように、

「やあ」

「ようこそおいでくださいました」

二人はあらためて挨拶を交わした。

長谷川は、きょう一日の嫌なことをすべて忘れ、すっかり機嫌を直して、富美江と意気投合し、中島敦の作品論をひとくさり論じたりした。

8

島村が、長谷川が常務室の面々に合併問題の話を持ち出したことを察知して、自宅療養中の藤田を除く四常務と個別に接触しはじめたのは七月に入ってからである。

清原薫は、昭和九年の東大経済学部の出身で、経理、人事部門を担当している筆頭

常務だが、頭の切れる男で通っていた。深慮遠謀型で、口数は多いほうではないが、その確かな判断力は行内でも定評があったはずなのに、島村の説得に対して終始煮え切らない態度をとりつづけた。

「このままでは第一はジリ貧でしょう。いずれどこかと合併しなければならないとすれば、その相手は弱小よりも強大なほうがいいかも知れませんね。三菱なら相手にとって不足はないということなんでしょう。島村常務のおっしゃることもよく分かりますが、頭取の方針がはっきりしてますからねえ」

「三菱銀行との合併が吸収合併とは考えませんか」

「力の差は認めざるを得ないけれど、仮にも第一は都銀で六位の大銀行ですし、私は長谷川頭取の力量というか経営手腕を信じる以外にないような気がしています。三菱の田実頭取が合併新銀行の頭取を長谷川さんにまかせると言ってるくらいですからね。田実さんでさえ長谷川さんに一目も二目も置いているところに、賭けてみたいような気がするんですが……」

「つまり、あなたは三菱銀行との合併に賛成ということですね」

島村はじれったそうにたたみかけた。

清原は切なげに表情をしかめた。

「賛成というより、長谷川頭取に従わざるを得ないんじゃないですか。反対したところで始まらないと思います」

「長谷川頭取の力はたしかに強い。しかし、常務会が常務会として機能していないところに問題があるんです。清原さんほどの方が初めからサジを投げてしまうなんて、おかしいですよ。第一銀行で三十年以上も禄を食《は》んできた者として、第一が消滅してしまうことを黙って眺めているんですか」

「そこまで思い詰めなくたって……」

清原は、これ以上島村と議論しても仕方がないというように、煙草を喫い始めた。

安田一夫にいたっては、問題にならないといった態度をあらわに示した。しかし、島村としてはともかく当たるだけは当たってみようと考えて、アプローチを試みたのである。

「大将がいったんこうと方針を出したら、それに従《つ》いて行かねば仕方がないと思います」

「それが非常にアブノーマルでリスキーなことでもですか」

「そう、見解の相違ですね。私はアブノーマルと思わんし、リスキーとも考えませんが」

「三菱銀行に吸収されるとは考えないのですか」

「ほんとに吸収されるんですか。対等合併と思ってましたけど」

どこまで本気なのか、そらとぼけてるのか、これでは議論が嚙み合うはずがなかった。

「上御一人に逆らったところでどうにもならんでしょう。そろそろ潮時なんじゃなかろうか。いつまでも意地を張らずに、旗を巻いたらどうですか」

「私が意地で反対してると思ってるんですか」

島村は話しているのが莫迦莫迦しくなってきた。

日下昇は、苦渋に満ちた顔で、

「サラリーマン重役の立場なんて、実に憐れなもんですよ」

と、しぼりだすような声で言った。

このひとことに日下の思いのすべてが集約されているといえた。

内心はどうあれ、長谷川頭取に反対するなんて思いもよらないというのが日下の意見で、小沢隆二も日下と五十歩百歩であった。

四人とも長谷川の絶大な権力の前におびえているとしかとりようがなかった。保身のためには、それもやむを得ないのだろうか。だとすれば、俺の行動は蛮勇に過ぎないのであろうか。

だが、島村は決して諦めなかった。細く険しい道だが、まだ絶望することはない、一縷《いちる》の望みはあるはずだ。目的地に到達できるかどうかはなはだ心もとないが、ひたすら歩み続けなければならないと決意を新たにしていた。

六月中旬の暑い日の夕方、島村は常務室で峰岸副頭取からの電話を受けた。もちまえのゆったりした口調で所用で外出先からだと断わって峰岸はつづけた。

「今晩、なにか予定がありますか」

「いいえ」

「でしたら、二、三曲レパートリーをふやしたので聴いてもらえませんか。島村さんとも久しぶりですし……」

「けっこうですね。聴かせていただきます」

「それじゃ、六時半に柳橋の××でお待ちしてます」

「ありがとうございます」

峰岸とは気心の知れた仲だが、かれの立場を考えて島村は合併問題で接触するのを敬遠していた。

しかし、一度は意見を交わしたいと思っていたところだったので、峰岸のほうから声をかけてきてくれたことは、島村にとって願ってもないことといえた。

峰岸のことだから、秘書室で島村に今晩予定が入っていないことを確かめた上での電話であろう。行き届いた男であり、話の分かる先輩でもあった。

島村が六時半にクルマを料亭に着けたとき、峰岸はすでに背広を脱ぎネクタイを外した、くつろいだ恰好で待ち受けていた。

「こんな恰好でお先に失礼してます。島村さんなら、裃《かみしも》脱いで気楽につきあってもらえるから、肩が凝らなくっていいですよ」

「私のほうこそ、副頭取にご馳走していただくのも久方ぶりなんで、さっきからそわそわしてたんです」

「へたな小唄を聴いてもらうんだから、このぐらいはしようがないでしょう」

軽口をたたきながら、ふたりはテーブルに向かい合った。

ビールで喉をうるおし、料理が並びはじめたところで、峰岸がくだけた口調を変えずに言った。

「島村さん、閣内不統一というのもいただけないから、なんとか気持ちを変えてもらえませんか」

「その前に副頭取のご意見をぜひ聞かせてください。小唄もさることながらそれを楽しみにきたんですから」

「個人的な意見はさしひかえさせてもらったほうがよろしかろうと思いますよ。ここまできたら常務会が意思統一をはかって、一致団結し、できるだけよい条件を相手から引き出すことじゃないでしょうか」

「ここまできたらとおっしゃいましたが、もうそんな段階なんでしょうか。株主、取引先、それに先輩の方々の意向さえも聞いていない段階ですから、ここまでというのはどうも」

島村はさすがに顔をこわばらせて言った。

峰岸は、バツが悪そうにテレ笑いを浮かべながら仲居の酌を受けている。

人払いなどと大仰なことはしないかわりに、ふたりとも固有名詞を省略して、話しているので、仲居にはなんの話だかちんぷんかんぷんで、いかにも所在なげに、酒と料理に気を配っているだけだ。

「副頭取のお立場は分かりますが、これは非常に危険きわまりないことだと思います」

「あなたはいっこくなところがあるから、ちょっと心配してたんですが、意地を張って引っこみがつかないということはないでしょうね」

まじめな顔でそう言われて、島村は苦笑した。

「そんな莫迦なことはありませんよ。頭取のほうこそ、意地を張ってるんじゃないかと思ってるくらいです」

「そうですか。すると、どうあっても島村さんのお気持ちは変わりませんね」

「ええ。だいいち変えようがないではありませんか。私は莫迦者だから、はっきりものを言ってしまいますが、副頭取を含めて、みんなが当行の行く末を心配してるような気がしてなりません。もし、そういうことなら、いまからでもみんなで結束すれば、それこそ頭取の気持ちを変えさせることができるんじゃないでしょうか」

島村の熱っぽい口調に、今度は峰岸のほうが苦笑を洩らす番だった。

しばらく沈黙が流れたあとで、峰岸が慨嘆するように言った。

「弱りました。ほんとうに弱りました」

「これぱかりは仕方がありません。大義のために私は反対しているのだと確信しています」

「あした頭取と顔を合わせるのが辛いですよ」

峰岸はいかにも切なそうに肩を落とし、腕組みをして考え込んでいる。

「頭取をして思いとどまらせることが、われわれ役員の責務ではないでしょうか。一万一千人の行員のためにも、そうするのがとるべき道だと私は思っています」

「そう嵩《かさ》にかかって責めなさんな。もうかんべんしてください」

峰岸はさかんに手を振って、悲鳴に近い声を出した。

久方ぶりに峰岸の小唄を聴いたが、島村は索漠たる思いであった。

9

故意にそうしているのか、長谷川は常務会に合併問題を持ち出すことはしなかった。島村は、長谷川がいつ口火を切るのか、じりじりする思いで待っていたが、そんな気配はなく、ひょっとして翻意したのだろうかと首をかしげたくなることさえある。常務室にはなにかこうしらじらとしたちぐはぐなムードが漂い、島村は疎外されているとまでは思わなかったが、他の面々から煙たがられていることを意識しないわけにはいかなかった。

合併問題は、ことがらの性質上もともとおもてだって議論できる問題ではないが、常務室でもタブーとされ、誰も口の端に乗せることはなかったし、触れたくない、というのが各常務に共通した思いではなかったろうか。

長谷川は峰岸副頭取、清原、安田の両常務を参謀格に据えて、ほとんど連日、連夜にわたって、合併に向けて作戦を練っていた。その意味では、島村は明らかに疎外されていたことになる。

島村は、業務担当常務として全国に散在する百四十五の支店を統轄していたので、日常業務が忙しくて、長谷川や峰岸の動静をいつも注視しているわけにもいかなかったが、常務会で長谷川は第一銀行の経営内容が悪化していることをしきりに強調しはじめた。それを受けて峰岸副頭取が部長会などで、長谷川の話を増幅して説明しはじめたのは六月の下旬になってからだ。地ならしが始まったな、と島村は思った。

第一銀行の内容は、このまま放置しておけば悪くなる一方であると言うが、言外に早くどこかと一緒にならなければと匂わせていることは見え見えで、島村には第一の経営内容がそんなに悪いとは思えない。

それどころか、健全な経営状態と言ってもいっこうにさしつかえないように思える。

初めに三菱ありきで、その理由づけに危機感を煽っているに過ぎないと島村はとった。

六月下旬のある日、島村は常務会で、発言を求め新支店の開設問題について説明し、承認を迫ったことがあった。

「二子玉川が新興住宅地として発展すると予想されますので、支店を開設したいと思いますが、いかがでしょうか」

「きみ、何を莫迦なことを言ってるんだ。それ以上の問題があるじゃないか」

長谷川が色をなして声高にこたえたが、島村は臆せず、

「それ以上の問題ってなんですか」

と反問した。

長谷川は空々しい質問をするなと言わんばかりに、ぷいと顔をそむけた。

「三菱との合併問題のことでしたら、まだ常務会で論議されてませんが、私は反対です」

「きみはまだそんなことを言ってるのかね。きみだけだよ。いい加減にしてほしいね」

「三菱との合併に反対しているのが私一人だけとは到底信じられませんが……」

島村は皮肉っぽく言って、あたりを見廻したが、誰からも意見は出なかった。取って付けたように書類のページをめくっている者、眼鏡を外したり、かけたりしている

者、わけもなく頬をさすっている者、いずれも落ち着かない風情だが、腹の中はどうあれ、長谷川に楯突いてまで島村に助け舟を出せる勇気のある役員は一人もいなかったのである。

「頭取、合併問題はひとまず措くとして、あの地域は将来必ず伸びると思います。なんとか支店を開設する方向でご検討いただけないでしょうか」

島村はねばったが、長谷川は取り合わなかった。

島村が思い余って、会長の井上に合併問題で相談したのは、その日の常務会の直後のことである。

九十五年の歴史を持つ日本最古の銀行にふさわしく、ずっしりと量感を湛えた五階建ての荘重な本店ビルの三階が役員関係のフロアである。昭和五年に落成したその第一銀行・本店ビルは、三階まで吹き抜けになっている関係で、ぐるりと廊下をめぐらしたコの字形のフロアの同じ並びに会長室と島村の部屋は位置していた。島村が沈み切った面持ちで会長室にあらわれると、

「さあどうぞ。どうしました。元気がないみたいですね」

井上はソファを奨めながらデスクの前を離れて、島村のほうに腰をおろした。

「会長は、三菱との件で頭取からなにか聞いてませんか」

「どういうことですか」

「三菱銀行と合併するという話です」

「あなた、まさか」

井上の端整な顔が激しく歪んだ。文字どおり青天の霹靂《へきれき》、驚天動地といった受けとめ方であり、それが初耳であることを井上の表情はあますところなく伝えている。

「ほんとうです。実は、私が初めて頭取からこの話を聞かされたのは一ヵ月以上も前のことですが、頭取の決意は固く、田実頭取との間に一定の合意ができているようです。私に意見を聞かせてほしいと申されたので、即座に反対しました。しかし、常務会のメンバーで私以外に反対している者はいないようです。常務会限りということでオフレコの扱いになっていますが、いまやそうも言ってられません。ともかく会長のお耳に入れるべきだと思いまして……」

「…………」

「大変なことになったというのが実感です」

「長谷川君が本気で三菱との合併を考えているとしたら、まさしく大変なことです。相手が勧銀なら分かるが、三菱ではねえ。力が違い過ぎる。誰が見ても吸収合併であることは歴然としています」

「私も同感です。頭取にその旨を何度も申し上げたのですが、対等合併の一点張りです」

「対等でありうるわけがない。そんなことは長谷川君だって分かってますよ」

「合併後の新銀行の頭取は長谷川さんがなられるそうです」

「そこまで話が進んでるんですか。長谷川君が頭取ねえ。そこまで田実さんが譲歩しているとなると、三菱が第一を吸収したがってることを逆に示しているように思えますね。長谷川君が気持ちを動かすのも分かるが、ここはよく考えなければ……」

「長谷川頭取は、自分が合併銀行の頭取になるんだから心配はない、吸収され、併呑されるようなことはないといってますが、どんなに長谷川頭取が立派でも個人の力量には限りがあります。三菱の力を過小評価することはできません」

「帝銀で懲りてるはずなのに、同じ過ちを犯すなんて、まったくおろかなことです」

「おっしゃるとおりです。会長は、分離問題が燃えさかった二十二年の末ごろはたしか調査部長で、その急先鋒でしたね」

「あのころはお互い若かったからね」

井上はそぞろ往時をしのんで、遠くを見るような眼をして言った。島村も緊張がほぐれ、微笑を誘われた。

井上と島村はしばしば苦労した帝銀時代に思いを馳せていたが、

「会長には、あのときのエネルギーをもう一度出していただかなければなりませんね」

島村が改った口調で言うと、

「いや、もうそんな元気はありませんよ。君たち常務クラスの人たちが頑張らなければいけません」

と、井上も表情をひきしめてこたえた。

「ところが、常務会は頭取のワンマン体制で、チェック機能はゼロというていたらくです。会長に乗り出していただかなければ……」

「困ったことになったねえ。三菱グループで手薄なのは金融、製鉄、アルミ、コンピューターなどの部門です。ですから、まず第一を掌中に入れ、第一の力を動員して川崎製鉄、日本軽金属、富士通信機をとりこもうという算段じゃないかな」

「いずれにせよ、なんとしても三菱との合併を阻止しなければなりませんね。大変危険なことです。頭取は、田実さんに一応返事をしたようですし、いまさら後には引けないといった姿勢です。それにしても会長に相談もせずに、ご自分一人の判断で事を決しようとしているのでしょうか」

「長谷川君は、私など歯牙にもかけてませんよ。しかし、そのうち諒承してほしいぐらいのことはいってくるでしょう」

「会長のほうから、三菱との合併には反対だと頭取に伝えていただけませんか」

「考えておきましょう」

島村がひんぱんに会長室に出入りするようになるのはそのころからである。

しかし、井上は動かなかった。長谷川から正式に相談を持ちかけられるなり、諒承を求められない以上、動ける立場にないこともあったし、まだ時間的余裕があると踏んでいたことにもよるが、井上がしびれを切らし、長谷川と対決しようと何度も思いながらも、踏みとどまったのは、内部に亀裂が生じていることをおくびにも出してはならないと思っていたからにほかならない。

「会長、そろそろ頭取と話してみていただけませんか。長谷川頭取に意見を言えるのはいまや会長以外にありませんよ」

「もちろん時期がきたら話すが、いくら長谷川君でも私を最後の最後まで蚊帳《かや》の外に置くことはないでしょう」

「しかし、強力なエンジンをつけたバスは発車しようとしているんですよ。発車してからでは遅くはありませんか」

「実は、私も内心いらいらしているんです、長谷川君独りで決められる問題でもありませんからね。株主や取引先の諒承もとりつけなければならないし、ＯＢを無視することもできないはずでしょう。ま、折りをみて酒井相談役には私から話しておきます。それより、常務クラスで反対しているのが島村さんだけとは情けないじゃないですか」

「しかし、口には出せなくても悩んでいる人は多いんじゃないでしょうか」

島村が深い吐息をついて言うと、井上もつられたようにため息を洩らした。

「難しい問題だから、迂闊な真似はできんが、ほんとうに三菱に吸収されていいと思っているのだろうか。私からも常務諸君の意見をきいてみたいくらいですよ」

「長谷川さんほどの方がどうして、こんな危険なことを考えるんでしょうか」

「策士策におぼれるというところかな。三菱を呑まんとする意気は壮としなければならんのかも知れないが、島村さんも言うように力がまるで違いますからね。第三者からみたら明らかに逆で、呑まれているとしか思えないでしょうね」

「初めに合併ありき、ということなら分かります。井上会長も勧銀なら分かるとおっしゃったが、頭取のばあい、初めに三菱ありきなんですから、どうにもなりません」

「世界の第五位銀行の頭取の座は、やはり魅力があるんだろうか」

二人は会長室で憮然とした顔を突き合わせながら、しばしばそんな話をした。

島村は、ある日、峰岸から昼食を誘われた。例によって、峰岸はゆったりした口調で、

「あなたが井上会長の部屋にひんぱんに出入りしていることを頭取がえらく気にしているようですよ」

と、ざる蕎麦をこねくりながら言った。

「会長室へ行ってはいけませんか」

島村は、むっとして返した。

峰岸は具合悪そうに蕎麦をすすりあげ、ゆっくり咀嚼《そしやく》し、嚥下して、コップの水を喉に流し込んでから、おもむろに言った。

「島村常務が合併に反対してるだけに、やはり神経をさか撫でされてるような気になるんでしょう」

「頭取はそのことで何か言ってるんですか」

「ええ。私に注意するように……」

「会長室へ行ってはならんということですね」

「そういうことです」

「頭取の言いつけとあらば、なるべく従うようにしますが、長谷川頭取ともあろう方が、ずいぶんつまらんことを言うものですね。副頭取も大変ですな」

島村は気色ばんで、そんなことをいちいち取りもつ峰岸に皮肉を浴びせたが、峰岸は、

「あなたが反対なのは、仕方がないが、なるべく静かにしていたほうがよろしいと思いますよ」

と、きびしい表情で警告した。

「それはどういう意味ですか」

「ま、ここは忍の一字ですよ」

峰岸はぎこちない笑いを浮かべたが、それ以上は話さなかった。

第二章　たった一人の反乱

1

夏の休暇をとって、家族連れで、箱根、仙石原の第一銀行寮で静養していた島村に、秘書室から電話が入ったのは八月二十一日の午後で、二十二日九時から役員会を開き、重要事項を決めたいので出社してほしいとの峰岸副頭取の意向が伝えられた。

島村は二十二日の朝七時に仙石原の品の木寮を出て、ハイヤーで小田原駅に向かい、七時三十七分小田原駅発の新幹線で八時十分に東京駅に着いた。東京駅構内の食堂で朝食をとり、駅の売店でネクタイを買い求めて、九時二十分前に丸の内の本店に出社した。

役員会の直前に、島村は副頭取室に呼ばれた。

峰岸は伏眼がちに、いかにも言いにくそうに切り出した。

「頭取から辛い役目をおおせつかって、きのうから気が重くてかなわんのですよ」

「なにごとですか。きょうまで、休暇をもらってたのですが、重要事項を決めたいという連絡をいただいたので、押っ取り刀で駆けつけてきたんですが」

「申しわけない。実は、島村さんに東亜ペイントへ行っていただきたいということなんです。もちろん頭取の強い意向です」

「要するに、馘《くび》ということですね」

精悍な島村の赭ら顔が翳った。さすがにショックは隠せなかった。

「詳しいことは安田常務から聞いてくださいませんか」

峰岸はまっすぐ島村をとらえることができず、視線をさまよわせている。

「いやだと言える性質のものではないし、分かりましたと申しあげるほかに返事のしようがないと思います。しかし、長谷川頭取もずいぶんエキセントリックな方ですね。十日ほど前の常務会では、合併問題について議論もせずに、唐突に合併実現までは常務を変更しない、このままの体制でいきたいと宣言してましたが、やはり私が眼ざわりだということなんでしょうね」

躰中の血液が沸きたち、それを制御し切れず、語尾がふるえている。

「おっしゃるとおり、私もびっくりしてるんです。人間の気持ちは揺れ動くものですし、変わりやすいものですがねえ」

峰岸は、やっと島村のほうに視線を戻した。

峰岸のびっくりしたという言い方には二重の意味が込められていることを、島村は知る由もなかった。

一つは、その常務会の席上、長谷川が現体制を変更しないと言ったことに対して、二つには昨日、突如、島村を更迭したい、と言い出したことに対してである。すなわち、長谷川の〝島村処分〟に関する方針が二転三転していることに驚かされ、首をかしげたくもなるのだが、それを知っているのは峰岸、清原、安田の三人だけということになる。

「それじゃ役員会が始まりますから、これで……」

峰岸は腕時計を見ながら、ソファから腰を浮かせて言った。

島村は役員会終了後、安田の部屋を訪ねた。安田は緊張しているせいか、切り口上に言った。

「副頭取から聞いてくれましたか」

「詳しいことはあなたから伺えということですから」

「ま、仕方がないですね。島村さんが翻意してくれることを私としてもひそかに期待してたんですが」

「それは無理です。節を曲げることはできません」

島村は凜然とした態度で言った。

「しかし、常務会として方針が出された以上は、それに従うのが民主主義のルールというものでしょう。不協和音は排除しなければならないとする頭取の意向も分かるような気がしますがね」

安田が鼻白んで皮肉っぽく返すと、島村は憤然として声を荒らげた。

「常務会の方針とおっしゃるが、合併問題については常務会できちっとした論議さえされてないんですよ。たった一人の判断で三菱との合併を強引に実現しようとしている。それが民主主義のルールをふまえているとは到底思えません」

「ま、本題に入りましょう」

安田は、はぐらかすように言って、メモを見ながら事務的な口調でつづけた。

「東亜ペイントの株主総会は十月下旬ですから、それまでは常務室にいらして結構です。もちろん、東亜ペイントへの転出後も当行の非常勤役員として残ってもらいますが、東亜ペイントでは専務ということでお願いします。給料は××万円で、ダウンしますが、ほかのひとたちに比べれば、はるかに優遇されてると思います」

「…………」

「ご存じのように、あの会社は古河鉱業の子会社ということになってますが、古河鉱業の楢原社長から長谷川頭取に人材不足なので誰か適当な人を欲しいとかねてから要請がきていたようです。島村さんに白羽の矢が立ったということで、そう悪い話でもないんですよ」

おもねるような安田のもの言いに島村は一層、はらわたの煮えくりかえる思いだった。こんなイエスマンの茶坊主ばかりに取り巻かれているから、頭取の判断もおかしくなってしまうのだと、胸の中で悪態の一つもつきたくなってくる。

資本金二百四十億円の一流銀行の代表権を持つ常務から、資本金十億円の二流企業の専務への転出は、明らかに左遷である。

島村は、長谷川のやり方に腹が立って仕方がなかった。

島村はその足で、会長室へ回った。ことここに至ったら、遠慮することはない。頭取や他の常務の眼を気にしたり、気がねすることもあるまい、と島村はひらきなおる心境になっていた。

「きみ、夏休みじゃなかったの……」

ノックの音と同時に、島村があらわれたので井上はきょとんとした顔で、島村を見上げた。

「とうとう、これになりました」

島村が首筋に手刀をくれながら、ソファに腰をおろすと、井上は眼を剝いて、

「まさか」

と短く言った。

「東亜ペイントの専務だそうです。いま、安田常務から馘を申し渡されたところですが、長谷川頭取にとって私の存在はやはりどうにも我慢ならんでしょうから、仕方がないですよ」

島村はことさらにくだけた語調で言った。

「長谷川君もそこまでやるとは……」

井上は驚愕からなかなか回復し切れず、顔面は蒼白にひきつれたままだ。

「いや、私が頭取の立場ならやはりそうしたかも知れませんよ。一人で叛旗をひるがえしている私を八裂きにしたい気持ちになるのは当然ですよ」

島村はさばさばした態度で、逆に井上をなぐさめたが、井上は「ひどい、ひどい」を連発していた。

「古河鉱業の楢原社長から貰いがかかったそうです。楢原社長が私を特定してきたと

は思えませんが、長谷川頭取が渡りに舟と飛びついたということでしょう」

「しかし、古河鉱業の専務ならまだ分かるが、東亜ペイントですから、これはきみ、露骨な左遷じゃないですか。しかも本社は大阪で、大阪勤めでしょう」

「仕方ないですよ。甘受する以外にありません。めしが食えるだけめっけものと考えなければ」

「…………」

「それにしても、会長のほうにまだ話はありませんか」

「見事に無視されてますよ」

「私が初めて合併の話を聞いてから三ヵ月以上経ってますが……」

「しかし、いくらなんでも、もうそろそろ何か言ってくるでしょう」

「十月まで常務室に席を置いてよろしいとのご託宣ですが、きょう限りで事実上、常務職を解任されたわけですから、私の発言権は剝奪されたも同然です。つまり、常務会は一致して、三菱との合併を推進できる体制になったということになると思います」

「しかし、ほんとうにそうですか。長谷川君に正面切って反対できなくても、内心は悩んでいる人もいるでしょう。そうでなければおかしいですよ」

「私も初めはそう思ってましたが、積極的賛成か消極的賛成かはともかくとして、みんな長谷川頭取になびいていると思います。特に私が鹹を切られたとなると、怖くてなにも言えなくなるんじゃないですか。取締役、部長、支店長クラスにまで話が伝わっているかどうか分かりませんが、たとえもやもやしたものがあるにしても、これで反対論の擡頭《たいとう》は封じることができる、おそらく長谷川頭取はそこまで読んで、私の鹹を切ったと思います」

「たしかにそれは考えられますね。しかし、この中途半端な時期に常務の異動を行えば、そのよってたつ背景なりが、早晩行内に知れわたってしまうでしょう。ということは長谷川君は、いよいよ本腰を入れて、三菱との合併推進体制を敷くつもりでしょうかね」

「そう思います。そろそろ会長の出番だと考えますが、どうでしょうか」

「しかしねえ、私が大株主や主要な取引先のトップにそれとなくさぐりを入れた限りでは、反応はゼロなんですよ。つまり、まだ長谷川君は対外工作をやってないわけです。いくら長谷川君が偉大でも、株主、取引先とのコンセンサスなしに、ことを進めることはできないでしょう。そこのところがどうにも私には分からない。私が動いていいものやら、悪いものやら迷うところなんですよ」

井上なりに苦慮していることが理解でき、島村は頭の下がる思いがした。

「うるさい私を排除したのですから、常務会は具体的に動き出すと思います。それからでも遅くないかも知れませんね」

「待ちついでに、もうちょっと待ってみますよ。酒井相談役には耳打ちしておいたほうがいいとも考えてますが」

酒井相談役とは、昭和二十六年三月から三十七年五月、井上にそのポストを譲るまで第一銀行の頭取をしていた酒井杏之助のことである。

長谷川が三菱銀行との合併問題で井上に承認方を求めてくるのは時間の問題であろうが、代表権をもたない会長が反対したくらいで、長谷川が態度を変えるとは考えられない。常務会を完全に掌握し、合併推進体制が敷かれてしまった現在、十中八九、この合併は実現すると見なさなければならないのであろうか——。島村は、東亜ペイントに出されることで弱気になっているのだろうかと、自分の気持ちを鼓舞しながらも、やはり勝ち目のない闘いではないか、と思わざるを得なかった。井上としても加速度をつけて疾駆しはじめたクルマを止められるかどうか懐疑的になっていたのではあるまいか。

後年、島村は豊臣秀吉が明智光秀を討つべく備中の高松から単騎馬をひるがえして京都に向かった〝山崎の合戦〟になぞらえて「井上さんも私も勝てるとは毛頭思っていなかった。それが夢中で頑張っているうちに味方の軍勢が増えていき、ちょうど、山崎の合戦で光秀を倒して決定打となったようなものだ」と述懐している。

2

長谷川が第一銀行の常務会に対して、三菱銀行との合併内容について具体的に検討するよう指示したのは九月に入ってからだ。

島村が思い余って、病床にふせっている藤田常務を見舞いがてら訪問し、意見をきいたのもこのころである。藤田は、当時自宅療養中であった。

島村が果物籠を携えて大久保の藤田家を訪問したのは、九月初旬の日曜日の昼下がりであった。ガーゼのハンカチが汗でぐっしょり濡れるほど残暑が厳しかったことを島村は憶えている。藤田は審査畑を歩き、島村同様順調に昇進を続け、当時審査担当常務であったが、肝臓を病んで、長期欠勤を余儀なくされていた。

十一年の東大出身で、入行は島村より一年後だが、宿痾《しゅくあ》で倒れるまでは、長谷川の後継者と目されていたほど行内で幅広い支持勢力を持ち、人望も厚く、強い性格だが、けれんみはなく、第一の逸材として内外で人気を集めていた。その藤田は往年の精気は見る影もなく、青白い顔は痛々しいほどやつれていた。

藤田は床から抜け出し、客間で島村を迎え、夫人が冷たいビールでもてなしてくれたが、島村は合併問題を切り出しにくくて、

「案外元気そうなので安心しました」

と、型どおり藤田を元気づけて、退散する気になっていた。

「折角来ていただいたのですから、もうすこし話をしてってくださいよ。退屈でどうにも時間をもてあましてたところなんですから」

藤田は、ひきとめたあと、島村の胸中を察しているのか、自分のほうから話し始めた。

「島村さんがご苦労なさっていることは聞いています」

「たいした苦労はしてませんが、頭取の逆鱗《げきりん》に触れて、馘になりました」

「…………」

藤田は一層、表情を翳らせたが、黙っているところをみると、島村の転出を知っているようであった。

「私が元気なら、島村さんと行動を共にしたいと思います。長谷川頭取の考え方も一

つの行き方ではあるでしょうが、それが最善の選択とは思えません。フィロソフィの相違といってしまえばそれまでですが、合併の相手が三菱で、吸収合併となれば、賛成できないのは当たり前じゃないですか」

島村は、思わず口もとをゆるめた。藤田もきれいな笑顔をみせた。

「藤田常務がそういう考え方をしてくれていたので、私も元気が出てきました」

「長谷川頭取から電話がありました。こんなていたらくですから意見を述べられる立場にはありませんと申しあげたんですが、敢えて意見を求められれば、賛成致しかねるとしか申しあげられないと答えておきました。頭取は、きみが病気で休んでくれて助かったとか冗談を言ってましたよ」

「そうですか。あなたが元気だったら……」

島村はなにやら胸が熱くなった。

「さあ、どうでしょうか。長谷川さんの馬力は強いですからね」

藤田は、島村にビールをすすめながら、話をすすめた。

「病気で、先がないからこんなことがいえるのかも知れませんしね。元気だったら、島村さんのような行動がとれたかどうか疑問ですよ。サラリーマン根性が身に染みついてますから、馘を覚悟で、命がけで三菱との合併に反対できたかどうか。僕にも自信がありません。人間なんて弱いものですからね。案外、島村さんに対して逆に翻意を迫っていたかも知れませんよ」

「まさか、あなたは私とちがって力があるから長谷川頭取の暴走を抑えられたんじゃないかな。先がないなどと妙なことを言わんでくださいよ」

島村は無理に笑顔をつくろうとしたが、しみじみとした藤田の話に胸をしめつけられて、顔がこわばっていた。

「人間、誰しも自分のことは見えないものですよ。私もいままで会社のために脇目もふらず馬車馬みたいに働いてきたつもりですが、こうして病気になってみると、来し方行く末について多少考えることができますし、自分を距離を置いて眺めることもできるような気がします。島村さんが三菱銀行との合併に反対されていると聞いたときは、その精神力の強さに感動しました。到底、僕には真似のできないことですよ」

「私ももちろんそれなりに悩みました。長谷川頭取に従いて行くことがまっとうな生き方なのではないか、と考えてもみましたが、やはり第一を残すことに微力を尽くすことが正しい生き方だと考えざるを得ないのです。仮に長谷川頭取のいうように三菱との合併が対等合併だとしても、そうなったらなったで、今度はバランス人事に固執し、精力を人事問題に注ぐことになりますから、企業としての活力を損いかねません。こういうことをいいますと、頭取はもっと大きな観点に立てといって嗤《わら》いますが、現実はとかくそういうことになりがちで、いくつかの合併の事例がそれを証明しているように思えます。頭取の高邁な識見、高い理想も分からぬでもないのですが、理想は理想に過ぎないように思われてなりません」

「おっしゃること、よく分かりますよ」

「藤田常務が常務室にいてくれたら、局面は変わっていたかも知れない。私は莫迦まる出しで蛮勇を揮うほうだが、おっしゃるとおり、人間は弱いものだから、峰岸さんにしても、ほかの常務連中にしても、本音は別のところにあるのに、それが表に出せないのではないか、そんな気がして仕方がありません。藤田常務と二人がかりなら、長谷川さんの勢いを押しとどめることができたかも知れませんよ」

島村は、頼みの藤田が病いに倒れ、後継者難が長谷川の気持ちを三菱との合併に向かわせたのではないか、とのかつての感慨が胸中をよぎったが、言葉には出さなかった。

「井上会長は、三菱との合併問題をどう受けとめてるんでしょうか」

「もちろん大反対です。ただ、長谷川頭取から相談がないものですから、立場上、まだ静観しているだけで、いずれ起ち上がってくださると思います」

「そうですか、そうすると逆転も不可能ではありませんね。とにかく、島村さん、最後の最後まで諦めずに頑張ってください」

「ありがとう。あなたに会えて、私もなんだか勇気が湧いてきました。早く元気になって、会社へ出てきてください」

島村は事実、藤田と話して心がすっきり洗われたような気がしていた。クーラーがほどよくきいて、躰の汗が引き、うっとうしさからも解放され、島村はゆったりした気分になっていた。

客室から、狭いが手入れの行き届いた庭が眺められる。ふと眼をやると、赤い可憐なコスモスの花がかすかにそよいでいた。

東亜ペイントへ転出した後も、挫けずに初志貫徹しなければならない、と思いつづけながら、島村は藤田家を辞した。

3

八月二十二日以来、島村は長谷川とろくに口をきいていなかった。顔を合わせれば、黙礼を交わすぐらいはするが、長谷川のほうも気まずい思いをしているのか、むすっと押し黙っているし、島村は島村で、長谷川の顔を見るのもいやだったから、ありていに言えば廊下などで会っても顔をそむけたいくらいだった。

特に、島村は、古河鉱業の楢原社長を挨拶で訪問した後は、長谷川に対していままで以上に割り切れない気持ちが増幅されていた。

楢原は、ざっくばらんな性格なのか、

「島村さんほどの大物を中位企業に迎えるのも不本意なんですが、長谷川さんにかきくどかれましてね。やむなくお引き受けしました。第一銀行にはいろいろお世話になってますからね」

と、歯に衣きせず、島村が招かれざる客で長谷川に押しつけられたことを、面と向かって言ってのけた。

島村が長谷川に対して憎しみに近い感情をいだいたのは、このときが初めてである。

しかし、その長谷川も気がさしたとみえて、九月下旬のある夜、送別会の真似ごとだと称して峰岸、清原、安田らとともに赤坂で一席設けてくれた。

長谷川は、

「ま、一杯受けてください」

と、杯をさし出し、手ずから銚子をかたむけながら、

「島村君、永い間ご苦労さまでした。きみとは丸の内支店時代から一緒に仕事をしてきた仲だから、こんなことで辞めてもらうのは私としても辛いんだが……」

と、殊勝なことを言った。

「こちらこそ永い間、お世話になりました。ご期待に添えなくて申しわけありません」

島村は心の中のわだかまりが解消したわけではなかったが、素直に長谷川の酌を受けた。

長谷川は終始上機嫌で、

「東亜ペイントは、ここのところ業績が芳しくないが、きみの力で建て直すくらいの気概を持ってくださいよ。ついては二、三億円、特別に枠をあげるからそれを持参金にして、適当な手を打ったらいいでしょう」

そんなことを言って、島村を激励した。

事実、島村は東亜ペイント転出後、二、三億円とはいかぬまでも当時第一銀行から一億四千万円の融資を受けて、茨城県古河《こが》郊外の工場団地に八万平方メートルの土地を確保し、塗料工場を建設するが、その茨城工場が東亜ペイントの主力工場として経

営に寄与するようになるのは、それから三年ほど後のことである。

島村は、峰岸たちからもかわるがわる酒を注がれて、頬をほてらせながらも気持ちをひきしめ、膝をそろえて坐り直した。

「頭取、本日はいろいろお心遣いをいただきましてありがとうございます」

「きみ、そんなに改まった挨拶をされると、こっちが恐縮してしまう」

長谷川は、はにかんだように赤らめた顔を島村に向けて、小さく手を振った。

「野暮を承知で言わせていただきます。頭取、合併問題については、どうかもう一度だけ考え直してくださいませんか。私の最後のお願いです」

島村はテーブルから位置をずらして、深々と頭を下げた。

長谷川は当惑したように、傍の峰岸を見やっている。

安田が冷笑を浮かべながら、口をはさんだ。

「島村さん、この期《ご》に及んでおかしいですよ。せっかくのお酒が不味《まず》くなるとはあえて言いませんけど、きょうはその話はよしましょう」

島村はきっとした顔を、安田に向けた。

「あなた方も、もっとこの問題を真剣に考えてくれませんか。必ず後で後悔することになると思います。取り返しのつかないことになりますよ。そうなってからでは手遅れです。とかく性急な結論はあとあと悔いを残しがちです」

「この問題は決着がついています。あなた、これじゃ、まるで引かれものの小唄じゃないですか」

安田はさもうんざりだと言わんばかりに、顔をしかめ、ちらっと長谷川のほうをうかがった。

峰岸と清原は終始無言で、うつむいている。

「島村君、は、はっきり言うが、いくらきみが反対しても、方針を変えるわけにはいきません。ここにいる諸君とも、その点は確認し合っている。銀行再編成は時代の大きな流れで、国策、政府の方針にも沿うものです」

長谷川は、しぶとく食い下がる島村に怒り心頭に発したとみえ、口ごもるほど早口に言った。

「私は合併そのものに反対しているわけではありません。その相手については慎重にお考えくださいと申しあげているのです」

「もう、そんな段階ではない」

長谷川は、ぷいと顔をそむけた。

島村は言葉の接《つ》ぎ穂を失って、峰岸のほうに視線を投げると、峰岸はもうやめたほうがいいと言いたげに小さく首を振っている。

しかし、島村は執拗につづけた。

「株主やお得意さんから反対されるのは目に見えています。たんに銀行同士の合併にとどまらず、背後の古河、川崎系列がどうなるかをお考えいただきたい。今後に予想される先輩や株主、取引先の動き、あるいは従業員組合の動揺といったことを、あなた方は考えたことがありますか。それを抑えられる自信がおありですか。乗り切れると思っているのですか。この合併が第一にとって失うものがあまりにも大きいということを考えてください」

「古河、川崎系列の企業が三菱にとりこまれてしまうわけでもないでしょう。島村さんは超悲観的で、合併メリットについてはまったくお考えになってませんね」

「安田さん、それはちがいます。第一にとってメリットよりもデメリットのほうが多いと私は言っているんです。バランスの問題ではないですか。たしかに相手側にとっては、よりメリットがあるかもしれませんがね。反対運動が強くなり、収拾がつかなくなってからでは遅いと思います」

「あなたもずいぶん強がりを言う人ですね。反対運動なんて、そんなものが起きるんですか。笑止ですよ」

安田は、嘲笑的に下唇を突き出した。

「大変な自信ですね。私には安田さんのほうこそ強がっているように見えますが……」

「…………」

「それにしても根まわしをしっかりおやりにならないと」

島村の口調も皮肉っぽくなった。

「きみの意見は分かった。考え方の相違だから仕方がないだろう。私は、これ以上きみと議論をしようとは思わない。きょうは、きみの歓送会なんだから、せいぜい楽しくやろうじゃないか」

長谷川は、にこりともせずに言って、話を打ち切ろうとしたが、島村は、

「少なくとも井上会長の諒承をとりつけていただきたいと思います。どうかお願いします」

と、長谷川を凝視して言った。

長谷川は島村に鋭い一瞥をくれたが、まったく無視するように、返事もせずに峰岸と話を始めた。

島村が三菱銀行との合併問題で長谷川と話をしたのは、このときが最後である。

4

長谷川が東亜ペイントに対する融資などできめ細かい心遣いをみせたにもかかわらず、島村の気持ちが軟化するようなことはなかった。島村は、長谷川に感謝しながらもこれはこれと割り切っていたし、むしろ、招かれざる客の立場としては、この程度のことをしてもらって当然ではないか、と考えていた。

島村は十月中旬、家族を東京へ置いて大阪へ単身で赴任したが、週末、東京へ帰って来るたびに井上と連絡をとって、三菱銀行との合併反対運動をどう展開し、いかに進めるべきかを協議していた。

東亜ペイント転出後間もないころ、清原常務から、大阪の島村に電話が入った。

「元気ですか」

「ええ、元気にしてます」

「ところで名古屋支店のことで、島村さんの意見をお聞きしたいんだが、今度はいつ上京されますか」

「どういうことか分かりませんが、お急ぎなら明日にでもうかがえないことはありませんよ。東京に用をつくろうと思えばいくらでもありますから……」

「それじゃ、いつでもけっこうです。ご足労かけて申しわけありませんが、本店でお待ちしてます」

清原は安田、小沢などとともに長谷川の参謀役として三菱と合併の下交渉をすすめていた。

つぎの日、清原はごく事務的な調子で言った。

「名古屋の母店をどっちにするかで島村さんの意見をお聞きしたかったんです」

「もうそこまで話が進んでいるんですか」

島村は愕然とした。三菱銀行と第一銀行の合併問題は、もはや総論の域を出て各論を論じる段階と思われるが、母店うんぬんともなれば、合併を前提とした細目の調整を意味する。

「いろいろ詰めなければならない問題が多くて、大変です。まだ、三菱と意見を突き合わせるということではなく、当方としての考え方を整理しておきたいということなんですが」

「それにしても、そんなところまできてるんですか」

島村は重苦しい気分で、つぶやくようにそう繰り返した。

「あなたは名古屋の支店長をなさったことがあるから、意見がおありでしょう」

「…………」

島村は返す言葉がなかった。だいたい、三菱との合併に反対し、馘を切られた島村に意見を求めること自体、不自然と言えないこともないが、清原は、そんなことには頓着なく重ねて言った。

「どう思いますか」

「第一の名古屋支店の建物は、比較的新しいし、立派なものです。地の利から考えても第一側を母店にすべきでしょう」

「そうですか、よく分かりました」

母店とは、全国的な支店網を有する都市銀行が地域ごとに設置している大支店で、幹事店ともいい、当該地域の支店を統轄している。第一銀行を例にとれば、浅草、京橋、新宿、兜町、大森、横浜、京都、神戸、大阪、名古屋、札幌、福岡などがある。

清原は、第一側の考え方を整理しておきたいと言ったが、三菱側との下交渉の段階にせよ、母店について意見調整に入っているとすれば、容易ならざる局面を迎えているといってよい。

島村の知らないところで、三菱、第一両行の合併劇はどんどん進行し、既成事実が積み上げられている。われわれは無意味なことをやっているのだろうか。安田ではないが、反対運動など笑止なのであろうか。

「しかし、三菱と第一はほんとうに合併するんでしょうか」

島村は力なく言って、煙草を咥《くわ》えた。

「そう思います」

「井上会長が反対していると聞いていますが」

「会長がいくら反対されても、この流れを止めることは不可能でしょう」

心なしか、清原の口吻も自信に満ちているように思える。慎重居士ともいえる清原ほどの男でさえこれでは、勝負があったも同然と考えなければならないのか——。

島村は打ちのめされた思いで清原と別れた。その足で会長室を覗くと、折りよく、井上は在室していた。

「いま、清原常務から、名古屋支店の母店のことで意見を求められてショックを受けたところです」

「清原君は、もうそんなことをやっているのかね」

「清原さんだけではないと思います。安田さんも、日下さんも、小沢さんも、あるいは平取クラス、支店長、部長クラスの人たちも巻き込んで、着々準備を進めているということではないでしょうか」

「そうなると、反対運動の輪もひろげていかないといけませんね」

井上は眉をひそめた。

「頭取から、まだ……」

「ないね」

怒ったように井上は短く言って、

「酒井相談役のお耳には入れておいたが、相談役は大層吃驚《びっくり》し、大いに憤慨もしておられた。こんな重大なことで、会長や相談役を無視するとはなにごとだ、と立腹されて、いまにも長谷川君のところに、捩じ込みかねない勢いだったが、まあ、もうすこし様子をみましょうということで……」

「そうでしょうね。相談役が怒るのは当然ですよ」

「酒井さんも血の気が多いのかね。いますぐ反対同盟を結成すべきだと息まいていたが、世間体ということも考えないと」

「外部に洩れて、新聞にでも書かれたら一大事ですからね。内部が二つに分裂しているような印象を世間に与えかねませんし、そうなると、銀行の信用問題にかかわってきますから、何とか会長、相談役、私の段階で阻止できればよろしいのですが……」

憂色濃い井上の顔を見上げる島村の表情も沈んでいる。

「多少の犠牲は覚悟しなければならんかもしれない」

ぽつっと井上が言った。

「しかし、できれば表沙汰にはしたくありませんね」

「そう願いたいが、長谷川君が既成事実をどんどん作っているとなると、きれいごとだけではすまないかもしれませんね」

「…………」

「第一銀行百年の大計を考えれば、多少のことは仕方がないとも言える。現に、島村さんだって犠牲者の一人ではないですか」

井上の眼がきらっと光った。それは、そろそろ会長は起ち上がる気でいるな、と島村をして予感させるに十分であった。

「勝てるかどうか皆目見当がつきませんが、勝負はこれからですよ」

「私もそう思います。まだ、反対勢力は微々たるものです。極論すれば、会長と相談役と私の三人だけとも言えますが、確実にその輪はひろがっていくと思います。そうそう、藤田常務のことを忘れてました。会長にもご報告しましたが、藤田常務も、元気だったら私と行動を共にしたいと言ってくれたんですから、少なくとも現役の常務で、三菱との合併に反対している者が一人は存在するということです。私もまだ取締役に名をつらねているわけですし、役員の中に三人も反対者がいることになります」

「そういうことですね。しかし、それは長谷川君は、合併が不成功に終わるなどとは夢にも考えていないでしょう。長谷川君の驕《おご》りですよ。そう簡単に世の中なんでも自分の思いどおりに進むものですか。往くところ可ならざるはなし、と考えているとしたら思いあがりもはなはだしい」

井上は、気持ちが昂ぶっているのか、語気を強めた。もちろん、井上も島村もこの時期に至っても三菱との合併が白紙に還元できるなどとは思っていなかった。辛い闘いになることは百も承知していた。その意味では、二人はせいぜい強がりを言い、なぐさめあっていたととれないこともないが、ともかくやるだけのことはやろう、負けてもともとではないかと、腹をくくっていたことはたしかである。

特に常務職を解かれ、いずれ取締役職の解任も予想される島村にしてみれば、もう失うものはなにもなく、捨て石になり切るつもりになっていたから、いまさら後へは引けないといった思いをふつふつとたぎらせていた。

5

長谷川頭取が会長室にあらわれたのは十月二十一日の昼前のことである。

第一銀行頭取の長谷川重三郎が、会長の井上薫の部屋へやってきて、開口一番吐いたせりふは、日銀政策委員を引き受けてもらいたい、ということであった。

日銀政策委員の堀武芳、元日本勧業銀行頭取が数日前に病死し、その後任人事をめぐって、長谷川が全銀協会長の立場を利用し、井上を推しているという噂を井上は耳にしないでもなかったし、現に二十一日の朝刊で、「井上内定」と報じられたばかりだった。井上は、長谷川が意識的に、井上日銀政策委員内定説を新聞記者に流したとは思わなかったが、合併問題には頬被りをきめ込みながらそんなことを言ってくる長谷川の白々しさに腹が立った。

日銀政策委員は、兼業は許されないので、井上がこれを受けるためには、第一銀行の会長職を辞めることが前提条件となる。三菱銀行との合併問題が最もホットな段階にさしかかろうとしているときに、いくら日銀政策委員が重要なポストであろうと、井上が固辞するのはごく当然のことと言えた。

「私が会長にいると邪魔ですか」

井上が皮肉のひとことも言いたくなるのはやむを得ないところだ。

「都市銀行を代表して当行から日銀政策委員を送り込めるということは大変名誉なことですし、会長以外に適任者もいないということですから、ぜひとも受けていただきたいですね。新聞にも内定の記事が出ていたので、私もよろこんでいます」

長谷川は満面に笑みを湛えて言った。

「たしかに私のような者には過ぎたポストですが、受ける気は毛頭ありません」

井上はにこりともせずに返した。

「しかし、せっかく宇佐美日銀総裁や大蔵省当局が推薦してくれてるんですから、辞退するのは礼を失することになりませんか」

「私には、第一の会長としてやることがまだありますからね」

井上は、上眼づかいに長谷川をとらえて言った。

長谷川はかすかに眉を寄せたが、

「実は、全銀協の会長として、私も日銀および大蔵当局から相談を持ちかけられ、ぜひ井上さんをということでしたので、大変名誉なことですし、まさか会長が辞退されるとは思いませんでしたから、むしろ積極的に受けさせていただきたいと返事をしちやったんですよ。会長が受けてくださらんと私の立つ瀬がありません」

と、高飛車な言い方で、承諾を迫った。

「冗談はやめてほしい。いくら君が偉い人か知らんが本人の意向もたしかめずに、そんな勝手な返事ができるんですか」

井上が声をふるわせて言うと、さすがの長谷川もバツが悪そうに顎をさすっている。

井上はぴしゃりと言った。

「この話はなかったことにしてください。私にサウンドもせずに書くほうも書くほうだが、そんな新聞辞令など無視したって、いっこうに構わんでしょう。君の立場もあろうから、私から鄭重に宇佐美総裁と澄田銀行局長にお詫びがてら、お断わりしてきますよ」

「…………」

「そんなことよりきみ、私になにかほかに用件はないんですか」

井上が、しびれを切らして、水を向けると長谷川は虚を衝かれ、一瞬ハッと顔を硬直させたが、すぐに気をとりなおして、

「もうすこし、話が煮詰まってからと思ってたのですが、三菱銀行と合併する方向

で、常務会に検討させています」

と、こともなげに言った。

「えっ、なんですって。まさか、冗談でしょう」

井上は、一オクターブ高い声を発して、言葉をついだ。

「私もそんな噂を聞かないでもなかったが、冗談だとばかり思ってたんですが」

「いいえ、常務会は全員一致で、三菱と合併する方針を確認しています」

「信じられない。そんな莫迦なことがあっていいわけはない」

「どうしてですか」

長谷川は気色ばんだ。

井上の顔もみるみるうちに紅潮し、耳たぶまで染めている。

「どうしてもこうしてもない。三菱に吸収されるような合併をなぜやらなければいかんのかね」

「吸収ではありません。対等合併です」

「そんな子供だましみたいなことが通用すると思ってるんですか。彼我の力の差を考えてみるまでもないでしょう」

「島村君もそんなことを言って心配してたようですが、あくまで対等合併です。対等合併だからこそ、われわれは三菱との合併に踏み切ることにしたんです。それとも会長は銀行再編成に反対ですか」

「そうは言いません。相手によりけりです」

「そうでしょうね。あなたは金融制度調査会のメンバーの一人として、銀行再編成を推進する立場を明確にお出しになっていますね。相手が三菱だから反対では筋道が立たないではありませんか。国民経済的な観点で、銀行再編成の必要性を説いておられるはずですが、真に金融界でリーダーシップを発揮できる巨大銀行の出現が待望されているのではありませんか。吸収されるようなことは決してありませんが、吸収とか対等とか、そんなセンチメンタリズムで、ものごとを判断されるようなことはしないでいただきたい」

長谷川は理路整然と言いたてた。たしかに長谷川の言っていることはロジカルで、感情論をはねのける断固としたものがあった。

「そういうきみの言い方は、私には吸収合併を認めているように聞こえるがね。感情論と言われようが感傷的と言われようが、第一の消滅につながる合併に賛成するわけにはまいらん。三菱は、グループとして強大過ぎる。古河・川崎グループなど、三菱財閥にひとたまりもなく呑みこまれてしまい、あとかたもなくなってしまうだろう」

「井上会長ほどの方がなぜ、そんな感情的なものの言い方をされるのか私には分かりません。冷静に考えていただきたい」

「私は至って冷静なつもりですがね。愛社精神の深さにおいては人後に落ちないつもりだし、第一の行く末を考え、系列企業の将来をもおもんぱかって、三菱との合併に反対している。それを感情論などと簡単に片づけられては迷惑です。失礼ながら君は足が地に着いてない。誇大妄想狂的な発想に自ら酔っているのではありませんか。きわめてアブノーマルですよ」

さすがに長谷川は顔色を変えた。

「これ以上、あなたと不毛の議論をしても無意味かつ時間のロスですからやめますが、私は三菱との合併が、第一がこれから生き残っていくためにも、また、日本経済の発展のためにも必要なことだと考えています。幸い、常務会も全面的に私を支持してくれました。役員会の承認についても問題はないと思います。私の判断が間違っていないことが、いつの日かあなたにもお分かりいただけると信じています。また、両行の合併については政府筋の強いバックアップもとりつけています。私は、国家的な要請でもある両行の合併をなんとしても推進しなければならないと思っています」

長谷川は、途中でソファから起ち上がり、井上を見おろす姿勢で、宣言するように言った。

こうして両者はぬきさしならぬ溝をつくり、それを埋める手だてはないのだろうか、という共通の思いで、深い憂愁に閉ざされたまま、三菱銀行との合併問題をめぐる賛成、反対両派の領袖はともに一歩も引かず、全面対決へと踏み出していくことになる。

井上も長谷川も、なんとしても妥協点を見いださねば、という思いを強く持ちながらも絶望的な気持ちになっていた。

とくに井上は、長谷川に対して態度を硬化させていた。さんざんソデにしたあげくに、日銀政策委員もないものだと頭に血をのぼらせている。

長谷川に、先輩を立てる思いやりがあれば、こうはならなかったかも知れないが、苦労知らずでお坊ちゃん気質の長谷川には所詮無理な注文で、ないものねだりであったかも知れない。

6

井上、酒井、島村の三人が初めてそろって顔を合わせたのは、井上が長谷川から正式に合併問題の話を聞いた五日後のことである。東亜ペイントに転出した島村のために、井上と酒井が新橋の小料理屋で小宴を張ってくれたのだが、それは名目で、三菱銀行との合併を阻止するために作戦を練り、方法論を考える目的で集まったのである。

酒井は井上より数年先輩だが、三人の中では最もアルコールが強い。井上は下戸《げこ》に毛の生えた程度だから、もっぱら酒井が飲み手に回っていた。

「長谷川君はやっと私のところへは言ってきましたが、相談役のところへはまだ話はありませんか」

「あの男は、私などまったく眼中にないよ。しかし老人の出る幕がそうそうあっても困るが、合併問題となれば、一言あって然るべきだろう。百年に一度か二度の大問題を相談されなくて、なにが相談役と言えるかね。かりにも頭取を永く務めさせてもらった者を無視する神経は私には分からん」

「相談役もさることながら、井上会長でさえいまごろになって初めて話を聞くというのも、ひどいですよ」

「それも、とってつけたような話で、ついでに話しておく、諒承してくれ、ということなんだ。私に日銀政策委員のポストをどうかという話が本題で、合併の件は、私に催促されて仕方なしに話したといったあんばいでしたよ」

「つまり、相談というよりは事後承諾を求めてきたということですね」

島村は、酒井の盃に銚子を傾けながら言った。

井上は、口に入れた刺身を始末してから、

「私に言わせれば、あの長谷川君の態度は宣戦布告みたいなものですよ。国家的要請にもとづく両行の合併はなんとしても推進しなければならない、と一方的に宣言して、帰っちゃったんですから」

と思い出すのもいまいましいといった風情で言うと、酒井もそれに加勢するように言った。

「渋沢さんのご子息ということで、われわれがすこし甘やかし過ぎたんだろうか。営業部長のころから独善的な態度が目についたからね」

「いや、長谷川頭取は実に有能なかたで、頭取として、どこへ出しても恥ずかしくない人だと思います。トップとしての決断力もあり、立派な仕事もされている。富士通と共同開発したわが国初の国産オンライン・システムにしても、長谷川頭取の英断によるもので、第一がＩＢＭを採用せず、あえてリスクを冒してＦＡＣＯＭを採用したことが富士通の育成に大変寄与しています」

「ばかに長谷川君を持ち上げるじゃないか」

酒井に話の腰を折られたが、島村は構わずつづけた。

「合併相手として三菱を選択したことを除けば満点に近いといってよろしいかと思います。それだけに私は残念でならないのですが、このまま放置しておけば三菱との合併は実現し、第一は吸収され、あとかたもなく消滅してしまうでしょう。長谷川頭取を昭和のドンキホーテにしてはならないと思うのです」

「昭和のドンキホーテね。うまいことを言う」

酒井はにやりと表情をくずして、酒を口に含んだ。

「井上会長に聞いたんだが、田実さんは自分は会長に退《の》いて、長谷川君を頭取にすると言っているそうじゃないか」

「おっしゃるとおりです」

「長谷川君は日本一の銀行の頭取になれれば満足だろうが、田実さんは後鳥羽上皇みたいに院政を敷くんだろう。そうおいそれと長谷川君に権限を委譲することは考えられんね」

「長谷川さんほどのかたですから、負けてはいないと思います。田実さんなり三菱側の言いなりにコントロールされるようなことはないでしょうから、長谷川さんが頭取である間は第一側が三菱に押されっぱなしということにはならないと思います。しかし、それも時間の問題ですよ。長谷川頭取時代が何年続くか知りませんが、いずれにしても大変危険なことです」

「きみは、ずいぶん長谷川君に痛めつけられているのに、けっこう長谷川君の肩を持つんだねえ」

酒井が口をはさんだが、島村はつづけた。

「われわれ三人が力を合わせてともかく反対勢力を結集して、加速度をつけて走り出した危険なバスのブレーキをかけなければなりません。時間は切迫しています。会長、いかがでしょう。そろそろ主だったOB、それに株主、取引先のかたがたにも、われわれの意向を伝える時期にきているのではないでしょうか。場合によっては各支店長、それから組合関係者にも話をして、署名運動みたいなことをしないと、長谷川頭取の独走を阻むことはできなくなるかも知れませんよ」

「しかし、そんなに切迫しているだろうか。私がいちばん心配するのは、外聞をはばからねばならんということです。ねえ、酒井さん、どう思われます。第一の信用を傷つけるようなことはしたくないですね」

「もちろん、きれいごとでは済まされないと思うが、内紛、お家騒動と世間でとられるとOBとしては辛いね」

「三菱に吸収合併されるほうが、よっぽどイメージダウンではありませんか。私も、第一の信用が損われるようなことは忍びないし、信用第一の銀行という枠を嵌めて考えているつもりですが、永い眼でみれば、合併を阻止することのほうが、より第一銀行の信用を保持するために必要なのではないかと考えるようになりました。もちろん、犠牲は最小限に食いとめるに越したことはありませんし、細心の配慮が必要ですが、残念ながら、われわれ三人だけの力ではどうすることもできません。反対勢力の輪をひろげていかなければ、勝負にはならないと思います」

「三菱との話し合いはかなり進んでいるのかね」

　酒井が盃を乾して訊いた。

「ええ、いつかも会長に申し上げたのですが、名古屋の母店をどっちにしたほうがいいかと清原常務に意見を求められたくらいですから……」

「うーん」

　と酒井は唸った。

「なるほど、事態はどんどん悪化しているわけだね」

「そう思います」

「合併準備委員会はできてるのかな」

酒井の表情が険悪になった。

「そこまではまだ進んでいないと思いますが、下交渉は始まっています」

「おそらく、長谷川君は田実さんにはっきり約束しているんでしょうね。後へは引けないといった強い姿勢が汲みとれました。相談役、これは島村さんが言うように事態は切迫しているかも知れませんよ」

「そうだとすれば、われわれとしては反対同盟みたいな組織を結成しなければならんね。外聞をはばかってばかりもいられないということだな」

「しかし、おだやかじゃありませんね。そこまで事を構えなければならないのかどうか。ムダかもしれませんが、相談役と私と二人で、もう一度長谷川君と話してみましょうか」

「話して分かる相手かね。長谷川君がわれわれを無視して、眼中にないといった態度に出ていることは疑う余地がない。島村君の首を斬ってまで強行しようとしてるとなると、長谷川君の決意は固いし、常勤役員は全員合併賛成派とみなければならないだろう。われわれ二人が雁首並べたくらいで、驚くようなかわいげのある男なら問題はないんだがね」

酒井はかなり闘志をかきたてている様子であった。

酒井の頭取時代、長谷川はせいぜい部長クラスのところで、対等に口をきけるような間柄ではなかった。小僧っ子同然だったその長谷川に、黙殺され、愚弄されている。舐められてたまるかと、酒井が思ったとしてもやむを得ないと言える。

「それではOBだけでも、とにかく耳にいれて、長谷川君に反対の決議文でも突きつけるとしますか。株主や取引先などの外部に洩らすとなると、内輪の問題ではなくなってしまいますからね」

井上は慎重だった。なんとしても内部の問題として片付けたいと、井上は念じていた。

酒井も島村もその程度では手ぬるいといった思いがしないでもなかったが、会長の井上が反対派のリーダーである以上は、井上の判断にまかせ、あまり尖鋭的な言動はつつしまなければならないと考えていた。

「部長クラスまでは話を広げてよろしいかと思いますが……」

「長谷川君にわれわれの動きが筒抜けになりませんか」

「それはある程度は仕方がないと思います。長谷川頭取に内通する者が出てこないという保証はありませんが、常識的に考えて三菱に吸収合併されてよいと考える者は少ないでしょう。いま必要なことは反対勢力を強くして長谷川頭取に思いとどまらせることなんですから、多少のリスクは……」

「そうだね。支店長クラスにも流していいんじゃないかな」

酒井も島村に同調したが、井上は第一段階としてはＯＢを結集し、そのうえで長谷川の出方を見きわめ、次の手を考えようという意見に固執し、結局、井上の意見を両者が諒承することになった。

7

井上、酒井、島村の三人が合併反対運動の進め方について議論しているころ、長谷川、峰岸、清原、安田、日下、小沢の六人は柳橋の料亭で気勢をあげていた。ここまでくれば常務会のメンバーは全員、長谷川と一蓮托生で、いまさら後には引けなかった。むしろ、長谷川に従いていけば損はないといった打算もあって合併後の長谷川のリーダーシップ、ガバナビリティに賭けてみる心境になっている者がほとんどであった。

このことは、島村を斬った効果がてきめんに出てきたことを示しているともいえ、心理的にも三菱との合併を正論と受けとめたい気持ちになっていた。

反対派が酒が不味くなるほど深刻な面持ちで額を寄せ合っているのとは対照的に、どの顔も上気し、和気藹々《あいあい》とした会であった。

長谷川も終始笑顔をふりまいている。酒を過ごして陶然とした気分でもあった。

「島村君は、さすがにおとなしくしているようだね。しばらく会ってないが」

長谷川は誰に言うともなく、にこやかに言って、盃を口へ運んだ。

安田が、

「さあ、どうでしょうか。井上会長のところへ入りびたりという話ですよ。すこし意地になってるんじゃありませんか」

と、こたえると、長谷川はぴくりと眉を動かし、盃をすこし乱暴にテーブルに戻した。

「それはほんとうですか。副頭取、聞いてますか」

きつい視線を向かい側の峰岸にむけてきた。

峰岸は、よけいなことを言うやつだと言いたげな眼を安田に投げてから、長谷川のほうに視線を戻した。

「それほどのことはないと思いますが、たまには井上会長に会ってるようです」

「島村君は東亜ペイントに出されたことを根に持っているのかねえ。私は寛大な措置だと考えているし、この程度のことはごく当然だと思っている。島村君だって、その覚悟で合併に反対したんだろう。私を怨むくらいなら反対論を撤回すべきじゃないか。しかも、持参金まで付けてあげて、島村君が肩身の狭い思いをしないように気を遣ってるのに、そうそう意地を張られたんでは立つ瀬がないよ」

長谷川は妙にしんみりした口調で言った。

「東亜ペイントに転出したと言っても、当行の重役であることには変わりはないのですから、その立場をわきまえてもらわないと困りますね」

安田が長谷川の顔色を窺いながら言うと、長谷川は、それには反応を示さず、話をつづけた。

「チェース・マンハッタンにしたって、チェースとマンハッタンが合併して、バンク・オブ・アメリカにつぐ世界第二位の大銀行になった。経営もうまくいっている。日本では資本の論理が働かないなどと島村は言うが、断じてそんなことはない。三菱と第一が一緒になれば必ず、これが起爆剤となって銀行再編成が促進されるだろう。それに伴って産業界の体制整備が進めば、日本経済にとって大きなプラスになると思います。開放経済、経済の国際化が相当なスピードで進んでいることに刮目《かつもく》してもらいたい。どうして島村君がそこのところを分かってくれないのか、私にはいまもって不思議に思えてならない。井上会長にしてもそうだ。三菱では強過ぎるという考え方は、負け犬の論理ですよ。実際、なさけない人たちだ」

宴席は最前とはうって変わって、シーンと静まりかえり、長谷川の声だけがやけに冴えわたって響いた。

「ハーさまのお話はいつも難しいのね」

年増の芸者がたまりかねたように口を入れると、峰岸が、

「きみたち、ここだけの話だからね」

と、唇にひとさし指をあてて言った。

三菱という固有名詞が長谷川の口をついて出たことを、峰岸は気づかったのである。

「島村にはまったく失望した。いまだに反対論をあっちこっちでまき散らしているとなると、ほんとうに考えさせてもらわなければならんね」

「それにしても、井上会長が反対の立場を明確にされているそうですが、行内が動揺しなければよろしいのですが」

小沢が隣席の日下に話しかけるように言ったのを長谷川が引き取った。

「役員会《ボード》さえしっかり固まっていれば、なんら問題はないと思います」

戦中の第一、三井両行の合併問題で佐々木、石井両相談役が明石頭取から相談を受けたとき「やむを得ない」「ご時世だなあ」と言って了解したことが、長谷川の胸中を去来していたともみてとれる。

経営判断に第一線からしりぞいた会長や相談役が介入する余地などあろうはずがない、と長谷川は考えていた。それは、信念に近いものであったと言える。そうでなければ会社経営は成り立たないし、秩序は保てない。井上や酒井を無視するというよりも、本来かくあるべきものだとてんから信じ込んでいた。

だから、あれほど強く井上に反対されるなどとは夢想だにしなかったし、多少意見を異にしたとしても、眼をつぶって従うのが筋ではないかと思っていたのである。日銀政策委員の話にしても邪魔な井上を追い出すなどという発想はまったくなかった。もとより善意から出たものであり、喜んで受けてもらえると信じて疑わなかった。井上が辞退したとき、遠慮しているととったほどである。

ところが、井上はむきになって固辞し、あまつさえ正面切って合併反対をとなえたのである。不愉快きわまりない、理不尽なことだとさえ、長谷川には思えてくる。もっとも、これしきのことで長谷川は動じてはいない。その自信は微動だにしていなかった。

長谷川はアルコールも入って、饒舌だった。

「島村君もそうだったが、井上さんも狭量ですよ。吸収合併だから反対という論理はセンチメンタリズムでしかありません。水平合併では質的なメリットが期待できないとも言える。財閥系と非財閥系が組んで、初めて国民経済に資することのできる強い体質をそなえた銀行になれるんです。銀行だけがいつまでも過保護に安住していていいわけはない。開放経済に対応するためには、合併によって規模の増大を図ることは、これからの銀行の方向として正しいはずです。どうして吸収とか対等とかにこだわるのでしょうか。まったく不思議だ」

となり合わせた常務が長谷川がひと息いれたところで、声をひそめて話しはじめた。

「この合併が実現すれば大変なことになるでしょうね。ほかの銀行も危機感をもって、あわてて合併相手をさがすことになるんじゃありませんか」

「政府もここらで金融再編成の目玉が欲しいところですから、この話に飛びつくでしょう」

「それにしても、井上会長が強く反対しているというのは気になりますね」

長谷川が聞きとがめ、二人のほうに顔を向けた。

「井上さんにしても酒井さんにしてもそうだが、リタイアした人にさしでがましい口をきいてもらいたくないね。井上さんが私に対して反対だと強い調子で言ったが、実際不愉快ですよ。井上さんに発言権などないと私は思っている」

「頭取、井上会長が日銀政策委員に内定したと新聞に出ていましたが……」

清原が話題を変えて、訊いた。

長谷川は思い出すだに腹が立つと言わんばかりに頰をふくらませた。

「まったく、おかしな人だ。日銀政策委員ともなれば大変なポストです。それを井上さんは一蹴した。私も全銀協の会長として井上さんを推薦したんだが、顔にドロを塗られてしまった。合併問題で相談しなかったことの腹いせかなんか知らないが、なり手はいくらでもあるポストだが誰でもなれるというものでもない。それを断わるというんですから……。第一の会長職なんて、なんの権限もない、単なる名誉職に過ぎない。それに比べれば、日銀政策委員は遥かにやり甲斐のあるポストです。いったいどういうつもりなのかね」

「まさか、島村さんがうしろで糸を引いているということはないでしょうね」

長谷川は、安田のほうに首をひねった。

「どういうことかな」

「日銀政策委員は兼務が認められないはずですから、受けるとなれば第一の会長職をやめなければなりませんね」

「そのとおりだ」

「第一の会長にとどまっているということは、合併をなんとしても阻止したいという意思のあらわれとはとれませんか。たとえ代表権は持たないとしても、現職の会長としての重みはやっぱりあると思うのですが……」

「………」

長谷川は不機嫌に押し黙ってしまった。

安田は、いささか余計なことをしゃべってしまったかな、といった思いがないでもないが、長谷川ほど聡明な男がそこまで気を回していないことにむしろあきれる思いのほうが強い。

「島村君のサジェッションというよりも井上会長の意思と考えるべきでしょう」

峰岸が言うと、長谷川はむっとした顔を峰岸に向けた。

「副頭取、井上さんと島村君がもし反対運動の旗を振るようなことをすれば、それ相応の処置を考えなければいかんね。さしあたり、退職金を払えないぐらいのことを言って置く必要があるんじゃないか」

「そこまでやるのはどうも……」

「なにがそこまでかね。かりにも常務会で決めた方針に反対するとはふとどき千万ではないですか。こんなことを赦していたんでは組織は保てませんよ。頭取として第一の経営の責任を持たされている私の立場も考えてもらいたい。私は、井上さんや島村君の行動をいちいち気にかけていられるほどひま人ではないが、これからは井上さんや島村君の動きを細大洩らさず私に報告してほしい」

長谷川は、こめかみのあたりに青筋をたてて、まくしたてた。実際、腹が立って仕方がなかった。鳴りをひそめているとばかり思っていた島村が会長室あたりをうろうろして井上と気脈を通じているとは――。これでは東亜ペイントに放出した意味が半減してしまうではないか。

「そういえば、島村さんはきょうも会長のところへ来てたようですね」

すかさず、安田がご注進に及んだが、タイミング的にも長谷川の機嫌を損ねるものでしかなかった。

「峰岸君、二人に退職金のことをはっきり伝えておいてくれたまえ」

「承知しました」

峰岸は、従順な返事をして、不味そうにぬるくなったビールを飲んだ。

第三章　慟哭《どうこく》

1

島村が、東亜ペイントの本社で三菱系企業の役員をしている大学時代の友人から電話を受け取ったのは、十一月下旬のことである。

久闊を叙する間も惜しいといったせわしげな風情でその友人は、せき込むように言った。

「おまえ、どうかしてるんじゃないか」

「やぶから棒になんのことか分からん。もうすこし落ち着いて話してくれないか」

「なにをとぼけたことを言ってるんだ。決まってるじゃないか。三菱と第一の合併の件だよ」

「相変わらず地獄耳だね。きみがなにを言いたいか知らないが、まだ決まったわけでもないし、どうなるか分からないよ」

「莫迦なことを言うな。だから、おまえは駄目なんだ。そんな阿呆なことを言ってるのは、おまえさんだけだそうじゃないか」

「それは違うな。きみが第一の内部事情にどこまで通じているか知らないが、あまりいい加減なことを言ってもらいたくないね」

島村はむかっとして、声高になった。

「そう虚勢を張るな。おまえとおれの仲じゃないか。悪いことは言わない。とにかく、長谷川さんに楯突いて、いいことは絶対にないぞ。金融界はおろか財界からも放逐されてしまう」

「私は、自分のとった行動が間違っているとは思わない。正しいと信じている。この件で考えを変えるつもりはないし、反対の立場をつらぬき通すことが使命だと思っている。だから、頼むからきみも黙って眺めててほしい」

「なにを言ってるんだ。友達として黙って見ていられるか」

東京からの長距離電話だが、受話器を遠ざけたくなるほど、鼓膜にびんびん響く。

島村がかすかに眉を寄せたとき、秘書の女性がノックと同時に顔を出し、メモを差し出した。

〝アメリカのヘイズさんから国際電話が入っています〟

島村はそれを黙読して、受話器を手でおさえて、

「すぐに出ます」

と、答えた。

「申しわけないが、国際電話が入ってるんで、これで失礼させてもらうよ。きみのお気持ちはありがたくいただいておく。もう一度ゆっくり考えてみたい」

島村は、際限なしに続きそうな電話を切りあげる口実ができて、内心ほっとした。

「ああ、そうしたらいい、悪いことは言わん。長谷川さんに立ち向かって、かなうわけがないじゃないか」

居丈高な電話が切れた。

「すぐに、回してください」

島村が秘書に言ってほどなく電話がつながった。

電話の相手はミセス・ヘイズであった。ミセス・ヘイズは、日本人でミチコという名の四十歳前後の中年女性だが、貿易商を営んでいるチャーリー・ヘイズの日本滞在中に見初められて結婚した。ヘイズのオフィスはカリフォルニアのオークランド市にあり、仕事でしばしば来日するが、決まって通訳がわりに夫人を同伴する。

島村は、東亜ペイントに転出してわずか一月《ひとつき》半ほどにしかならないが、もちまえのバイタリティを発揮して、ばりばり仕事を始めていた。招かれざる客としての意地もあったが、つねにものごとに対して人事を尽くし、全力投球するのが島村の身上でもあった。島村は東亜ペイントの経営再建が自身に課せられた使命の一つと考え、この会社に骨を埋める覚悟ができていた。そうした意味では気持ちの切り換えが素早くできるということにもなるが、三菱との合併にいっかな賛成することができなかったのは、第一にとってそれが不幸になると見えていたからである。東亜ペイントに転じたあとも、合併に反対しつづけることが第一銀行の非常勤役員として、あるいはOBとしての責務だと信じて疑わなかった。

島村にヘイズを紹介してきたのは、大学時代の友人で総合商社の役員をやっている男だが、島村の東亜ペイントへの転出を聞きつけ、初仕事にどうかと、商売抜きで話しを持ち込んでくれたのである。

「ウチが介在するほどの仕事でもないから、直接ネゴしてみたらどうだい。塗料の大量消費につながるかどうかは分からんが、けっこうおもしろそうな話だよ」

と、その友人は親切に言ってくれた。島村は持つべきものは友達だとつくづく思った。

ヘイズは、アメリカンフラワーと称する、造花や置物を手づくりでこしらえる、材料の特殊な塗料と針金の製法特許とノウハウの所有者であった。それを日本に売り込む目的で総合商社と接触したとみえる。島村が来日中のヘイズ夫妻に会ったのは三週間前のことだ。ヘイズ夫妻が大阪・堂島の古河ビルの七階にある東亜ペイントの本社に、島村を訪ねてきたのである。

島村が技術担当常務以下の専門家にアメリカンフラワーについて検討させたところ、大いに有望という線が出た。島村は、社長の熊沢に報告し、諒承をとりつけるとさっそくヘイズとの商談を開始した。技術料一時金《イニシャル・ペイメント》、ロイヤリティなどの条件が折り合わないままに、いったんヘイズ夫妻は帰国したが、一週間も経つか経たないうちに連絡をとってきたのである。

「島村です。その節はいろいろありがとうございました」

「お元気そうですね。こちらこそお世話になりました。チャーリーは、東京の島村さんのお宅でご馳走になった家庭料理が大層お気に召したようよ。美人でお料理のお上手な奥さまにくれぐれもよろしくと申してましした」

「ありがとうございます。家内にさっそく伝えておきますが、今度来日したときに、またぜひおいでください。家内もよろこぶでしょう」

「それが当分日本へ行けそうもないんです。アメリカで仕事が輻輳《ふくそう》しているものですから」

「そうなるとアメリカンフラワーの件はなかなか先へ進みませんね。当社としては鶴首して、ヘイズさんが来日するのをお待ちしてたんですが」

島村の表情がくもったが、

「それで、島村さんにアメリカへ来ていただきたいの。チャーリーは島村さんのほうの条件でサインする気になったようよ」

と言うミセス・ヘイズのひとことで、すぐに愁眉を開いた。

島村は、三菱との合併問題を一日として忘れることはできなかったし、日本を離れることに不安がないでもなかったが、アメリカンフラワー関係の技術提携契約に調印するため一週間の予定で渡米することになったのである。

島村は、大銀行のエライさんに、なにができるかといった冷ややかな眼でみられ、なにかしら居心地の悪さを意識しないではなかったが、アメリカンフラワーの仕事でみせた渉外力なり経営判断は、東亜ペイントにおける島村の社内評価をかなりの程度変えるきっかけになったもののようだ。同時に、気取ったところのない親しみやすさとでも言ったものを感じさせる闊達な人柄で得をしている面がないとも言えない。第一銀行時代から、島村は酒はあまり飲めないのに、けっこう若い行員とも一杯飲み屋へ出かけたり、ハイキングに加わったり、札幌支店長時代にはよく若い連中とスキーに出かけたものだ。

その後、アメリカンフラワー事業は、東亜ペイントの大きな収益部門に成長し、島村が残した仕事の中でも茨城工場の新設と共に特筆できる一つになっている。東亜ペイントへの転出直後にこうした仕事にタッチできた島村はラッキーだったと言うべきで、第一を追われはしたものの、経営者、事業家に必要なツキに見放されていなかったことを示している。

だが、島村が大きな不幸に見舞われるのは、渡米直後のことであった。

2

その知らせを、島村はオークランド市のホテルに投宿した日の深夜、受けた。

「あなた……」

「美治子か、どうしたのかね」

島村は、妻の声が途切れたので胸騒ぎをおぼえた。

「お留守の間に、申しわけありません」

「なんのことか分からない。はっきり言いなさい」

島村はもどかしそうに大きな声を出した。

むせび泣くような妻の声に代わって、長女の文子の声が聞こえた。

「お兄さまが亡くなったんです。きょう学校で倒れて、お家へ運ばれてきたときはもう意識はありませんでした。たったいま息を引き取ったところです」

文子は涙声ながら、気丈にもはっきりと言った。

島村はわが耳を疑った。そんな莫迦なことがあってたまるか。あれほど元気だった道明が死んだ……まさか、絶対に嘘に決まっている。悪い冗談であってくれ。島村は胸苦しさで声が出せなかった。

「お父さま、聞こえましたか」

「……………」

「もしもし、お父さま」

文子の声に励まされて、島村はやっとわれに返り、あえぐように言葉をつないだ。

「聞こえるよ。道明が死んだ。なぜだ、どうしたんだ」

「お医者さまの話では心筋梗塞ということです」

「…………」

「お仕事が大変でしょうけれど、すぐに帰ってきてください。お母さま、ひとりではあんまりお可哀そうです」

「分かった。フライトが取れ次第、帰る。あとでこちらから電話を入れるよ」

島村は、あまりのショックに寒気がし、めまいがしてベッドに倒れ込んだ。

道明は東京大学の法学部に在学、来年三月の卒業を目前にひかえていたが、秀才で、法学部でも上位にランクされ、ゼミの教授からマスターコースに進むよう奨められていた。しかし青白き英才タイプではなく、登山やスキーの好きなスポーツマンでもあった。島村は道明を、どこへ出しても恥ずかしくない男に厳しく育てたつもりだが、その最愛の息子は幽明境を異にし、二度と会うことができないとは……。

島村はベッドの中で慟哭した。子供のように手ばなしで泣いた。一晩泣きあかしたが、朝になっても涙は涸くことはなかった。だが、いつまでもめそめそしてもいられない。島村は、ヘイズのオフィスに出向き、事情を話して、その日のうちに契約書にサインし、ヘイズ夫妻に見送られてアメリカを後にした。ミセス・ヘイズが献身的にフライトの変更やホテルのキャンセルなどこまごまと世話をやいてくれたのである。

道明は、大学の図書館で気分が悪くなったと訴え、学友に助けられて医務室に運び込まれたが、そのときすでに仮死状態で手の施しようがなかったという。それ以前にも学校で嘔吐感や、胸苦しさを訴えたことがあったと何人かの友人が証言しているが、後年、美治子は、そのことに気づかなかったことを悔い、母親失格だと自らを責め嘆き悲しんだものである。

島村もまた、息子に対して厳し過ぎた、もっと優しくしてやればよかったと知人に洩らしている。

島村が帰国した翌日、道明の葬儀が中野の自宅でしめやかにとりおこなわれた。東京大学の法学部長をはじめ、教授、助教授ら大学の関係者、大学、高校の学友、そして第一銀行、東亜ペイントの関係者、島村の知人、友人が多数焼香に参列してくれた。

もちろん井上会長の顔も、長谷川頭取の顔もその中にあった。

井上は「せっかくの英才を、神は無慈悲なことをする。だが、島村さん、気を落とさずに息子さんの分まで、あなたが頑張らなければいけませんよ」と島村を激励した。

長谷川は「このたびはご愁傷さまです」と型どおりの悔みの言葉を述べてそそくさと引き取って行った。

告別式には間に合わなかったが、夕刻には時の通産大臣の大平正芳が多忙な政務の合間を縫って駈けつけてきた。大平は、一橋で島村の一年後輩で、逆に年齢は一つ上だが、大平は香川、島村は高知と同じ四国の出身であることも手伝って、学生時代からウマが合い、三十年以上渝《かわ》らぬつきあいが続いている。いまではゴルフ仲間でもあった。大平は先年、外務省勤務の長男に先立たれ、島村に慰められたが、今度は島村が慰められる番だった。

大平は、遺影と位牌を前に、黙禱し、焼香をあげたあとで、応接間で島村と向かい合った。同行の秘書がしきりに時計を気にするのを無視して、大平はどっかとソファに腰を据えてしまった。

「遠いところをありがとうございました。ご多忙な大平さんにご心配をかけてはと思って、連絡をさしひかえさせてもらったのですが……」

「島村さんと私の仲じゃないですか。ちゃんと知らせてくれる人がいるもんですよ。告別式に間に合わず申しわけないことをしたと思ってるんです」

「秘書の方がおみえになって、ご丁寧なご挨拶と過分なご供物をいただき、恐縮しています」

「いやあ」と、大平は照れくさそうに手を振ってから表情をひきしめて言った。

「島村さん、さぞ無念でしょう。私もそうだった。手塩にかけて育てた息子に先立たれるなんて、親としてこんな辛いことはない。神を怨みたくもなるが、こればかりは運命で、天に召されたとあっては仕方がありません。島村さん、耐えるんですよ。ただ、ひたすら耐えなければいかん」

「……………」

「いまのきみを慰める言葉などあろうはずがないし、なにを言われても耳に入るまい。きみの気持ちはいちばん僕が知っているつもりです。子供に先に逝かれた先輩として言わせてもらうが、僕は息子の分まで働くことに決め、事実そうしているつもりです。島村さんも道明君の分まで頑張らなければいけない」

「大平さん、ありがとう……」

島村は懸命にこらえていたものが溢れ出た。大粒の涙が大島の着物を濡らした。

「さあ、飲もう」

大平は、銚子をとって促した。

盃を持つ島村の手が小刻みにふるえる。銚子と盃が触れ合って、かたかたと鳴った。

島村は両手で大平の酌を受けとめ、一気に喉へ流し込んだ。二人ともさして飲めるほうではないが、献酬を何度かくり返した。島村はいくらでも飲めるような気がした。

「そういえば、島村さん、第一銀行をおやめになったそうですね。なんと言ったかな、関西のほうの塗料会社に転出したとか……」

「そんなことまで大平さんの耳に聞こえてますか。十月の下旬から、東亜ペイントというところへ出ています」

「地獄耳ですからね」

大平は、島村を元気づけているつもりなのか、眼を細め、声をたてて笑った。

「恐れ入ります」

島村も口もとをほころばせたが、すぐに身を固くした。

もしや、合併問題まで大平の耳に入ってるのかどうか気を回したのだ。

「なにかお聞き及びですか」

「いや、特に聞いてませんよ」

「そうですか。そのうち大平さんのお力添えをいただかなければならないことがあるかもしれませんが、そのときはよろしくお願いします」

「なんのことだか分からんが、私にできることでしたら、なんなりと言ってください」

「…………」

島村はよほど大平に打ちあけて、相談に乗ってもらおうかとも考えたが、息子の告別式の日に不謹慎な気もしたし、まだそんな段階ではないと思いとどまった。

大平は、次の予定があるのか秘書に催促され、一時間ほどで雑談を切りあげ、

「ひと晩でもきみにつきあってあげたいのだが……」

と、名残り惜しそうに帰って行った。

あったかい男だ、大平と話していると心があたたまってくる、と島村は思い、大平の弔問を感謝した。

道明が死んだ一ヵ月ほど後に、島村は告別式の参列者に次のような挨拶状を送付しているが、それは十二月の下旬で、まさに合併問題の激戦のさ中のことである。

謹啓　先般は長男道明永眠の際は御同情溢るる慰めの御言葉を戴き又過分な御供物を賜わり、御芳情誠に有難く厚く御礼申し上げます。諸行無常は世のならいとは申しながら今回の打撃には、しばし茫然自失となりました。為すべき多くの事を残して、蛍雪の業半ばにして逝いた青年の心情を考えますと、断腸の思いが致しますと

共に不覚の涙が湧いて参ります。然し何時までもかくてはならず、故人の為すべき分を親が努めてこそ供養になると考え直し夫婦で語り合って励ましている次第でございます。去る十二月××日、三十日祭を済ませましたので、ご厚情に対し衷心御礼を申し上げますと共に故人が生前間際までお世話になって居りました東京大学図書館に御香料の一部を寄贈させて戴きました事を御報告申し上げます。

先ずは略儀ながら書中を以て謹んで御挨拶申し上げます。

敬具

島村は後日、道明の広島大学付属中学時代のクラスメートである川瀬百合子から、長女の文子にあてた手紙を見せられたが、そのときも涙が止まらなかった。

思いもかけておりませんでした悲しいおしらせに接しまして何と申し上げてよいやらわかりません。ご家族の皆様のお嘆きさぞかしでございましょう。心からお悔み申し上げます。

改めて思い返してみますと島村さんが上京なさって以来一度もお目にかからないまま、今度のような事になってしまったわけです。まれに新見博さん（広島大学付属中学のときの仲良しでいらした方ですから、ご存知かも知れません）からお噂を伺って、お元気でいらっしゃるのだなあとはるかにお偲びしていたような次第でございます。

ですから今島村さんのお姿を思い浮かべてみましても、やはりあのころの島村さんです。成人なさったお姿がどうしても考えられず、中学生の制服姿の島村さんが目の前に浮かんで参ります。付属時代の島村さんは私たちのC組ではずっと学級委員長さんで、クラスメートの信望を一身に集めていらっしゃいました。勉強がよくおできになったということも勿論その理由の一つだったでしょう。

けれどもそれ以上に島村さんのお人柄の故であったと思います。どちらかと言うと無口なかたでしたし、大きな声をお出しになることも少ない静かな雰囲気を持っていらっしゃった島村さんでしたが、その島村さんがいらっしゃるだけでみんなが安心できるような、そんなかたでした。みんながついて行ったのです。図画が大変お得意でいらっしゃって、いつも先生がほめていらっしゃいました。私は図画が苦手なものですから、いつもすごいなあと感心していたものです。

体育は大変お得意だったようには記憶しておりませんが、クラス対抗のときにはソフトボール等に出場なさっていました。ボールを投げたり捕ったりするようなときにも、ほんとうに精一杯なさっているので、ずいぶん頑張り屋さんなのだなあと感じたりしたものです。むずかしいフライを頑張って捕えたときにはみんな大喜びで手をたたいたりしました。

私は中学生時代は人一倍恥ずかしがり屋でしたから、用事でもなければ島村さんともお話する事もなく過ごしてしまいました。

あのころクラスで「若あゆ」という雑誌を作っていました。ちゃんとした月刊で、みんなが交替で編集に当たっておりました。もしかしたらあなたのお目にもとまっていたかもしれませんね。その編集を一回ご一緒したおぼえがあります。夏休みになる前に発行したもので、たしか島村さんの発案で「夏休み住所録」や「夏休みのハイキングコース」などを入れました。

転校なさった島村さんがあのC組時代をどのように考えていらしたのか知る由もありませんが、あのころのクラスメートのハガキをいまだに持っておいでだった事から考えますと（全く私の独りよがりの考えなんでしょうが）楽しい思い出として懐かしんでいらしたような気がします。同じ思い出を持つ者の一人として何ともいえない気がいたします。

島村さんはあなたにとってどんなにかご立派で、どんなにか素晴しいお兄様でいらした事でしょう。そのお兄様が……。どんなにかお淋しくなられた事でしょう。

いくら運命だとしても二十二歳の若さで亡くなられるとは何と残酷なことかと思っています。

どうぞお兄様の分まであなたがお幸せになって下さいますように心からお祈り申し上げます。あなたもご努力なさって下さいませね。そして時には幾年かをお過しになった広島を思い出して下さいますように。ではくれぐれもお元気で、ご健康をお祈りしております。

かしこ

島村が東京で長男を失って、忌引で会社を休んでいる間に、東亜ペイント・大阪本社の総務課の女子社員が鉄道自殺を遂げた。受付でまるい顔をいつもにこにこさせていた色白のその小柄な女子社員は二十歳になったばかりで、山田秀子という名前であった。

島村が出社した日が秀子の告別式に当たっていた。島村は秘書嬢からその話を聞かされたとき、

「えっ、受付をやってたあの娘《こ》が……」

と絶句し、しばし立ち尽くしていた。

聞けば失恋を苦にしての自殺だという。なんと痛ましいことであろう。わずか数日前に長男に死なれているだけに、島村の胸は一層痛んだ。島村はさっそく秀子の告別式に参列し、焼香したが、遺影を前にして思わず眼がしらが熱くなり、ハンカチでそっとぬぐわなければならなかった。

その夜、島村は青年社員にあてて、日誌に記している。

「なか空になすな恋と詠めるごと
　乙女心はただ一筋にして
男にはかりそめの恋と思えどさにあらず
　散りし蕾のいとはかなくて
東亜ペイント大阪本社従業員の山田秀子さん鉄道自殺す、洵《まこと》に可哀そうである」
と。

島村が息子の会葬者に対する挨拶のため第一銀行に顔を出したのは十二月初めである。

まず頭取室を訪ねたが、長谷川は挨拶を受けるために仕方なしにソファで島村に向かい合ったものの、にこりともせず、まともに会話を交わせるような雰囲気ではなかった。島村は気まずい思いで早々に辞去した。常務室の面々も、これがつい数ヵ月ほど前まで一緒に机を並べた仲間かと思えるほど冷ややかな態度で、会長室に直行すべきだったと島村は後悔したほどである。実際、井上と顔を合わせて、島村は救われた思いであった。

「大変でしたね。さすがの島村さんもすこしお痩せになったようだが、そうそう悪いことばかり続くものではありませんよ」

「今度ばかりはこたえました。お祓いでもしなければいけませんね」

島村はことさらに冗談めかして言ったが、熱いものが胸にこみあげてきそうになって、あわてて話題を変えた。

「そんなことより、反対運動のほうはいかがですか。大事な時期にお手伝いできなくて気にしてたんですが、これからは、せいぜい頑張りますよ」

「あのあと長谷川君ともう一度会って話したが、がんとして聞かないし、本件でこれ以上私と話すつもりはないとも言ってました。こうなるとあなたの言うように反対運動をエスカレートさせていかなければならないとも考えられますね。それにあなたも心配してたが、どうやら長谷川君は常勤役員の全面的な支持をとりつけているようなふしもみられます。支店長、部長なり、従業員組合の主だったところにもぼつぼつ話をしたほうがよいかもしれないと、きのうも酒井さんと話したところなんです。酒井さんや私が動くのも目立ちますから、島村さんひとつご苦労ですが、とりあえず、本社の部長クラスに真相を伝えて、かれらの意向を聞いてみてくれませんか。いまのあなたにこんなことをお願いするのは酷かもしれませんが……」

「とんでもありません。仕事をする以外に子供のことを忘れる術《すべ》はないと思っています。逆に会長が決心なさってくださったことに、感謝の気持ちで一杯です」

島村は、背筋を伸ばして、力をこめてこたえた。感動にも似た思いが身内から湧きあがってきて、島村は頰をほてらせ、思わず手を伸ばして、井上に握手を求めていた。

井上もすぐに応じた。二人は手を握り合ったまま、しばらく見つめ合っていた。

島村は明後日の日曜日に予定していた、先輩で第一開発社長の曾根原たちとのゴルフをキャンセルせずに受けることに決めた。兜町支店長の山田、虎ノ門支店長の藤崎を含めた四人で、プライベートにゴルフをやる約束が二月《ふたつき》も前にできていたが、島村家を襲った突然の不幸に曾根原たちが気兼ねして、見合わせることになっていたのである。島村はさっそく電話で三人に連絡をとり、ゴルフの約束を復活させた。

「島村さん、無理しなくてもいいんですよ。ゴルフなんて、いつでもできるんですから」

曾根原は、島村が気を遣っているととったのか、逡巡したが、島村は、

「一度お断わりしておいて、申しわけありません。わがままばかり申しまして。予定がおありならあきらめますが、気晴らしにぜひおつきあいくださいませんか」と強く誘った。

みんな好きな連中で、たのしみにしていたゴルフだったから、結局、曾根原が折れ、話がまとまった。

当日は、十二月上旬にしては暖かく、ぬけるように晴れ上がった好天に恵まれた。四人共通のメンバーコースである平塚・富士見カントリー・クラブの大磯コースに、全員が集合したのは九時半で、十時前にアウトからスタートした。

日曜日はビジターを制限している関係で、のんびりゴルフを愉しむことができる。

「きょうは道明君の追善供養だから、島村さんにチョコレートを進呈しないと罰が当たるからね」

五番ホールまで、島村に負かされ続けの山田がくやしまぎれにそんなことを言ったが、島村は笑顔で聞き流していた。もっとも、島村は、内心緊張していた。合併問題の話をいつ切り出すか、先刻からそのタイミングを考えていたのである。

ティー・ショット後、曾根原や山田と肩を並べて歩いているとき、あるいは茶店の小憩時によっぽど話してしまおうかとも考えたが、まさかプレーの最中にショックを与えるわけにもいかず、ぐっとこらえていた。

ハーフを終えて、クラブハウスで昼食を取っているときも、島村は話してしまいたい欲求にかられたが、我慢した。

島村が「ちょっと、皆さんに話したいことがあるんですがね……」と切り出したのは、一風呂浴びて、ビールで喉をうるおし、スコアを確認し合って、チョコレートの勝ち負けを計算した後であった。

「なにごとですか。さんざんわれわれからチョコレートをまきあげといて、今度はお説教ですか」

山田が軽口をたたいたが、つぎの島村の言葉に、息を呑み、顔色を変えなければならなかった。

「三菱銀行との合併の話が進行しています」

「まさか、きみ、冗談でしょう?」

曾根原が眼を剝いた。

「曾根原さんもまだご存じではなかったのですか。井上会長か酒井相談役からお聞きおよびかとも思ってたのですが」

「いや、なにも聞いてません」

「去年の十一月ですから一年以上前になるわけですが、三菱の田実頭取から長谷川頭取に話があったそうです。長谷川頭取は大変乗り気で、常務会も承認し、そろそろ両行で合併交渉委員の人選が進んでいるかも知れませんよ」

島村はちょっと四囲に眼を配って、あたりを気にしたが、クラブハウスの食堂はすいていて、近くのテーブルに人影はなかったし、よしや居合わせたとしても聞き耳を立てる者などいようはずがなかった。すこし離れたテーブルの四人がなにが可笑《おか》しいのかさかんに高笑いを飛ばしている。談笑し、なごやかな雰囲気が漂うはずの食堂の一角で、深刻な面持ちでひそひそと話し込んでいる光景は、場違いであり、その場にそぐわないとしか言いようがない。

「島村常務が突然、東亜ペイントへ転出されたとき、おかしいとは思ったのですが、このことと連動していますね」

藤崎がテーブルに上体を乗り出して訊いた。

「常務会のメンバーで三菱との合併に反対したのは私一人です。藤田常務も反対意見ですが、病気で休職中ですから」

「なるほど、島村さんほどの人を斬ったとなると、長谷川頭取の決意は固いですね」

山田は喉が渇くのかコップを乾して、手酌でビールを注いだ。

「平取にも話をおろして、常勤役員の賛成を取りつけていると思います。私が斬られた恐怖感から、反対論は完全に封じられてしまった、というのが実態じゃないでしょうか」

「相手が三菱ともなれば、吸収合併であることは間違いないな」

「曾根原さん、そのとおりですよ。だからこそ私は反対したんです。長谷川頭取は合併後の新銀行の頭取の椅子が約束されてるから、ご本人はそれで満足でしょうが、あとの者はどうなるんですか。こんな重大なことがたった一人の考えで行われようとしているんですよ。この危険なバスはどんどんスピードを加えて走っています」

「三菱が新銀行の頭取ポストを第一側に渡すなんて考えられませんが」

山田の素朴な疑問に島村は答えた。

「長谷川頭取自身から聞いたことですから、間違いないと思います。田実頭取との間に合意ができているそうです。つまり田実さんは会長になるということでしょう。三菱側も実に考えて、巧妙な手を打っていると私は解釈しているんです。長谷川さんの気持ちさえしっかりつかんでとりこんでしまえば、あとは簡単です。つまり、それだけ第一においては長谷川さんの力が強いということにもなるわけです。頭取のポストを長谷川さんに譲るということは、極端な言い方をすれば罠であり陰謀だと言えないこともない。長谷川さんがいくら頑張っても十年も頭取のポストにしがみついているわけにもいかんでしょう。しかも、田実さんが会長に退くといっても代表権を持った会長で、チェアマンであることには変わりはない。また、長谷川頭取がやめてしまったあとは、三菱の思うとおりの人事ができる。いっとき譲歩し、対等合併という形式をとったとしても、実態が吸収合併であることは曾根原さんがおっしゃるとおりで、見えすいていると思います。吸収どころか、併呑と言ってもいい」

つい声が高くなっていることに気づき、島村はてれかくしに肩をすぼめた。

「合併銀行の頭取に長谷川さんとは、たしかに三菱も考えたもんだね。長谷川さんならずとも、これには眼が眩んでしまうかもしれない」

曾根原は腕組みし、首を振って、頻りに感心している。

「長谷川さんが新銀行の頭取の椅子に魅力を感じていないということはないでしょうが、それだけで三菱との合併を考えたのかどうか。やはり長谷川さんなりのフィロソフィがあってのことでしょう。三菱を呑まんとする気概は、私にも分からないではない。しかしそれは多分に独善的なものなんです。長谷川さんは、私の反対論に対して低次元で感情的だと言いましたが、理想と現実は一致しない。第一が三菱に吸収され併呑されてしまう、それが現実なんです。その現実に眼を向けないで、ロマンばかり求めること自体ナンセンスなんです」

「島村君、どうなのかねえ、三菱側から、つまり田実さんから長谷川さんに話が持ち込まれたと考えるべきなんだろうか」

「長谷川さんは、私には去年の十一月ごろ田実さんから一緒にならんかと話があったと言ってましたが、それが事実かどうかは分かりませんよ」

「ということは、逆に長谷川頭取のほうから田実さんに話を持ちかけたということですか」

藤崎が島村を見上げて訊いた。

「そう考えられないこともない。長谷川頭取が頻りに銀行は大きくなければならないと言い始めたのはここ二、三年のことですが、ということは早くから三菱を意識していたからととれないこともないでしょう」

「そういえば、長谷川頭取になってから大日本製糖、日東化学、関東電化などの再建を三菱グループの手に委ねたケースが多いですね。これも三菱と第一合併の伏線と考えられないことはありませんね」

山田が穿《うが》ったことを言ったが、このことはかつて島村が考えたことでもあったから、島村には内心深くうなずけるものがある。

「長谷川さんのほうから田実さんにアプローチしたと考えたほうが自然かも知れないね。あの人一流の計算なり判断があってのことだろうが、言ってみれば身売りみたいなもので、われわれＯＢとしてもちょっと承服できんよ」

曾根原はビールを乾して話をつづけた。

「長谷川さんが三菱との合併を考えたのはいつごろだろうか。ご子息を三菱銀行に入れたのは、ずいぶん以前だけど、そのころから狙っていたと勘ぐれば勘ぐれないこともないいんじゃないかな」

「まさか、そこまでは。いくらなんでも考え過ぎですよ」

山田があきれ顔で言い、島村はこっくりしながら、

「頭取になってからでしょう」

とこたえた。

「しかし、ほんとうに長谷川さんのほうから田実さんにアプローチしたんでしょうか。やっぱり発想は田実さんのほうじゃないんでしょうか」

藤崎が疑問を挟むと、曾根原が、

「これぱっかりは田実さんと長谷川さんに訊いてみなければ分からんが、二人の胸中深く秘められていることで、ちょっとやそっとでは聞き出せないだろうな」

と、冗談めかして言った。

「それにしても、三菱と合併とは驚きましたねえ」

山田はまたビールを呷《あお》った。

藤崎もいかにも不安げな表情で、島村を覗き込んだ。

「帝銀時代よりももっと苦労させられるでしょうね。これから先、われわれはいったいどうなっちゃうんでしょうか」

「そう思います。三菱財閥の力はあまりにも強大です。銀行だけ比べたらそれほど大きな差があるとも思いませんが、バックの力が違い過ぎます。第一が吸収合併されたら大変なことが起こりますよ」

「銀行界に三菱と第一の合併を予想する人が一人でもいるでしょうか。おそらく現実離れした夢物語とみんな思うでしょう。ところが、それが実現しようとしている。長谷川さんはスケールの巨きな人なんでしょうが、すごいことを考えるもんですね。恐らく、三菱と第一が合併すれば世界でも四位か五位の大銀行になるんじゃありませんか」

山田のコップが空になったので、島村はビール瓶を傾けながら言った。

「とにかく、これは第一が消滅するか、どうかの問題だと思います」

「井上会長も三菱との合併に賛成なの？」

「とんでもない」

曾根原は、それを聞いてホッとしたように大きくうなずいた。

「井上会長も酒井相談役も、もちろん大反対です。なんとか合併を阻まなければならないと考えています。それで、さしあたり第一の旧役員に真相を伝え、反対運動を盛りあげようということになったのですが、それだけでは心もとないので、行内の幹部、支店長クラスにもＰＲしていくことにしたわけです」

「なるほど、きみがゴルフのキャンセルを復活させたのは、そのためだったんだな。島村さん、ありがとう、よく話してくれました。私も微力ながら反対運動の仲間に入れさせてもらいますよ。それにしても、島村さん一人でよく反対論をつらぬき通したね。立派ですよ。東亜ペイントなんかに飛ばされて……」

しんみりした曾根原の調子に、島村は胸が熱くなったが、

「私は融通が利かないほうですから」

と、くだけた口ぶりで答えた。

「きみたち、どう思う？　いくらなんでも合併に賛成できんだろう」

曾根原が、口をつぐんでしまった山田と藤崎にこもごも眼をやった。

「ええ、賛成なんかできっこありませんよ」

と、山田がこたえ、藤崎は、黙ってうなずいた。

「ただ、われわれぺいぺいには、なんの力もありませんから、お役に立てるかどうか」

「そんなことはない。きみたち部長、支店長クラスの人たちが起ち上がれば道はひらけると私は思います」

島村の強い口調に、二人は気圧されたように、うつむいてしまった。

「たしかに、きみたち現役は正面切って反対論を唱えるのは辛かろう。長谷川執行部が合併に向けて動き出したとなればなおさら流れに逆らうのは勇気が要る。しかし、吸収されて厳しい状況を招くよりは、多少長谷川さんに睨まれても反対に回ったほうがまだしもましかも知れないよ」

「しかし、曾根原先輩はＯＢで気が楽ですが、反対し切れるかどうか。合併を阻止できるかどうかとなると、残念ながら一パーセントの確率もないような気がしますが」

「山田君、それはすこし悲観的過ぎませんか。株主がどう考えるか、取引先の企業がどう判断するかによっても左右されるし、井上会長を軸にOBが結集すれば、長谷川頭取といえども独走できるとは思えませんからね」

島村は、いまの時点では一パーセントの確率もないといった山田の見方が正しいとしても、それを肯定するわけにはいかなかった。

「山田君の言うように情勢はいかにも厳しいね。それこそクーデターまがいのことでもやらんと、逆転できないかもしれない。なにしろ、相手が長谷川頭取だからなあ」

曾根原が嘆息まじりに言ったのに対して、島村がこたえた。

「そこまでしなくても必ず道はひらけるような気がします」

「そうだな、この際、悲観的になることはないね。やってみなければ分からない」

「そうですよ。すべてはこれからです」

「きょうは血が騒いで眠れないかも知れないぞ。こんなことになっているとはねえ」

先輩のやりとりを、山田と藤崎がどんな気持ちで聞いていたか、島村も曾根原も知る由もない。

島村は、うしろ指を差されるようなことのないように日中は東亜ペイントの仕事に没頭した。

夜になると、大阪を中心とした関西地区の支店長を誘い出したり、ときには自宅に押しかけて三菱銀行との合併反対論をぶったこともある。週末から日曜日にかけて東京で過ごすことが多いが、わざわざ名古屋で途中下車して、その周辺の支店長を集めて、熱っぽく語りかけたことも一度や二度ではない。

そんな島村の行動が長谷川の耳に入らぬはずがなかった。忠義顔で長谷川にご注進に及ぶ者がいたとしても不思議ではないし、島村は大手を振って井上のもとへ出入りしていたから、長谷川が神経を逆撫でされ、頭に血をのぼらせるのももっともと言えた。

3

土曜日の午後、会長室で井上と話しているところへ、峰岸副頭取付きの秘書嬢がやってきて、「お帰りになる前にお立ち寄りいただきたいそうです」と連絡してきた。

「なんでしょうか。副頭取から声がかかるとは珍しいですね」

「どうせろくなことはありませんよ」

島村と井上はそんなことを言って顔を見合わせたが、果たして、ろくな話ではなかった。

「島村さん、これ以上頭取を刺激しないでくれませんか」

「…………」

「井上会長のところへ出入りされるのも、もっと控えてくださらんと困りますね。あんまり挑発的じゃないですか」

初めは冗談かと思ったが、峰岸の表情は硬かった。

「別に挑発しているつもりはありませんし、私も用があるからこそ井上会長のところへ来てるんですが」

「井上会長が三菱との合併に反対してることはご存じでしょう」

「ええ、私も反対です」

「お二人が個人的に反対するのは仕方がないが、反対運動を始めるようなことになると穏やかではありませんね。第一銀行の信用に傷をつけることになりますよ」

「三菱に併呑されて、第一が消滅してしまうよりは、ましだと思いますが」

「あなたの合併反対論はもう結構です。井上会長も島村さんも眼に余ると頭取はとっています。これ以上、妙な動きをするなら、退職金は支給しないようにと頭取は言ってるのですよ。もちろん、そんなことはしたくありませんが、井上会長にもあなたからよく言ってくれませんか。お願いですから、静かにしてください。島村さんが大阪や名古屋で、反対運動をしていることは逐一頭取の耳に入っています。これ以上あなたが反対運動をしつづけるようですと、ほんとうに退職金もさしあげられないかもしれません」

「頭取はそんなことまで言ってるんですか。この銀行を私物化するようなことがよく平気で言えますね。人間性を疑いたくなりますよ」

「そんな言い方は頭取に対してすこし酷ですよ。合併に賭けている頭取の気持ちを汲んであげなければ……」

「しかし、それにしても言っていいことと悪いことがあると思いますが」

「逆効果だったようですね。ただあなたがどう足掻《あが》こうが、三菱との合併は既定の方針で、変えようがありません」

「つまりムダな抵抗はやめろということですね」

島村は胸が悪くなるほど憤っていた。翻意しなければ退職金はやらない、などと脅迫まがいのことを言われて挫《くじ》けるくらいなら、初めから、合併に反対したりするもんか、と島村は思った。

「事態はあなたが考えているよりも進んでいます。合併契約が締結されているとお考えいただいたほうがいいかも知れません。はっきり言って、いまさら反対もくそもないんですよ」

「株主総会の決議事項ではないのですか」

島村の声がふるえた。さすがにそこまで言われると、足もとが崩れてゆくような絶望感にとらわれる。

「ともかく三菱との合併を覆すことは不可能です。島村さん、悪いことは言いません。ホコを収めてください。反対運動をつづけても無意味ですし、あなたにとってなんのプラスにもなりません。いや、大変な損失です」

「副頭取のご意見はご意見として承っておきます。先日も、さる友人から、長谷川さんに楯突いたら、財界から放逐されてしまうぞとおどかされました。しかし、私は自分の信念を変えることはできません。変節するくらいなら死んだほうがましだとさえ思っています」

「そこまで思い詰めてるんですか。しかし、あなたはそれでよろしいかもしれませんが、奥さんやお子さんはどうなるんですか」

峰岸は、痛ましげに島村を見やった。

「ご心配なく。田舎へ引っ込んで農業でもなんでもやりますから」

「島村さん、退職金の件は、頭取からだいぶ以前に言われてたことなんです。私としてはそんなことにならないように祈るだけです」

「よく分かりました」

島村は、副頭取室から会長室へとって返した。

興奮から、顔をまっ赤に染めて島村が引き返してきたので、井上は吃驚した。

「だいぶご立腹のようですが、どうしました？」

「頭取は翻意しなければ、会長にも私にも退職金はやらないと言ってるそうです」

「そんなふざけたことを言ってるんですか」

井上の顔がみるみるうちに染まっていく。

「峰岸さんはいくら反対しても覆せるものではないとも言ってました」

「それで、われわれがひるむとでも思っているのでしょうか。むしろわれわれの気持ちをあおるだけで、逆効果じゃないですか」

「まったくです。退職金をやらないなどとそんなひどいことがよく言えたものです。長谷川君は血迷っているとしか思えない。それならそれで結構だ。こうなったら、とことんまでやるだけです」

井上は憤慨して握りしめた拳をふりまわした。

「私も、いよいよ一歩も引けないといった気持ちです。ますますファイトが出てきました」

「島村さんは、古河系の企業に顔が広いからそっちのほうを固めてくれませんか。私は、川崎系のトップに協力を求めてみます。OBの間に、日増しに反対論が強まっていることも知らないで、覆せないもないもんですよ」

井上は怒り心頭に発して、いつもは柔和な眼をつり上げ、すごい剣幕で、島村でさえ、たじたじとなる思いであった。

4

「おまえには心配ばかりかけて相すまんと思っている」

夕餉のあとで、書斎に茶を運んできた妻の美治子に、島村はしみじみと語りかけた。

「いまさら、なにをおっしゃるんですか」

「第一時代に比べると交際費が雀の涙ほどだから、つい身銭を切ることが多いので、家計のほうはさぞ大変だろうと思う。そのうえ、こんなことを言うのは忍びないんだが、退職金をもらえないかも知れないぞ」

「…………」

「おまえには、なんにも話してないが、私が東亜ペイントに出されたのは、三菱銀行との合併に反対して、長谷川頭取の逆鱗に触れたからだ。しかし、第一が吸収され、消滅してしまうような合併にはどうしても反対しないわけにはいかなかった。井上会長、酒井相談役、そのほか旧役員を中心に反対運動が燃えさかろうとしているが、きょう峰岸副頭取を通じて、翻意しなければ退職金をやらないと言われた。きっと、あてにしてたと思うが、そんなことで、またおまえに迷惑をかけてしまう」

「私には、あなたのお仕事のことでとやかく言う資格はありませんわ。あなたのお気のすむようになさってください。子供たちもアルバイトを始めるなどと申してますし……」

美治子は、子供たちの中に道明がいないことを思い出したのか、涙ぐんだ。

島村はそんな妻をいとおしく思いながらも、

「私が東亜ペイントを追い出されるようなことがあったらどうするかね」

と、さらに追い討ちをかけるようなことを口に出してしまった。

「そんなことになりそうですの？」

「これは仮定の話だが、ありえないことではない。反対運動が失敗したら、長谷川さんに憎まれている私はどうなるか分からないからね」

「そのときはそのときですわ。あなた、そんなに悪くお考えにならないほうがよろしいと思いますけど」

「そうかもしれないな。きょう峰岸さんに、そのときは田舎へ帰って、農業でもやりますよと言っておいたが……」

「あなたにその覚悟がおありなら、それで結構ではありませんか」

「そうか、いまさら泣きごとを言っても始まらないな」

「それよりあなた、ご無理が続いてるようですが、お体のほうは大丈夫ですか。気をつけてくださいね」

「ありがとう。その点は心配ない。健康には至って自信があるほうだからな」

「でも、あんまり過信して油断なさってはいけませんわ。大阪で不規則な生活をなさってるようですし……」

美治子は、夜の遅い時間に二度ほど大阪の島村の役宅に電話を入れたことがあったが、いずれも留守だった。そのことを口にこそ出さなかったが、島村が慣れない仕事に苦労していることが分かるだけに、心配だった。

「娘たちは、私が大阪であなたの面倒をみてあげたほうがいいと言ってくれてます。そうしましょうか」

「ほう。そんなことを言ってるのか。心配してくれるのはありがたいが、おまえが大阪へ来てしまったら、今度は娘たちが心配で、夜も眠れなくなるぞ。私は、これからも大阪と東京の仕事が半々くらいだから、行ったり来たり、気楽にやらせてもらうよ」

「早く、東京勤務になるとよろしいですわね。あなたが大阪へ転勤なさったと思ったら、こんどは道明があんなことになって……」

美治子は口に手をあてて嗚咽した。

「娘たちも大きくなれば、いずれ嫁に行ってしまうんだ。最後は二人っきりにされてしまう。いまはまだけっこうにぎやかだが、淋しくなるのはこれからだよ。ま、お互いせいぜい健康に気をつけるとしよう」

島村は、ゆっくり茶を喫んでから、美治子に背を向けた。

島村は、美治子が書斎から出て行ったあとで、硯箱をあけて、墨をすった。

半紙をひろげて、筆にたっぷり墨を含ませ「身を捨ててこそ、浮かぶ瀬もあれ、益荒男のみち」と三行にしたためた。父親に手ほどきを受けた程度で、特に書を習ったわけではなかったが、伸びやかな書体で、なかなかのものだ。

島村はそれを色紙に写し直し、神棚に捧げた。手を合わせ、島村は祈った。とくに大時代的とも思わなかった。そうせずにはいられなかったのである。

いよいよ、三菱銀行との合併反対運動は、のっぴきならないところへ突入しようとしている。これから先どうなるのかを考えると島村は胸が苦しくなるほど不安だった。第一銀行の一万一千人の行員のために、そして第一銀行が永遠に生命を失わないために俺は微力を尽くしているのだと確信していたが、勝算が立たないだけに、時としてなんとも名状しがたい不安にかられる。だが、いまさら引き返せる道はない。前進する以外にないのだ。

あくる朝、島村は新幹線の一番列車で大阪へ向かった。

十時前に、東亜ペイントの本社に着いた。受付嬢の顔が替わっている。そうだったな、と島村は一瞬、山田秀子のまるい顔を思い出し、胸を衝かれる。

島村は、オフィスに一歩足を踏み入れたら、合併問題を忘れることにしていた。気持ちが切り換えられないようでは、まともな仕事はできはしない、と島村は思う。アメリカンフラワー事業を一日も早く軌道に乗せなければならない。さいわい、ヘイズからライセンスの独占的実施権を取得でき、見通しは明るい。

本社内の島村を見る眼に変化が生じているのを島村は肌で感じていた。銀行出身のエライさんといった見方がすこしずつ修正されようとしている。あわてることはない、俺にはこの会社を立派な企業に育てる夢がある。

十二月十七日の朝、島村が社長室で、熊沢と打ち合わせをしているとき、秘書がメモを入れてきた。

〝東京の第一銀行の山田さんとおっしゃる方から電話がかかっています。至急ご連絡したいことがあるそうです〟

島村はメモに眼を走らせて、すぐにソファから起ち上がった。

島村は不吉な予感で胸がざわつき、「ちょっと失礼します」と熊沢に中座を断わる声がうわずっていた。

「島村です」

「会議中お呼びだてして申しわけありません。実は昨夜遅く藤田常務が亡くなりました」

「…………」

「黄疸で十月に入院されたことはご存じだったと思いますが」

藤田の訃《ふ》を知らせる山田の声は深い悲しみに沈んでいた。

「藤田さんが……」

島村は、絶句した。言うべき言葉を知らず、しばし受話器を握りしめたまま放心していた。

「死因は肝臓癌ということですが、ご家族のお気持ちもあって、新聞の死亡記事では黄疸の扱いにしてもらうそうです」

「そうですか。九月にお見舞いに伺ったときは元気そうにしていらしたのに、急に……」

「入院なさったときは手遅れだったようです。むしろ、よく頑張り抜いたという主治医の話だそうです。それで、告別式は十九日の午後一時から信濃町の教会で行われます。喪主は信子夫人です。島村さんには第一銀行の役員として列席していただきたいという人事部の希望ですが、よろしいでしょうか」

「はい。そうさせていただきます」

「第一としてもほんとうに惜しい人を亡くしました。しかもこういう難しい時期に……」

「まったくです。大きな損失です」

島村は、電話が切れたあと、電話機に両手をついて、それを支えにして辛うじて立っていた。瞑目している島村の眼に涙がにじんだ。

島村が藤田を訪ねたのは九月初旬の残暑の厳しいときだったから、わずか三月《みつき》半ほどしか経っていなかった。その間、島村は長男道明の死といういたましい体験をしている。藤田の弔電を受けてからまだひと月にもならないのに、今度は逆に弔電を打たされる破目になるとは……。

島村は、藤田が十月中旬に都内の病院へ入院したことは聞いていた。見舞いに行かなければと思いながら、島村自身、外遊やら突然の不幸やらで忙し過ぎてそれどころではなかった。しかし、なんとか時間のやりくりはついたはずだった。

藤田に悪いことをしたという悔いが残る。藤田がたとえ病床に臥《ふ》せっていたとはいえ、現役の常務として三菱銀行との合併に反対していてくれたことは、島村たち反対派にとって精神的にもどれほど支えになっていたか知れない。島村は貴重な支柱を失って、途方にくれる思いであった。

島村が受話器を置いた直後に井上から電話が入った。

「藤田常務のことは連絡がありましたか」

「はい。たったいま、兜町支店長の山田君が知らせてくれました」

「落胆していることでしょうね」

「残念無念です」

「私も、残念でならない。しかし、島村さん、ここは歯をくいしばってふんばらなければ……。ともかく藤田常務の分までわれわれが頑張らなければいけません。合併に反対していた藤田君の霊に報いるためにも、第一を残すことがわれわれの義務です。きみはお子さんを亡くされた直後だけに、さぞこたえていると思いますが、元気を出してください」

「会長、お気をつかっていただいて、ほんとうにありがとうございます。大丈夫です。私は挫けてはいません。ひとふんばりもふたふんばりもさせてもらいます」

島村には、井上の心くばりが痛いほどよく分かった。

「十九日が藤田常務の告別式だそうですが、上京されますか」

「はい。そのつもりです」

「神鋼電機の小田切君が京橋の蛣蛉《あきつ》に部屋を確保してくれましたから、その日の夜にでも集まることにしましょうか。藤田君を偲んで……」

井上の声がつまり、一瞬途切れた。

「蜻蛉は知ってますか」

「ええ。たしか割烹というか小料理屋でしたね。東京駅からそう遠くない……」

「そうです。そこで六時に会いましょう。酒井相談役、曾根原君、湊君、小田切君たちも顔をみせてくれるはずです」

「分かりました。たのしみにしています」

島村は、社長室に戻って、熊沢と事務的な打ち合わせを済ませた。

「島村さん、顔色がすぐれないようだがどうかされましたか」

熊沢は、書類をファイルに戻して起ち上がりかけた島村を心配そうに見上げた。

島村は一瞬逡巡したが、ソファに腰を落とした。

「第一の藤田常務をご存じですか」

「ええ。特に親しくしてもらっていたわけではありませんが、二、三度顔を合わせたことがあると思います。病気で休んでおられると聞いてましたが」

「実は、昨夜遅く亡くなったそうです。いま兜町支店長の山田君と、井上会長からつづけて電話で連絡を受けたところです」

「それはご愁傷さまです」

熊沢は、気落ちしている島村の顔を見るのが忍びなくて、眼を伏せた。

「告別式は明後日ですが、友人の一人として送ってやりたいと思いますので、よろしくお願いします」

「あなたは第一の役員の立場としても欠席するわけにはまいらんでしょう。私も東亜ペイントを代表して、ご一緒させてもらいますよ」

「ありがとうございます」

「…………」

沈黙が流れた。熊沢が湯呑を口に運んだのにつられて、島村も茶碗に手を伸ばした。

島村が怖いくらいの厳しい面《おもて》をあげて、熊沢を凝視した。

「社長、もうすこしよろしいですか」

「どうぞ」

「折り入ってお願いしたいことがあります」

「…………」

熊沢は、島村のただならぬ様子に居ずまいを正した。

「第一銀行と三菱銀行が合併しようとしていることはご存じですか」

「えっ、なんですって」

熊沢は、唖然として、眼をしばたたいている。

「古河鉱業の楢原《ならはら》社長には、井上会長からすでに話が伝わっているかも知れませんが、おそらく合併の覚書に調印するところまできているのではないかと思います。私が第一の常務職を解かれたり、また、こうして招かれざる客として東亜ペイントにご厄介になっているのもそのためです」

「招かれざる客なんてことはありませんよ」

熊沢は口もとをゆるめたが、すぐに表情をひきしめた。

「島村さんと長谷川頭取との間になにかあったんじゃないか、とは思っていましたが、まさかそんなこととは……」

「三菱との合併の件はお聞きおよびでしたか」

「とんでもない。初耳です。率直に言って、信じられないといった気持ちです」

「無理もないと思いますが、これは事実です。井上会長、酒井相談役を中心に反対勢力が輪をひろげつつありますが、まだ微々たるものです。私も折りをみて、大阪、名古屋周辺の支店長クラスの人たちに反対論をぶって廻ってるのですが、長谷川頭取という強力なリーダーが合併に向かって突っ走ってる状況ですから、その流れを押しとどめるのは容易なことではありません」

熊沢は、不意に起ち上がり、社内電話で秘書を呼び出し、

「コーヒーを二つお願いする。ついでにおひやも貰おうか」

と、口早に言って、ソファにもどった。

湯呑茶碗の底に沈んだ茶滓をかきわけるようにして、ひとしずくを口へ落としたところをみると、熊沢はよほど喉が渇くらしい。

コーヒーが運ばれてきた。秘書嬢がゆったりした動作でテーブルにコーヒーカップと水入りのコップを並べ終え、やっと退室してゆくのを見届けるのももどかしげに、熊沢が言った。

「相手が三菱では、吸収合併でしょうね」

「実態は吸収合併ですが、対等合併の形式をとることになっているようです」

「えらいことですね」

熊沢は、ことがらの重大さが次第に胸の中にひろがってくるのを意識した。

「社長は、三菱と第一の合併についてどう思われますか。賛成なさいますか」

熊沢は首を左右に振って、水を一気に飲み乾して言った。

「東亜ペイントは古河鉱業の子会社ですが、はしくれとはいえ古河グループの一員であることには変わりありません。古河鉱業なり東亜ペイントうんぬんよりも、古河グループがこれからどうなるかという問題ですよ。三菱グループに比べれば古河グループなんて、小さな存在です。三菱銀行と第一銀行が合併するということは、古河グループが三菱グループに組み込まれてしまうということでしょう。つまり、古河グループの存亡にかかわる重大問題です。これは、大変なことですよ」

「社長のおっしゃるとおりです」

熊沢は、三菱側が口火を切ったと、てんから思い込んでいるらしい。

「どうして長谷川頭取ともあろう方が、三菱銀行の合併申し込みを受ける気になったんですかね」

「長谷川頭取なりのお考えがあってのことでしょうが、私には到底賛成できませんでした」

島村はコーヒーに角砂糖を一つ落として、スプーンでかきまぜながら、しんみりと言った。長谷川と対決した場面、峰岸と安田から東亜ペイントへ出向するよう申し渡されたときのこと、井上と合併反対を確認しあった場面、そして長男に先立たれたことなど、この数ヵ月の出来事が島村の胸にどっと押し寄せてきた。島村は不覚にも熱いものがこみあげてくるのを制しかねた。

島村は、心を落ち着けるために、うつむいたままコーヒーを口に含んで、いつまでも口の中でころがしていた。

「島村さんは、いわば生命《いのち》を賭けて、三菱銀行と第一銀行の合併に反対されたんですね。ご立派ですよ。楢原社長も私も、そんなこととはつゆ知らず、あなたのお気にさわるようなことを言ったかも知れない。かんべんしてください」

「なにをおっしゃいますか。私のようなものを温かく迎えていただいて感謝していいます」

「…………」

「社長に合併の件でお話し申しあげたのは、楢原社長ともども長谷川頭取に対して反対の意思表示をしていただきたかったことと……」

熊沢は、島村の話を遮った。

「私のような者の出る幕はありませんが、楢原によく言っておきます。井上会長がすでに話されたかも知れませんが、楢原も分かってくれると思います」

島村は、低頭して謝意を表してから、話をもとへ戻した。

「過去の経緯もありますので、結果はどうあれ、私は三菱との合併反対運動をやり遂げたいと考えています。縁あって東亜ペイントにお世話になった以上、骨を埋める覚悟はできてますし、仕事も一生懸命やらせていただきますが、いまが合併反対運動のピークですから、なにかとご迷惑をかけることも少なくないと思います。申しわけありませんが、いっとき私のわがままをお赦し願えればと思いまして……」

「島村さん、よく話してくれました。あなたは東亜ペイントの役員になり切って実によくやってくださってます。アメリカンフラワーの件といい、頭が下がります。ですから、こんどは仕事のほうはすこし手びかえて、われわれにまかせてください。三菱銀行との合併に反対し切れるのかどうか私にも予測できないが、男子一生のうちでもこれほどの大仕事はありませんよ。羨ましいぐらいのものです。大いにやってください。そして悔いを残さないように、力を出し切ってください」

熊沢は、ソファから腰を浮かして、テーブル越しに島村の両肩を挟むようにして激励した。

「社長にそうまでいっていただいて、感謝の言葉もありませんが、仕事はやらせてもらいます。そうそう甘えてばかりはいられません。ただ、東京へ行く機会も多くなるかと思いますが、お目こぼしをお願いしておきます」

「島村さんらしいが、遠慮しないで、やってください」

「合併の件は、熊沢社長と楢原社長限りということでお願いします。このことが外部に洩れて新聞に書かれたりしますと、第一の信用は失墜しますし、合併が既成事実になってしまう恐れもありますから」

「念を押すにはおよびませんよ」

熊沢は、興奮さめやらぬ上気した顔に微笑を浮かべた。

第四章　合併契約

1

品川の〝開東閣〟に三菱、第一両行の首脳陣がずらり顔をそろえたのは、島村が藤田の訃報に接した十二月十七日、火曜日の夕刻のことである。

三菱銀行側は、田実渉頭取、中村俊男副頭取、加藤武雄専務、黒川久専務、降旗憲二郎常務、小島立平常務、露木清常務、山科元常務の八人、第一銀行側は、長谷川重三郎頭取、峰岸俊雄副頭取、清原薫常務、安田一夫常務、日下昇常務、小沢隆二常務の六人の錚々たる顔ぶれである。両行の常務以上の役員が一堂に会したのはこの日が初めてであった。

名目は、全銀協会長会社の第一を三菱が慰労するための懇親会とし、三菱側が第一側を招待したかたちがとられているが、合併を前提とした両行首脳陣の顔合わせであることは疑う余地がない。

藤田の死は、長谷川にとってもショックであったが、長谷川は宴席でそのことに触れるのは避け、つとめて陽気にふるまっていた。

田実といい、中村といい、加藤といい、さすがは三菱グループでも重鎮といわれるだけのことはあって、小沢などは末席にいて、なにやら圧倒される思いであった。長谷川だけは堂々と構えているが、小沢は三菱側首脳陣の弁舌さわやかぶりに役者の違いを思い知らされているような、インフェリオリティ・コンプレックスめいたものを感じたほどである。

もっとも、長谷川だけは中村や黒川と同じ昭和七年の東大卒業組だが、それこそ〝一緒にされてたまるか。役者が違う〟といった気概を持っていたのではなかろうか。

ともかく、その日の会合は数の上でも三菱側が多く、三菱側の招待ということもあって、終始第一側がリードされているおもむきであった。

第一側に、藤田の死という不幸があったせいで、意気上がらない事情はあったにせよ、第一側の役員は一様に温厚で、静かに微笑を浮かべ、相槌を打つ、といった風情で、三菱側の元気の良さが目立つ。それでも長谷川は、ワンマンといわれるにふさわしく、田実や中村と堂々と渡り合っているが、いつもの生彩が感じられないのは藤田の死を胸のなかで嚙みしめていたためかも知れない。

第一銀行の常務会は長谷川の独演会に終わることが少なくないが、この日の三菱銀行首脳陣との初会合にも、日ごろの常務会の低調ぶりがそのまま持ち込まれたととれないこともない。吸収する側と吸収される側の意気込みの違いといってしまえばそれまでだが、三菱との合併にふといい知れぬ不安感を覚えたのは、小沢だけではなかったのではあるまいか。それは、不吉な予感ともいうべきものであったかも知れぬ。

宴会の性格上、合併問題が論議された形跡はないが、両行の首脳部が合併を確認し、固めの盃を交わした場面として、この日の会合が一つの節目となったことは確かであろう。

事実、両行から各二名の合併交渉委員が正式に指名されたのは、この会の直後のことである。ちなみに合併交渉委員は、三菱側が小島立平、山科元両常務、第一側は日下昇、小沢隆二の両常務である。

新銀行の行名、合併比率、役員構成などを織り込んだ合併契約書の概要は、すでに下交渉の段階で固まっていたし、支店の配置についても詰めの段階に入っていた。

それによると、合併後の新銀行の行名は三菱第一銀行、英文ではファースト・ミツビシ・バンクと逆にする。合併比率は一対一。役員構成は田実会長、長谷川頭取までは決定していたが、副頭取以下は未定であったとされている。いずれにしても合併覚書は、両行の代表取締役の署名捺印の上で、十七日の直後に交換されたが、黄疸で死亡した藤田慎二の箇所だけが空白になっていた。

2

その日は朝から雨で、終日肌寒かった。

信濃町の教会で午後一時から行われた藤田慎二の告別式には、第一銀行の関係者をはじめ多数の弔問客がつめかけたわりには、底冷えする寒さのせいか、献花後足早に立ち去る者が多く、寂しい送りであった。井上と長谷川が顔を合わせる場面もなかったし、この日ばかりは合併賛成派も反対派も故人の冥福を祈るだけで、呉越同舟の葬儀とはいえ、すべての思いは各人の胸中深く閉ざされ、表面的にはなんら動きはみられなかった。

島村は白菊を一輪、祭壇に捧げたあとで、藤田の遺影の前でひたすら祈った。第一銀行と三菱銀行との合併問題が白紙に返されるようにと祈らずにはいられなかった。

藤田がこの合併に反対していたことを考えれば、反対運動が功を奏することこそ、故人の霊をなぐさめる唯一の途ではないか、そうでなければ藤田の霊が浮かばれないと島村は思った。

〈藤田さん、あなたと合併問題でお話ししたことを、私は生涯忘れませんよ。あなたは、私の生き方を認めてくださった。そして、最後まで頑張りぬくようにと激励してくれましたね。元気だったら、行動を共にするとまでいってくださった。あの日、私はどれほど勇気づけられたか知れません。われわれの願いがかなえられるかどうか分かりませんが、あなたにきっとご報告できる日がくると確信しています。どうかやすらかにおやすみください〉

島村は藤田の遺影に語りかけ、しばらく、じっと佇んでいた。

長谷川は、帰社するなり、午後三時からの緊急役員会に臨んだ。

長谷川は一時に緊急役員会を招集していたが、藤田の告別式があったため、時間を三時にずらしたのである。常務会のメンバーに平取が加わり、取締役調査部長岡本隆三、同総務部長兼企画室長坂口博徳、同営業部長浅沼正義、同永谷雅仁、同審査第一部長山藤巧、同人事部長安西昇、同大阪支店長福井章一、同名古屋支店長安孫子清一郎、同京都支店長池田繁、同業務部長小杉英敏、同営業融資部長木下顕雄らの常勤役員はいずれも出席した。

長谷川は、三菱銀行との合併について正式に方針を伝え、全員一致して賛成してほしいと要請した。

ほとんどの役員は三菱との合併がいまや既成事実として動かし難いものとなっていることを自覚していたが、長谷川から正面切って賛成を求められると、改めてことの重大さに身の竦《すく》む思いで、中には膝頭をふるわせている者もあった。

長谷川は、気持ちが高揚しているのか、熱っぽい調子で訴えた。

「当行は都銀の中位行としていまや厳しい経営を強いられています。今後、ますます業績が先細りになると考えられますが、私は当行の行く末だけを考えて三菱銀行との合併に踏み切ったわけではありません。日本経済は米国についでGNP第二位になるほど膨張したが、それにともなって産業界に限らず、銀行も大型化し、世界化の波に乗る必要があると思います。銀行の過当競争を避けるためにも目先の利益にとらわれない巨大銀行が誕生してもよいのではないか、開放経済に対応して豊富な資金量を持つ巨大銀行の出現がいまこそ待望されているのではないかと私は判断したのです。一部には、第一が吸収されてしまうなどと喧伝して、いたずらに危機意識を煽っている向きがないでもないが、断じて吸収合併などではありません。対等合併であることは合併契約に明確に謳われてあります。どうか私を信じて、私に従いてきていただきたい。ついでながら申しあげるが、私には個人的な野心など微塵《みじん》もありません」

せきばらい一つなく、息苦しいほど全役員は沈黙していた。

長谷川は役員一人一人に熱い眼差しを注ぎ、暗黙のうちに賛成を求めた。うつむく者、視線をおろおろとさまよわせる者、瞑目している者、誰一人として反対論をとなえる者はいなかった。

とりわけ論客としてきこえている岡本の態度に関心が集まったが、岡本も沈黙を守り通した。岡本は内心、三菱との合併について危惧していた。両行の株価の水準から判断して一対一の対等合併なら、第一にとって有利であることは確かであり、契約上とはいえ対等合併に持ち込んだ長谷川のバーゲニングパワーには、驚嘆するほかはないし、新銀行の頭取の座をせしめたことも、長谷川の卓越した力量を示して余りあるものがある。

長谷川に個人的な野心などないことも理解できないことはない。岡本が長谷川に大きなロマンを感じているのも事実であった。長谷川が国家社会のために大きな観点に立って、三菱との合併という大事業を推進しようとしていることは、岡本にも理解できる。

だが、長谷川の志は壮としても、合併の相手が三菱ともなれば、実態が吸収・併呑であることは否定しようがない。対等合併、頭取人事などに関する三菱の譲歩に、三菱の遠大なプログラムが仕組まれているのではないかといった疑念を、岡本は払拭することができなかった。

岡本は、島村ほどストレートに意見を開陳することはしなかったが、中位行二行と三菱との三行合併なら、理想的なのだがと、切実に考えていた。

岡本は唇が乾き、胸が圧しつけられるほど重苦しい気分で、なんど反対論を展開しようと考えたか知れないが、それを思いとどまったのは、いまの長谷川にブレーキをかけることは不可能であると判断したからにほかならない。

合併契約に調印している一事をもってしても、ここで反対論を唱え、長谷川批判に走ることは無意味である。

だいいち、一平取が反対したくらいで、事態に変化が生じるなどとは考えられない。ここは冷静に事態を見守るほかはない、と岡本は判断した。

ただし、長谷川から個人的に意見を求められれば、三行合併を提唱するつもりだったが、そんなことで長谷川の気持ちを変えることができないことを、岡本は百も承知していた。

役員会議室をそっと中座していく者が、二、三あった。それが、ワンマン長谷川に対するせめてもの抗議の意思表示であったとも見てとれる。しかし、もとより示威運動にもなっていないその程度の動きを長谷川が気にかけるはずもなく、長谷川は全員一致の賛成をとりつけたと受けとめて、一層合併に向けて自信を深めるばかりであった。おそらく、長谷川の意欲が最も高揚していた時期ではなかったろうか。

この日の緊急役員会では、長谷川をフォローして常務クラスが合併賛成論を述べ、質疑応答も行われたが、合併反対論は出ずじまいであった。いつの間にか雑談に移り、張りつめていた役員会議室の空気がいくらかほぐれてきたころ、藤田の死が話題にのぼった。

誰かが、

「常務会は全員一致で合併に賛成したというが、藤田常務はどうだったのだろう」

という意味の発言をした。いっせいに議長席の長谷川に視線が向けられたが、長谷川の耳まで届かなかったのか、悠然と煙草をくゆらしている。

ある常務が長谷川になりかわって「もちろん賛成でしたよ」と、小声だが断定的にこたえた。

「すると、合併に反対したのは島村さんだけだったのですね」「そうです」「藤田常務は反対だったと聞いていましたが」「いや、それはなにかの間違いでしょう」とのやりとりがあって、「そうですか」と質問者は引き下がったが、釈然としない風で、頻りに小首をかしげている。

それが長谷川に聞こえたかどうか分からぬが、長谷川は隣席の峰岸となにやら私語を交わしているきりだった。

3

緊急役員会が終了して一時間ほどしたころ京橋の割烹料理店、蜻蛉の二階の一室に集まった顔ぶれは井上、酒井、島村のほか曾根原至郎、湊静男、小田切晃男などで、湊と小田切は神鋼電機の副社長と専務だが、いずれも第一銀行のＯＢである。

話は自然、藤田のことに集中した。「いいやつだった」「惜しい人を失った」「あの男が元気だったら……」

藤田を悼む言葉が誰かれとなく口をついて出る。

「藤田君が三菱との合併に賛成したという噂をきいたが、ほんとうかね。私は、島村君から、逆のことを聞いていたんだが」

曾根原がどこでそんな話を聞いてきたのか、仏頂面で言った。

島村がきっとした顔を曾根原に向けた。

「藤田常務が合併に賛成してたなんてことは考えられません。私は、はっきり反対だと聞いてますし、長谷川頭取にも反対意見を述べているはずです。藤田さんが亡くなった途端にそんなことを言うなんて、まったく解《げ》せない。誰が言ってるか知らんが、ゆるせませんよ」

「常務会全員一致の賛成が長谷川君のキャッチフレーズだから、その周辺から出てるんでしょう。ま、気にしないことにしましょう」

井上がとりなして、この問題にそれ以上言及することはなかったが、合併契約書に藤田のサインのないことを知っている者が一人でもいれば、問題にはならなかったはずだ。

「ところで長谷川君の健康状態はどうなんだろう」

酒井が出しぬけに言った。

「至って元気なんじゃないですか。合併に向けて脇目もふらず、ひた走ってるんですから、張り切らざるを得ないでしょう」

曾根原がこたえると、酒井はじろっと流し眼をくれて、

「私はそうは思わんな。身心ともに健全な者が、第一を潰すようなことを考えるかね。とっても健康体とは思えんよ。心臓が悪いと聞いたことがあるが、それが悪化して、自暴自棄になってることはないかね」

「たしかにその点は心配ですね。自暴自棄ということはないでしょうが、私が常務室にいたころから、すこしいらいらしていた感じはありましたよ」

「第一の名前などなくなってもよい、といった意味のことを以前からよく言ってたようだし、そのことを心配して僕に手紙をくれた方がいたほどだが、考えてみるとアブノーマルな感じがしますね」

島村と井上が深刻な面持ちで、考え込んでしまった。

「それはそうと、きょう役員会で長谷川君は気勢をあげたようだが、いよいよ風雲急を告げてきたね。われわれも腰を据え、ホゾを固めて取り組まなければならない」

酒井が井上から島村に視線を移して言った。

「私は、あすとあさって三水会のメンバー会社を訪問することで先方のアポイントメントをとりつけてます。来週早々には従業員組合とも接触してみたいと思っています」

「島村さん、関西の方の支店長に話されてるそうですが、反応はどうですか」

湊が気づかわしげに島村を見やった。

「みんな動揺しています。支店長会議で合併反対の決議をしてくれるように説得してるんですが……」

島村の返事はいかにも自信がなさそうだったが、気をとりなおしたように、背筋を伸ばしてつづけた。

「しかし、まだこれからですよ。東京周辺の支店長にも話してますが、長谷川頭取の独走に対する批判は高まっていくと思います」

「来週の水曜日、二十五日ですが、川崎重工業の役員会がありますから、砂野《いさの》社長とじっくり話して、砂野さんの口から長谷川君にはっきり反対を表明していただこうかと考えています」

「それはいい。井上会長は川重の監査役だったね。役員会に堂々と出席できるわけだ。砂野君は川崎グループの総帥だし、あの人の発言には重みがあるから、いくら長谷川君でも、聞く耳もたぬという態度はとれないはずだ。私も、第一のOB連中を束ねて、〝第一銀行を守る会〟でもつくろうと思ってるんだ」

酒井は声高に言った。

小田切がこまごまと気を使って、料理の催促をしたり、からのコップにビールをついで廻っている。行き届いた男で、幹事役を買って出ている。

「酒井さんが、長老グループのリーダーとして〝第一銀行を守る会〟を結成されるなら、われわれ若手ＯＢは〝合併反対同盟〟といきますか」

曾根原が湊に眼くばせして、茶化したような調子で言ったが、その眸は光っていた。

井上がしみじみとした口調で、酒井に語りかけた。

「胸突き八丁というか、いまが一番つらいときかも知れませんね。ここにいる島村さんにしても、大阪と東京を飛び廻って、ほんとうにご苦労なことです」

「まったくだね。会長にしても島村君にしても実際よくやると感心してるんだ。しかし、やり甲斐のある仕事だし、私もこの歳になって、これほど血がたぎるようなことに出くわすとは夢にも思わなかった。カミさんに若返ったなんて、ひやかされてるよ」

「第一が残るか潰れるか。歴史的な事件にかかわっていると考えただけでも、気持ちがたかぶるというか、なんとも言えない感じになりますね。私は初めて島村君から話を聞いた日は、一睡もできませんでしたよ」

「曾根原君でさえそれじゃ、私が興奮するのも無理ないね」

酒井が笑い飛ばし、みんなも笑いにひきこまれたが、島村はふといい知れぬ不安感に襲われ、盃《あお》を呷った。

4

次の日、朝八時半に島村は東亜ペイントの東京支店に顔を出し、十時までに仕事を片づけ、丸の内の古河総合ビルの六階にある富士通の本社事務所に副社長の高羅芳光を訪問した。

「ご無沙汰しています。東亜ペイントへ転出してから、ご挨拶もせず、失礼しました」

「島村さんにはいろいろお世話になりましたね。東亜ペイントへ移られたと聞いたとき、こちらからご挨拶に参上しなければと思いながら……」

島村が東亜ペイントへ転出した事情を高羅は聞いていたわけではなかったが、どんな経緯があるにせよ、それが左遷であることは明らかだったので、島村の胸中を察して高羅のほうから出向くことを遠慮していたのである。

「お察しのとおり長谷川頭取に逆らってクビになりました」

島村は快活に言って、煙草を咥《くわ》えた。

高羅が素早く卓上ライターを引き寄せて、点火したが、あっけらかんとした島村を前にして、眼のやり場に困っている。

「藤田さんが亡くなられて、皆さんさぞお力落としでしょう。昨日、お葬式に伺わせてもらいましたが、島村さんとは確か同期でしたかな」

「それはありがとうございました。雨の中をいたみいります」

島村は、鄭重に礼を言ってから、質問にこたえた。

「藤田常務は十一年の入行で、私より一年後輩です。第一にとってかけがえのない人材でした。長谷川頭取も後継者を失って気を落とされていると思います」

「そうですか」

しばらく話がとぎれたが、島村は意を決したように煙草を灰皿に捨て、改まった態度で言った。

「いまから私が話すことは、あなたと岡田社長限りということで極秘にしていただきたいのですが、第一銀行が三菱銀行に吸収されようとしています」

「島村さん、ご冗談を……」

高羅は、島村が気でも違ったのではないかと思った。

島村の表情は真剣そのもので、眼の光は凄みさえ帯びている。高羅がその気魄に押されて思わず腰を引いて島村からすこしでも離れようとしたのも無理からぬことといえた。

「こんなことが冗談でいえるとお思いですか。すでに合併契約書に調印され、年あけ早々にも正式に発表する段取りと聞いています。私が長谷川頭取に常務職を解かれたことを考えていただければお分かりいただけると思いますが」

「…………」

「三菱と第一の合併は表向き対等合併ということになっていますが、実態が三菱の吸収合併であることは明らかです。このことは古河・川崎グループの存亡にもかかわる問題だと思いますが、高羅さんはいかがお考えになりますか」

「驚きました。そんな莫迦なことが……」

高羅の声がふるえている。高羅は、初めのうち島村の話を突拍子もない絵空事と思わないでもなかったが、そうでないことがわかってみると、容易ならざることになったと考えざるを得ない。

「私は常務を解任された腹癒せでこんなことを言っているわけではありません。井上会長も酒井相談役も三菱との合併に反対です。また、取引先や株主の了解なしに、合併をすすめようとするやり方も普通ではありません」

「お話はよく分かりました。さっそく岡田に報告しますが、しかし合併契約書に調印してるとなりますと、いまや手遅れかも知れませんね」

「株主総会の承認事項ですし、諦めるのはまだ早いと思います。高羅さん、古河グループの一員として、第一と三菱の合併に反対していただけませんか」

「岡田もおそらく私と同じ考えだと思います。長谷川さんは、ＦＡＣＯＭを採用してくださった恩人ですし、当社としてもいろいろ第一には恩義がありますから、長谷川さんに面と向かって意見がましいことが言えるかどうか分かりませんが、そんなことは言ってられません。岡田と相談して然るべく、やるだけのことはやってみたいと思います」

「よろしくお願いします」

島村は、その足で日本軽金属の副社長である松永義正に面会を求めた。午後は、横浜ゴム、旭電化工業、古河電気工業の各経理担当常務を歴訪した。誰もが〝信じられない〟という顔で、その驚愕ぶりは高羅と同じだったが、それにしても古河グループの首脳がいずれも合併問題ではそれが初耳であったことは、あらためて、長谷川の根まわしの悪さを認識させられる思いであった。

長谷川のなみなみならぬ自信の根拠はなんであろうか――島村はいくら考えても分からないし、かえって長谷川の自信をみせつけられているようで、不安な気持ちにかきたてられる。

5

そのころの井上は、島村でさえもあきれるほどエネルギッシュというか、文字どおり獅子奮迅、八面六臂《はちめんろっぴ》の行動力を示している。

二十日には、第一銀行の筆頭株主である朝日生命保険相互の春山定会長、数納清社長、藤川博相談役ら首脳に会い、合併問題について意見を交換し、明確に、〝反対〟を引き出している。

「長谷川さんもひどいことをしてくれますね」

「両行が合併したら、朝日生命はどこへ行くのかね」

「明治生命との関係はどうなるんですか。まさか明治生命と朝日生命を合併させようというわけでもないでしょう」

数納ら朝日生命の首脳陣は口々に長谷川のやり方に不満を鳴らし、井上の反対運動を支持することを約束してくれた。

井上は、そのとき、朝日生命主催の三水会の幹部会が二十四日の正午から都内のホテルで昼食会形式で開かれることを聞きつけ、数納に勧められて出席することを約している。井上にとって願ってもないことといえた。

三水会は古河グループの理事会社十社と三十社の会員会社計四十社で構成されている。理事会社は古河鉱業、古河電気工業、旭電化工業、横浜ゴム、富士電機製造、富士通、日本軽金属、日本ゼオン、朝日生命保険相互、第一銀行の十社で、古河林業、東亜ペイント、大成火災海上保険、古河アルミニウム工業など三十社が会員会社として名を連ねている。

井上が三水会の幹部会で、合併反対論をぶったとき、室内がどよめいたのは初めて合併話を聞いた者が多かったせいではなかろうか。

井上は、昼食会に出席した古河系企業の幹部から予期以上の手ごたえを得て、はじめて自信めいたものが身内から湧いてくるのを覚えた。だが、三水会の理事会社十社がこぞって三菱との合併に反対したわけではなかった。某社は強いて言えば〝賛成〟に近い態度を示した。同社筆頭常務の中田は賛成派に廻った数少ない一人で、島村の合併反対論に批判的であった。

長谷川執行部が三菱銀行との合併を推進すると決めたのは、それなりの理由、背景があってのことであり、執行部の方針が出た以上、外の者がとやかく言う筋合いではない、というのが中田の意見であった。

ついでながら、長谷川をフォローしたOBに大久保泰がいる。大久保は、第一銀行にあっては虎ノ門支店長、業務部長などを歴任したが、在行中から画家として、あるいは美術評論家として一家を成しており風格を具えた人物である。独立美術協会の会員で、『古式の笑い』『カナの饗宴』など著書も少なくない。昭和三年に入行、二十五年に独立、歳は長谷川より三つ四つ上だが、長谷川とウマが合うほうで、友達づきあいをし、若い時はしょっちゅう一緒に飲み歩いていた。

長谷川びいきの大久保が心情的にも合併賛成派に属したのは当然で、OBの集まりでも少数意見で当初から孤立していたためか、二、三度OBの会合に出席して、やがて顔を出さなくなってしまう。大久保の本音が奈辺《なへん》にあったか分明ではないが、長谷川にせいぜい義理だてしたとみるべきではなかろうか。あるいは自らに筋を通したということであろうか。

ところで、井上だが、二十四日の三水会の昼食会に出席したその足で、東京駅に駆けつけ新幹線で京都に向かった。

井上は京都のホテルで、取締役京都支店長の池田繁と落ち合い、夕食をとりながら懇談した。

池田の胸中はさぞかし複雑であったと思われる。緊急役員会で、長谷川の威圧の中を脚の竦む思いで中座しただけでも救われるが、ホテルのレストランでテーブルを挟んで井上と対峙していて、池田は次第に平静を取り戻していった。池田は合併に反対しようと決意を新たにしていた。

それほど井上の話には説得力があった。

「島村さんからも聞いていると思いますが、三菱との合併に私は反対です。その理由は言うまでもないでしょう。私が融資先、大株主に当たった限りでは、みんな反対でした。長谷川頭取は重大な錯誤を冒そうとしています。あなた方の立場で合併に反対することは大変勇気のいることですが、頭取のなすがままにまかせていたら、一生に悔いを残すことになると思います。池田さん、勇気を出してください。私は向こう見ずの蛮勇をふるって欲しいなどと無理なお願いをしているつもりはありませんよ。第一の人間として当然やるべきことをしてくださいとお願いしているのです」

「…………」

池田はなにやらうしろめたいような気持ちでうなだれていた。大先輩の会長が頭を下げて、切々と訴えている。さっきから、井上はスプーンを手にしているものの、コンソメ・スープをひと匙も掬ってはいなかった。

「支店長、私の言っていることは間違っていますか。私は無茶なことを、不条理なことを言ってますか。あなたを困らせていることにはなるかも知れない。あなたはできたらそっとしておいてもらいたいと考えているかも知れませんが、第一の行く末をいま考えないでどうするんですか」

「会長、お話はよく分かりました」

「ありがとう。ひとつあなたが核になって周辺の支店長クラスをまとめてくださらんか。長谷川頭取は利口な人だから、あなたがたが起ち上がれば、必ず翻意してくれると思います。ほんとうにありがとう」

「会長がこれほどの情熱をもって第一を救おうとなさっているのに、私たちが手を拱《こまね》いていては罰が当たります。お礼を申しあげなければならないのは私たちのほうです」

「私は、第一に身を置く者として当然のことをしているまでですよ。それに先がありませんから、気楽な立場ですしね。私に比べれば、現役の常務でありながら、最後まで節を曲げず、長谷川頭取の圧力に屈しなかった島村さんは立派ですよ」

「きょうは、このホテルにお泊りですか」

「ええ。あすの朝、神戸へ行かなければならんのです」

「神戸といいますと……」

「川崎重工の役員会があるんです。私は監査役ということになってますから、役員会のあとで、砂野さんと、この件で話し合うつもりです」

「それはご苦労さまです。会長、くれぐれもお躰を大切になさってください。風邪をおめしにならないように」

「ありがとう。気が張っているせいでしょうね。風邪のほうが逃げていくようです」

井上は池田を説得できてホッとしたのか、ようやくスプーンを使い、ぬるくなったスープをすすりはじめた。


あくる日の早朝、井上は神戸市内の川崎製鉄本社ビルに副社長の岡田貢助を訪ね、胸中を吐露し、協力を求めた。岡田は第一銀行のＯＢで、井上の二年後輩である。昭和二十八年に調査役から川崎製鉄に転出し、すでに十五年を経ている。旧第三高等学校時代、短距離の選手として鳴らしたスポーツマンで、すかっとしたいかにも男っぽい男で、誰からも好かれるタイプだ。井上とは三十数年らい友達づきあいをしている仲だ。

「そんなことになっていたんですか」

岡田は、つぶやくように言った。

「川鉄は、三菱グループとの利害がないから合併に反対する根拠も乏しいかも知れないが、ひとつ私に免じて反対してくれませんか」

「もちろんですとも。二十年以上、禄を食《は》んだ古巣が三菱に吸収されるのを黙って眺めているわけにはまいらんでしょう」

「きみにそう言ってもらえれば心強い。ありがたいことです」

「長谷川頭取という人は、そんなに頑固な人でしたかね」

「長谷川君には長谷川君なりのフィロソフィがあってのことでしょうが、こればかりは賛成できません」

「井上さんも、会長になられて悠々自適かと思っていましたが、それどころではありませんね」

「きみと話して気持ちが落ち着きました。これから川重の役員会に出席して、砂野さんに話すんですが、なんとか協力を引き出せそうな気がします」

「砂野社長は話の分かる人です。その点はまったく心配ありませんよ」

川崎重工業の役員会後、井上は日生川崎ビルの川重本社の社長応接室で、砂野と向かいあっていた。

砂野は、古武士を思わせる風貌で、眼光は鋭く、国士肌の経営者といわれている人物である。腕組みして、眼を閉じ、井上の話にじっと耳を傾けていた砂野のこめかみのあたりの静脈がみるみるうちに怒張していく。井上の話が一区切りついたところで、砂野はカッと眼を見開いた。炯眼《けいがん》人を射る眼である。

「このような重大な話を長谷川頭取から、ひとことの話もなく、いま初めて、井上さんから承るんだが、三菱銀行との合併など絶対反対です。長谷川頭取はなにを莫迦げたことを考えているんですか。単に両行が合併するだけで、他に累が及ばないとでも保証してくれるんならいざ知らず、そんなことは考えられんでしょう。三菱重工と川崎重工の関係についてはどう考えているんですか。なにを血迷っているのかと言いたいくらいです」

「私は、砂野社長から反対のお言葉をいただくためにやってきたのですから、それだけうかがえば充分です」

「反対もなにも、分かり切ったことじゃありませんか。私はいつでも長谷川頭取と対決させてもらいますよ。銀行が合併して大きくなり、資金量が豊富になればそれでよいのか、そんな単純な図式でことたれりと考えているのか。系列企業なり、バックの経済力を考えないで、なにが頭取といえるかね」

砂野の頰がひきつれ、まさに怒髪《どはつ》天を衝く勢いである。砂野が立腹するのも無理からぬことといえた。

来年四月には川崎航空機、川崎車輛の両社を吸収合併し、新生川崎重工業が誕生することになっているが、それに水を差されると砂野がとるのはもっともと言えた。第一銀行が三菱銀行に吸収合併されれば新銀行が三菱重工業に、よりウエートをかけることになるのは火を見るより明らかである。陸海空の総合重機械メーカーとして飛躍を遂げようとしている矢先に、なんということを——、砂野は憤慨を通り越して、情けなくなっていた。

「第一が三菱と対等だと長谷川頭取は本気で思っとるのかね。あきれてものも言えん。井上さん、なんとしても三菱と合併なぞしてはなりませんぞ。私も断固反対します。会長も長谷川頭取とよく話して、この計画を白紙に返すようにお骨折り願いたい」

井上は、川崎重工業の育成に執念を燃やし続ける経営者としての真髄を砂野に見た思いがした。

「あなたの力強い反対論を承って、百万の援軍を得た思いがします。今後ともお力添えのほどをお願いして、本日は失礼させていただきます」

「井上さん、勝手なことを申しましたが、おゆるしください。本日はよくおいでくださった。ありがとうございました」

両人は、それぞれ最大限の敬意を表するように深々と低頭して別れた。

6

第一銀行の従業員組合に対して、島村が説得工作を開始したのは暮れも押しつまった二十七日からである。島村はその日の昼前、高田馬場支店長の松田幸夫を日本橋三越の近くの喫茶店に呼び出して、組合対策について相談した。

松田は二十四年の入行組だが、第一の従業員組合の委員長の経験者で、三十七年には市中銀行従業員組合連合会、通称「市銀連」の委員長の要職も歴任している。都市銀行は社会的にも信用機構の中枢にあるためか、労使関係は至って健全である。政党色もなく、企業内組合として経営陣との相互信頼関係は確立され、見事な結束力を誇っている。それだけに、都銀においては、組合の委員長職はエリートコースである。

「三菱との件は聞いてますか」

「…………」

「三菱銀行と第一が合併する話です」

「いいえ、初耳です。しかし、本当ですか。信じられないような話ですね」

「初めて聞く人はみんなそう言いますが、事実です。先日藤崎君と山田君の耳に入れておいたのだが、まだ聞こえてきませんか」

「ショックですね。私には到底信じられません」

松田はよほど吃驚《びっくり》しているとみえ、〝信じられない〟を連発した。

「曾根原さんと相談してきみをお呼びだてしたのは、組合の委員長の経験者として力を借りたいと考えたからです。井上会長も酒井相談役も、そのほかOBのほとんどが三菱との合併に反対している。取引先も株主もその例外ではない。それは、三菱に吸収され、併呑される合併だからです。きみはどう思いますか。合併に賛成ですか」

「反対です」

松田は即座にこたえた。

「われわれぺいぺいに発言権があるかどうか知りませんが、三菱に吸収されるなんて我慢できません。どうして、そんなことになろうとしてるんですか」

松田は、食い入るように島村を凝視した。

「長谷川頭取が三菱の田実頭取と約束し、第一の常務会は長谷川頭取の判断に従い、合併契約書に調印したと聞いています。対等合併というふれ込みですが、対等であるとは考えられない。きみがこの合併に反対なら、支店長クラスをまとめてもらいたいし、組合の委員長にも話して、合併反対を決議し、長谷川頭取に突きつけて欲しいのだが……」

「やってみましょう。ことは急を要するようですから、さっそくきょう中に西村委員長と連絡をとってみます」

松田の反応は素早く、島村をして頼もしがらせた。

「必要なら私が委員長に会って話してもけっこうですよ」

「そうしていただいたほうがよろしいかも知れませんね。私からも話しておきますが、詳しいことは島村常務から聞くように伝えます」

「私は常務ではないよ。ただの非常勤役員に過ぎないが、第一を思う一念は人並みに持ち合わせているつもりです」

「失礼しました。島村さんが東亜ペイントへ転出した理由がやっと分かりましたよ」

松田は気がせくのか、もう中腰になっていた。

島村が、松田の手引きで組合委員長の西村智彦に会ったのはその日の夜である。松田と別れて、新幹線で大阪へ帰り、東亜ペイントの本社へ着いた直後に追いかけるように西村から電話が入ったのである。

「組合の西村と申します。高田馬場支店の松田支店長から電話をいただきました。実は、組合関係の仕事で大阪に来ています。島村さんのご都合がよろしければ、古河ビルなら近くですから、いますぐにでも参上しますが」

西村の口調は、気持ちが良いほど歯切れがよかった。島村は、腕時計に眼を落として時間を確かめながらこたえた。

「そうしてもらえるとありがたい。いま五時を十分過ぎたところだから、六時ごろになりますか」

「そんなにかからないと思います。ともかくこれから伺わせていただきます」

西村は二十分ほどで島村の前に現われた。もちろん初めて見る顔ではない。歳よりだいぶ若く見えるが、三十年の入行組だから、三十五か六のはずだ。眼がやさしくいかにも好青年といった印象である。島村は、堂島浜の近くの小料理屋で西村をもてなした。

「松田君から聞いてくれましたか」

「大阪支店へ電話が入ったのですが、詳しいことは島村重役からお聞きするようにということでした。三菱銀行との合併の件で、重大な話があるということでしたが……」

「そのとおりだよ。第一が三菱に吸収合併される話が進行している。長谷川頭取の独断で、こんな危険なことが行われようとしているんです。きみの先輩の松田君は、私の話を聞いて即座に反対だと言ってくれたが、きみはどう思うかね」

「もちろん私個人としては大変リスキーなことだと考えます。しかし、組合の委員長の立場では現段階で意見を述べることは困難です。執行部に諮《はか》ってみなければなりません し、ことがらの性質からすれば組合大会にかけるべき問題だと思いますが、秘密保持ということを考えますと、そこまでひろげることがいいのかどうか疑問で、取り扱いに苦慮するところなんです」

「そうなんだ。新聞などに書かれたらおしまいだからね。それこそ、第一の信用は失墜してしまう。組合の執行部限りにしてもらうほかないな。組合の総意ということにはならないが、執行部が一致して三菱との合併に反対してくれれば、長谷川頭取としても決して無視することはできないと思うが」

「それにしても、事態はそんなに切迫してるんでしょうか」

西村は、真率さのあふれた面上に不安を漲らせた。島村は、西村のコップのビールを満たして言った。

「一刻を争う問題だと思うよ。井上会長も必死だし、私も必死で頑張ってるつもりだ。組合も、重大に受けとめてほしい」

「………」

「年内に組合として、反対の決議文を頭取に提出することはできないだろうか」

「それは、不可能です。全国の支部、分会に事情を伝達するだけでも三日や四日はかかりますし、それから意見を汲み上げるとなると最低一週間は要すると考えなければなりません。執行部だけで独走するわけにもまいりませんし……」

西村は考える顔になった。

組合の支部は、北海道、東北、東京、名古屋、大阪、九州の六ヵ所あり、分会は全国百四十五の支店単位で構成されている。

「それに、事実関係を会社側から確認する必要があります」

「支店長クラスも行動を起こしてくれると私は信じている。組合もそうしてくれると助かるんだが。委員長個人なり、執行部の見解ということだって良いじゃないか」

「島村重役もご存じのとおり、組合といっても銀行の組合はコンサーバティブで、会社とことを構えるとなるとヘジテートしがちです」

「しかし、きみ、これはベースアップなどの経済闘争とはわけがちがう。第一銀行が消滅するかどうかの瀬戸際じゃないか」

「それはわかります。しかし、年内となるとあまりにも時間がなさ過ぎます。物理的にも無理だと思います。年があけて、できる限り早い機会に組合の意見をまとめるように努力しますが」

「いずれにしても、いまからすぐ行動を起こしてくれないか。伸《の》るか反《そ》るか、重大な場面にきてることを深刻に受けとめてほしい」

島村は祈るような思いで、西村の肩を叩いて激励した。

翌日、二十八日の土曜日は、八時に出勤し、たまった書類に眼を通し、決裁して未決裁の書類函をからにしてから、島村は十時過ぎに早退した。神戸支店長の青木猛と昼食の約束をしていたのである。

島村は、時間に余裕があったので、川崎重工業の本社を訪問した。アポイントメントなしだから砂野に会えなければ、第一銀行で二年後輩だった今井虎一常務に挨拶だけでもして辞去するつもりだった。今井は十二年に入行、三十五年に堀留支店長から川崎重工に転出していた。

島村が今井を訪ねると、折よく砂野は在席しており、すぐにとりついでくれた。

島村は社長応接室で、今井を交えて砂野と面会した。

「三日前に井上会長がお見えになりました。島村さんも苦労しますね」

砂野は、今井から島村のことを聞いていたらしく、コーヒーをすすめながら、ねぎらいの言葉をかけてくれた。あの日、井上は砂野と面会する前に今井とも会って、合併問題についてかなり詳細に話をしていたのである。

砂野は、すっかり腹を据えているのか、井上に見せた激しさは影をひそめ、穏やかな雑談に終始した。

「長谷川さんも無謀なことを考えたものですな。しかしそう簡単にはまいらん。もし、三菱との合併がスムーズに行くと考えているとしたら甘いし、常識外れということになりますよ」

「頭取は、われわれの眼からみますと自信満々で、当たるべからざる勢いといった感じがしますが」

「島村さん、そんな弱気でどうします。私に言わせれば長谷川さんは過信というか、思いあがっているとしか思えない。この話は絶対に壊れますよ」

「砂野社長にそう言っていただけると、自信が湧いてきますが、合併契約まで締結しているとなると、容易なことではないような気もしますが」

「株主総会というものがあるじゃありませんか。その前に長谷川頭取が翻意し、三菱に白紙還元を申し入れれば済むことですよ。私は長谷川さんが最後の最後まで突っ走るとは思っていない。いずれ私の出番もあるかも知れないが、井上さんや島村さんのご苦労が必ず報いられると私は確信してます」

今井がにこやかに笑みを浮かべて口を挟んだ。

「社長は大変な自信なんですよ。三菱と第一の合併など誰が考えてもおかしいし、あり得ない。あり得ないことはやはりあり得ないというわけです。島村さん、社長の直感は怖しいほどよく当たりますから、きっとこの話はご破算になりますよ」

島村は、砂野と今井を訪問してよかった、と思った。ともすると沈みがちな気持がすきっと膨んでくる。

二十九日の日曜日にも島村は大阪にとどまり、在阪の各支店長をグランドホテルに集めて合併反対で結束するよう訴えた。反対はもちろんゼロではないにしても、打てば響くようにはっきりと反対の意思表示をした者は少なかった。そんななかで堂島支店長の高野は明確に、三菱との合併に反対した一人である。いずれにせよ、島村が投じた一石は、相乗作用を伴って確実に波紋をひろげ、各支店長間に三菱との合併の噂が流布され、危機感が醸成されていった。

7

一方、井上は前日の二十八日には宇佐美洵・日本銀行総裁、澄田智・大蔵省銀行局長に会い、日銀政策委員を辞退したことに対して鄭重に挨拶し、ついでながら申しあげておきたいと断わって、三菱銀行との合併に反対せざるを得ない理由を説明し、理解を求めている。井上は、宇佐美、澄田とも合併話を事前に承知していたのではないか、との心証を得たが、両人とも言葉少なに、聞きおくといった態度をとりつづけたという。

宇佐美にとって三菱銀行は古巣であり、内心第一銀行との合併を期待していたふしがみられるだけに、井上の申し出には不快感を禁じ得なかったと思われるが、宇佐美はそれを表情に出すようなことはなかった。澄田は銀行再編成の必要性を提唱し、政策当局としても三菱・第一の合併を再編成の目玉として、あるいは起爆剤として大いに期待していた矢先だけに、失望の色を隠さなかったが、井上が個人的な資格で合併反対を唱えていると受け止め、これをもって合併が破談になるとまでは考えなかったとみてさしつかえあるまい。当時、大蔵省は、統一経理基準の完全実施を待って四十五年から本格的な金融再編成に取り組む構えをみせていた。すなわち統一経理基準にもとづいて各行の経理内容の優劣をはっきりさせたうえで、否応なしに再編成に追い込むという考え方である。

しかし、三菱・第一のように自然発生的に合併話が持ち上がることは、もとより政策当局としても歓迎すべきことである。単に三菱・第一の合併にとどまらず、これが第二、第三の合併を誘発する引き金となり、ひいては金融再編成が一気に促進されることも期待できるとあれば、こうしたプログラムの変更なら、歓迎すべきは当然であった。行内における井上と長谷川の力関係は澄田も熟知していたし、長谷川から直接《じか》に合併方針を聞き、支援を要請されている立場からすれば、井上の訪問がいかにも唐突で不自然に思えた。

井上は、翌週の月曜日、すなわち十二月三十日の午後、三菱銀行本店に田実頭取を訪ね、三菱・第一両行の合併に反対する旨を表明し、問題を白紙に還して欲しいと申し入れた。そこで、ふたりは相当感情的なやりとりを行っている。むろん、井上は初めから喧嘩腰で、乗り込んできたわけではない。辞を低くし、ひたすらお願いベースの話として、田実の協力、理解を引き出そうと努めた。

「田実さん、この合併を実現させることはどう考えてみましても無理ではないかと思うのです」

「どうしてかね。私は、良縁だと考えているし、第一と三菱なら必ずうまくいくと思ってますが」

「ところが第一の取引先も大株主もあげて反対しています」

「役員会はどうですか」

「長谷川君の独走に異論を持つ者が多いようです」

「それはおかしい。現に代表権を持つ第一の役員は全員賛成している。だいたい、きみはどういう資格で私に会いにきたのかね」

田実の詰問調に、さすがに井上はむかっとした。

「ちょっと待ってください。たしかに私は代表権は持ってませんが、長谷川君が大きな錯誤に陥ろうとしているのを指摘するのは、会長として、あるいは先輩としての義務だと考えます」

「長谷川君の判断がどうして錯誤だときめつけられるのかね。それこそきみの独善ではないのか。とにかく筋道の立たない反対など認めるわけにはいかんね。しかも両行は合併契約に調印しているんですよ」

「しかし、第一の株主総会で否決されることは眼に見えています。それくらいなら白紙に還したほうがまだましではありませんか」

「私は、そうは思わない」

「合併が壊れた場合、三菱側は法的措置を講じますか」

「莫迦なことを言いなさんな。銀行は信用第一じゃないですか」

田実と井上の話は平行線をたどり、どこまで行っても交わることはなかった。

井上が帰ったあと、田実は苦い思いが胸に突きあげてきた。じっくり腹を割って丁寧に応対すべきではなかったのか。なぜ「なんの資格があって」などとにべもない言い方をしてしまったのだろう。ひとこと多かった。あれでは井上ならずとも、腹が立つ。立場を替えてみれば分かることだ――。田実は悔いが残り、気分が晴れなかった。

田実をしてそうした態度をとらせた責任の一端は長谷川にある、と言うべきかも知れない。井上を袖にし、まったく問題にしていなかった長谷川と接しているうちに、いつの間にか田実にも井上を軽視する気持ちが醸成されていったと思えるからだ。元をただせば井上と長谷川の対話不足に起因していると解釈できないことはない。

井上の第一銀行を思う気持ちは純粋だとしても、長谷川が感情的に態度を硬化させる方向へ押しやったことは確かであろう。

この時期に、田実と長谷川が頻繁に連絡をとりあっていたことは容易に想像できるが、来年一月七日の大安吉日に正式に合併の発表をすることで合意が得られていたという。

田実が暮れのうちに佐藤首相、福田蔵相に会って両行の合併について報告しているのも、七日の発表を睨んでのことと思われる。

8

井上は粟立つ気持ちを鎮めるように、ことさらにゆっくりと歩いて、第一銀行の本店へ戻った。秘書室で長谷川の在室を確かめてから頭取室へ向かい、宇佐美・日本銀行総裁と澄田・大蔵省銀行局長を訪ね、日銀政策委員辞退の挨拶をしてきたことを伝えた。長谷川は硬い表情で「そうですか」と、ぽつりとこたえた。井上は無愛想な長谷川を前にして、早いところ退散したかったが、そうもいかず、用件を片付けにかかった。

「田実さんにも会ってきました。合併に反対だとはっきり申しあげてきましたよ」

「……………」

「数納さん、砂野さんをはじめ融資先・株主はみんな反対している。それでもきみは強行するんですか」

長谷川は伏眼がちにぶっきらぼうに答えた。

「三菱との合併は役員会の方針です」

井上は懸命に気持ちを抑制して言った。

「酒井相談役と水津君を交えて、今晩にでも、もう一度話し合いたいが、承知してくれますね」

「そんな必要はないと思いますが」

「株主の意向を黙殺することはできないはずです。とにかく、今晩四人で会いましょう。いいですね」

長谷川は、無言だったが、井上に押し切られ、井上・長谷川・酒井・水津の四者会談をのまされてしまった。水津は、長谷川の同期で、副頭取として一時期、長谷川の女房役を務めたが、健康を損って非常勤の取締役に廻っていた。最近、健康をとりもどし、本店に顔を出すようになっていたのである。井上が咄嗟に水津の名前を持ち出したのは、長谷川が友人として水津を無視することはできないと考えたからである。

水津は合併問題で心を痛めていたが、中立的な立場をとりながらも心情的には長谷川寄りであった。四者会談は、その夜、新橋の料亭で行われた。

「長谷川君ともあろう男が、なぜこんな無謀なことを考えるのかね」

酒井にいきなり斬り込まれて、長谷川は一瞬顔色を変えたが、ちょっと間を取って静かに返した。

「合併して大きくなることが無謀ですか」

「合併そのものに反対しているわけではない。なぜ相手が三菱でなければいけないのかと言ってるんだ。吸収されて、平気でいられる神経は私にはどうしても分からない」

「吸収ではありません。対等合併です。なんど申し上げたら分かっていただけるのですか」

「形式論はどうでもいい。私は実体論を言ってるのだ。相手が三菱で、対等であると言うのは黒を白だと言うのと等しい。そんなことを強弁するのはおかしいと思わないかね」

「吸収される側から新銀行の頭取が出るなんてことがありますか」

酒井が一瞬ひるんだほど、めずらしく長谷川の言葉には気魄がこもっていた。

井上がすかさず酒井に加勢した。

「なるほどきみは頭取になれるかも知れない。きみはそれで満足でしょう。しかし、あとの者はどうなるんですか」

「どうもなりません。どうもなりようがないではありませんか。相談役も会長も、どうしてそんなに被害者意識を持つんですか」

「それは、きみの独りよがりではないのか。帝銀時代を回顧してもらえば、分かりそうなものだが」

酒井は、そう言いざま顔を顰《しか》めて、不味《まず》そうに酒を飲んだ。

「あのころとは時代が違います。開放経済の世の中です。アメリカの巨大銀行が日本に上陸してきたらどうなりますか。そういう危機感を持っていただきたい。あなたがたは感情論だけで反対している」

「それこそ被害妄想ではないのか。もっとも、井上会長も私も合併に反対しているわけではない。合併の相手が三菱だから反対だと言ってるまでだ」

井上、酒井と長谷川が基本線で譲りあえるわけはなかった。水津はほとんど沈黙を押し通したが、

「もういちど、常務会、役員会に諮ってはどうでしょうか」

と、どっちつかずな発言をしている。

「役員の方針は決まっています」

長谷川はとりあわなかった。四者会談はなお延々と続くが、双方主張の繰り返しに過ぎず、いつまで経ってもらちがあかなかった。

「長谷川君、株主対策はどうするのかね」

その酒井のひとことは、高揚する長谷川の気持ちにブレーキをかける結果をもたらした。

「そうです。株主に限らず、取引先をふみつけにするようなことは、いくらなんでもできないでしょう」

井上に誘い込まれるように、長谷川は、

「これから根まわしに入ります」

と、こたえた。井上がせき込むように言った。

「それでは、最低限、大株主や主要取引先の賛成が得られるまでは発表をさしひかえてもらえますね」

「………」

長谷川は言葉に詰まった。

一月七日発表の線は田実との合意事項で簡単には変更できない事情がある。水津までが井上の意見に同調した。長谷川としては水津と事前に意見を調整しておくべきだったが、三対一では従わざるを得ない。

長谷川は、発表を急がないことで、言質をとられたかたちであった。

長谷川は、用たしに座を中座したついでに、階下へ降りて行った。別のお茶屋で待機している田実を電話に呼び出して、発表繰り延べを認めてもらわなければならない。

田実は、やはり心配していたとみえ、電話に出るなり、

「どうだった？」

と、訊いた。

「七日の発表を延期したいのですが」

「えっ、どういうことだい？」

「相談役と会長が強硬に反対しています。ふたりを説得するのに若干時間が必要です」

「きみ、いまさらなにを言ってるんだ」

「それに株主の一部に反対論も出はじめているようですから、すこし時間をいただか

ないと……。酒井さんと井上さんさえ押えられれば、株主のほうはなんとかなると思いますが」

「きみはボードががっちり固まっているから大丈夫と言ってたはずだが。ここまできたら前へ進むしかないじゃないか」

「とにかく発表時期は再検討させてください」

長谷川もここは引けなかった。

「総理にも蔵相にも報告済みだし、七日には金曜会の諒承をとりつける手はずになっている。長谷川君、この期《ご》に及んで弱気を出してはだめだ」

田実は突っぱねた。金曜会とは三菱グループ主力企業の社長会のことだが、田実としても押し返すしかなかったのである。

「あす、もう一度連絡しますが、いまの情勢では、私としては七日の発表は難しいと思います。もちろん、基本路線が変わるようなことは考えられませんが」

長谷川は、まさに田実と井上、酒井の板挟みにあって、進退きわまったかたちであった。

9

第一銀行高田馬場支店長の松田のもとに、三菱との合併が中止になったというニュースが流れてきたのは大晦日の午後三時ごろのことである。それは、本店からの情報だったが、ホッと胸を撫でおろしたのは松田だけではなかったろう。

恐らく、前夜の四者会談の結論が誇大に伝わったのであろうが、合併の白紙還元のニュースがどういう経路で伝播して行ったかはつまびらかではない。すくなくとも島村の耳には届いてこなかった。

島村は十二月三十一日に、井上から電話連絡を受け、四者会談の結論である〝発表の延期〟については承知していた。井上は〝七日発表〟の情報をもちろん事前にキャッチしていたが、このことを島村に伝えたのは大晦日の電話が初めてだった。

「一月七日に予定していた発表の延期を長谷川君に呑ませましたよ」

「もうそんな段階だったのですか」

「そのようですね。田実さんも、長谷川君も焦ってるのでしょうかね」

「株主や取引先の反対を、長谷川頭取はどう受け止めているのでしょうか」

「まったく私も理解に苦しむ。しかし、さすがに長谷川君もその点は分かってくれたようです。発表の延期を認めてくれたんですから。つまり、株主や取引先の合意が得られないうちは、発表を見合わせるということです」

「それだけでも、四者会談の意義はあったわけですね」

「七日に発表されて、既成事実をつくって、突っ走られたら、われわれはつらくなります。それが食い止められて、私もひとまずホッとしているんです。正月くらい、すこしはのんびりさせてもらいたいですよ」

井上と島村は、おたがいに「いいお年を」と言って電話を切った。

島村のばあい、もとより高田馬場支店長の松田ほどやれやれという思いは強くなかったが、それでも時間をかせげただけでも、めっけものだと考えていた。島村が、これからが勝負どころだと思いを新たにしていたことはたしかである。

激動の昭和四十三年を回顧して、われながらよくここまでやってきたものだと、島村は思った。

第五章　スクープ

1

読売新聞の経済部が三菱・第一両行の合併問題で具体的に動き出したのは、三十日の夜になってからである。

三菱銀行・下関支店と第一銀行・小樽支店のバーター問題は、当時、日銀記者クラブ詰めの記者たちの間でも話題になったが、長谷川が第一銀行の頭取に就任して以来、第一系列企業の三菱グループへの急速な接近ぶりを考えれば勘のいい記者なら、なにかあるな、と感じてよいはずだった。もっとも、田実と長谷川の個人的なつきあいの深さを知らぬ金融担当記者はいなかったから、両グループの接近も、その延長線上でとらえ、記者たちをして逆に油断させる結果になっていたともとれる。

読売が三菱、第一両行の動きにきなくさい匂いを嗅ぎつけ、マークしはじめたのは、十二月二十八日前後のことである。しかし、両行の合併にまで結びつけて考えるようなことはなかった。やはり、日銀詰めの記者にとっても、それはあり得ないことだったのである。せいぜい業務提携ぐらいにしか考えていなかった。しかし、それとても大ニュースである。業務提携の内容いかんによっては一面のトップを飾る大スクープをものすることも考えられるし、最低、経済欄のトップ扱いは固いとみてよい。

読売新聞の日銀記者クラブ詰めの斎藤と吉岡が三菱、第一両行の首脳を追いかけ、いわゆる夜討ち朝駆けをかけるようになったのもこのころである。

ふたりの記者のうち斎藤は、特に第一銀行の首脳と親しくなっていた。

三十日の夜、斎藤は第一の某常務の自宅を訪問した。ウイスキーの水割りを飲みながら、遅くまで雑談していた。雑談の中から思いがけないニュースにありつけることも少なくない。

九時を過ぎたころ、家人が電話だと常務に告げにきた。それをしおに社へ戻ろうかと考えて、斎藤は中腰になったが、テーブルの上のコップに水割りが半分以上残っていることに気がつき、坐り直した。斎藤は三十過ぎの中堅記者だが、酒は好きなほうである。

コップ半分の水割りウイスキーが明暗を大きく分ける結果になったのである。

常務の電話はやたらに長く、斎藤は帰りそびれたことを後悔したほどだ。

「お待たせして申し訳ない。そのかわり、ひとつニュースを教えてあげましょう」

応接室へ戻ってきた常務の顔は、緊張のせいか蒼ざめていた。

「ま、あわてることはない。ゆっくり飲んでください」

常務は、ぎこちない手付きでウイスキーの瓶を二つのコップに傾けた。ぎこちないというより、その手はふるえていた。言葉もかすれている。

斎藤は、かなり酔いが廻っていたとみえ、常務の突然の変わりようには気づいていない。

常務は、ビールでも飲み乾すように水割りを一気に喉に流し込んで言った。

「第一と三菱が合併しますよ」

「………」

「ほんとうです」

「まさか」

「なんなら、長谷川頭取にコンファームしたらどうですか」

斎藤はあやうく手にしていたコップの水割りをこぼすところであった。

茫然と、常務を見やっている斎藤がわれに返るまで、五秒ほど時間がかかった。

「業務提携じゃないんですか」

今度は斎藤の声がふるえる番だった。

「ちがいます。合併です」

それに反比例して、常務は平静さをとりもどしている。

「三菱銀行との合併となると、吸収されるんですか」

斎藤の声は突拍子もなく高くなった。

「ちがう、ちがう」

常務は激しく首と手を振った。

「そこのところを間違えられると困る。対等合併です。一対一の対等合併です」

「まさかそんなことが……」

「そこまでは書かなくてもいいでしょう。合併に基本的に合意に達したぐらいでは記事になりませんか。来年、遅くとも五月ごろには実現しますよ」

常務は相好をくずした。記者をからかう余裕が出てきたとみえる。

斎藤は大きくかぶりを振った。時計をみると十時十分前だった。あすの最終版に十分間に合う時間だ。

「××さん、この話、ほかにするつもりですか」

「…………」

「やめてください。恩に着ます」

斎藤は拝むような姿勢をとった。

「きみがそう言うんなら、ほかの新聞には洩らさないことにします。人に拝まれたのはきょうが初めてです」

「ありがたい。そうしてください」

斎藤は起ち上がって、最敬礼した。斎藤は元旦の一面のアタマだと瞬時に計算した。

血液が躰の中をかけめぐり、胸が早鐘を打ち、めまいがするほど斎藤は興奮していた。

某常務は、読売を特定して話すつもりはなかった。たまたま、眼の前に読売の記者がいたから、話したに過ぎない。その相手は、朝日でも毎日でも日経でもよかったのである。それは、ともかくアドバルーンを上げてみよう、既成事実をつくって、突っ走ろうという読みで、長谷川を頂点とする合併推進派が放った第一弾だったと言えるのではなかろうか。

某常務が長谷川の意を体して読売の記者に洩らしたであろうことは、容易に推察できる。

斎藤は、待機させてあったハイヤーに飛び乗って、勇躍、帰社に及んだ。暮れの三十日にわざわざ夜討ちをかけた甲斐があった。俺はツイている、と斎藤は思った。大声を張りあげて、快哉《かいさい》を叫びたいような心境だった。

斎藤はハイヤーの後方シートの右へ寄ったり、左へ移動したり、前方の助手席のシートにもたれかかったり、運転手が気味悪がるほどごそごそと動き廻った。落ち着けというほうが無理で、平静でいられるわけがなかった。斎藤はクルマから降りると三階の編集局の大部屋まで、一気に駆け上がった。いつもならまだ宵のくちで、編集局の大部屋はざわついているはずだが、暮れの三十日ともなると、正月をひかえて半舷上陸に近い陣容に取材陣が編成替えされている関係で、閑散はオーバーだとしても、やけに静かに感じられる。それでも社会部は、天下にきこえた大部でもあり、〝三億円強奪事件〟をかかえていることもあってか、取材記者の動きが活発だ。

当時の読売の経済部は、部長以下二十八人の陣容で、社会部や政治部に比べて、ぐっと見劣りするほど弱体であった。

当番デスクの山本が大きな伸びをして、あくびまじりに斎藤を迎えた。

「まだ、おったのか」

「えらいことになりました」

「なにが……」

山本はまたあくびをもらした。

「デスク、あくびなんかしているばあいじゃありませんよ」

斎藤は、あまりのもどかしさに、そんな憎まれ口をたたいた。

「用件を早く言わんか」

山本はじろっと下から斎藤をねめつけた。

「三菱と第一が合併します」

「なんだって」

「第一の首脳部《ヘッドクラス》から聞いた話ですから、間違いありません」

斎藤はソースを特定せずにぼかした。

「きみ、かつがれてるんじゃなかろうな」

「ちがいます」

「事実だとしたら、大変なことだ」

山本の顔色が変わった。

「長谷川頭取にコンファームしたらどうかと言われたくらいですから……」

「ヨソは嗅ぎつけてないのか」

「おそらくノーマークでしょう」

「分かった。部長に来てもらおう」

山本は、もう受話器をとって、ダイヤルを廻していた。

「二時間ほど前に帰ったばかりなのに出てもらうのは気の毒だが、ことがことだけに仕方がないな。記者冥利《みょうり》に尽きるような話だから、案外よろこんで駆けつけてくるんじゃないか」

受話器に耳をあてて、呼び出し音を聞きながら、山本は浮き浮きと弾んだ声で言った。

「本社の山本です。恐縮ですが、川森部長をお願いします」

ややあって川森の声がきこえた。

「川森です」

「お休みのところお騒がせして申し訳ありませんが、いまから社へ来てもらえませんか」

「これから一風呂浴びようと思ったところだが……」

「三菱銀行と第一銀行が合併するそうです。いまのところウチ以外に動いてるところはないようです」

「…………」

「斎藤君が第一の幹部から聞いた話で、ソースは確かです。元旦のトップでもいける話ですから、とにかく来ていただいて……」

「よし、すぐ行こう」

「クルマを廻しますか」

「タクシーを飛ばして行くから、けっこうだ」

川森の声も調子が外れ、高くなった。

受話器を戻して、山本は指をまるめて、ＯＫのサインを斎藤に示した。

ほどなく駆けつけてきた川森を囲んでその場に居合わせた経済部の記者全員が出席して緊急会議が始められたのは午前零時近かった。

「やっぱり三十一日付けの最終版という手じゃないかなあ」

山本が時計を気にしながら、また話をむし返した。

「それはないでしょう。問題は他紙に抜かれる可能性があるかどうかですけどね」

水沢がこたえ、川森がうなずきながら、斎藤のほうに視線を送った。斎藤は力をこめて言った。

「九十九パーセントそんなことはないと思います。ソースには口留めしてありますし、大晦日のどんづまりに他紙が動くとは考えられません」

十二月三十一日付けの最終版に押し込むか、元日号の紙面を飾るために一日待つかをめぐって、議論が沸騰したのである。三十一日付けだと関係者の談話も満足にとれないので、記事の内容に迫力を欠く憾《うら》みが残るが、一日待ったがために他紙に知られる危険性がないとは言えない。

「しかし、一パーセントでもその心配があるとすれば元日までは待てないだろう。たしかに元日付けでやるのはかっこがいいが、一パーセントといえどもリスクは冒すべきではない。ほかにやられてみろ、それこそ泣くに泣けないぞ」

三十一日付けを主張する山本に対してベテラン記者の水沢が嚙みついた。

「世の中に百パーセント絶対なんてことがありますか。これだけのスクープを大晦日に出してしまうのは勿体ないじゃないですか。しかも、ご本人の斎藤君が九十九パーセント大丈夫だと言ってるんですから、元日まで待ちましょうよ」

「万一、他紙に抜かれたらどうする。きみ、責任をとれるか」

山本も激昂した。

川森が腕と脚を組んだままの姿勢で、険悪な空気をやわらげるように柔和な顔を一層ほころばせて言った。

「山本君の心配は分かるが、一日待とう。責任は私がとるよ。せっかくだから元日付けでいこうじゃないか」

「分かりました」

山本はさすがに、それ以上は固執しなかった。そして、すぐにデスクの立場に返って、てきぱきと指示しはじめた。

「斎藤君、朝一番でソースには念を押しとけよ。菓子折ぐらい下げていくんだな。ウラをとるのは夕方以降にしよう」

「そうします」

斎藤の返事が弾んでいる。

「元日の最終版ですか」

「もちろん」

山本が念を押し、川森が確認した。

2

三十一日の昼前までに、読売新聞経済部の記者二十八人が全員出社を命じられた。川森、山本、斎藤ら三十日から三十一日にかけて行われた緊急打ち合わせ会に出席した七人はそのまま社に泊り込んだ。斎藤はほとんど一睡もできなかった。兎のように赤い眼が斎藤の興奮ぶりを伝えていた。

大蔵省詰めの記者は、福田蔵相と澄田銀行局長に夜討ちをかけた。

澄田には聞いていないで押し通されたが、福田からは「事実なら結構なことだ」という肯定的な発言を引き出せた。禅問答のようなやりとりから始まったが、福田が事前に報告を受けていると直感的に取材記者は感じ取ったようだ。

田実三菱銀行頭取は「いろいろ話はある。第一もその中の一つに過ぎない」と煙幕を張ったが、いかにも迷惑そうであった。

宇佐美日本銀行総裁はコメントをさしひかえたいと逃げた。

長谷川に会ったのは、世紀のスクープのきっかけをつくった斎藤自身である。

長谷川は自信にあふれた態度で、両銀行の合併の意義を説いた。それは、あたかもてぐすねをひいて待ち構えていたように、斎藤には思えたほどである。

長谷川は、自宅でくつろいでいたところだし、アルコールも適度に入っているせいか、いたって能弁で、斎藤があっけにとられ、しばしメモを取るのを怠るほどであった。

斎藤は、あまりにも話がうまく運び過ぎて、どこかでどんでん返しがあるのではないかと気が気ではなかった。たとえば、しゃべるだけしゃべったあとで、「オフレコですよ」とストップをかけられたら、涙を呑んで諦めるほかはない。「新聞に書かれたら、この合併は壊れてしまう」と泣きつかれたら、モラルの上からも、記事にすることは困難である。斎藤は、長谷川邸の玄関で靴を履いているときも、背後に立っている長谷川の気が変わって突然声をかけられるのではないか、と不安で仕方がなかった。その不安は、活字になるまで、つきまとった。

斎藤は、長谷川の人物の巨《おお》きさ、スケールの大きさに感動した。大器とはああいう人物を言うのだろう。斎藤はしびれっ放しだった。

その夜、有楽町の読売新聞東京本社三階の編集局は、異様な雰囲気に包まれていた。経済部の熱気が他部にも感染し、編集局全体が騒然とし、まるで熱病にかかったような状態であった。

大晦日の深夜の編集局の光景としては、空前絶後と言えるかも知れない。

整理部で聞き込んできた政治部や社会部のデスクや記者が、経済部に入れ替り立ち替りやってきて、「経済部さん、どえらいことをしてくれたらしいね」などと、その場に居合わせた経済部の記者の肩をたたいたりする。

取材から帰ってくる記者の顔はどれもこれも風呂あがりのように上気していた。斎藤をはじめとして、いずれも十分過ぎる手ごたえを感じていたのだから、それも当然である。

リード（前文）と本文はデスクの山本が書いた。

三菱銀行（頭取・田実渉氏、資本金三百六十億円）と第一銀行（頭取・長谷川重三郎氏、資本金二百四十億円）は、このほど両銀行首脳間で合併の合意に達した。早ければ一月上旬、大株主などの了解を得て、合併条件の細目などの協議にはいり、五、六月ごろにも合併が実現する見通しになった。都市銀行の合併は戦後初めてで、両行の合併が実現すると預金高は三兆六千億円と〝百億ドル銀行〟が初めて日本にも生まれ、アメリカ、イギリスの有力銀行についで世界第五位の銀行になる。これにより金融界の再編成が急速に進み、さらに三菱、第一両行の系列企業を中心に産業界の全面的な再編成が早急に進展する可能性が強まってきた。

　三菱、第一両行は国際化時代に備え、昨年夏ごろから両銀行の合併を前提に首脳間で極秘に話を進めていたが、産業界の再編成が進むにつれて、金融界の統合も急ぐ必要が出てきたので、昨年暮れから急速に話し合いが進展し、両銀行間で原則的な合意に達したものである。

　三菱銀行は旧三菱財閥の中核として金融界、産業界にも主導的な役割を果たしているが、預金高は十二月末に二兆二千億円で昨年九月期決算では富士銀行、住友銀行についで第三位に甘んじている。三菱銀行はかねてから、資金量の拡充をはかり、産業界の資金需要に応ずる体制づくりを急ぐ必要に迫られていた。

　また、第一銀行は中核になる旧古河、川崎グループの企業の成長が遅れたこともあって、預金高は十二月末に一兆四千億円と都市銀行のなかでも六、七位である。

　産業界の再編成で、第一銀行系列の日東化学やいすゞ自動車などが三菱グループと提携するなど、三菱と第一銀行の接近は急速に進んだ。また、政府・日銀も都市銀行の合併で資金量の充実をはかる必要を力説するなど、内外の情勢が熟して、合併の話し合いが進展した。

三菱・第一両銀行はともに東日本、とくに東京を中心に支店網を多く持っているので、この支店網の調整をはかる必要があるが、三菱銀行はこの点で、ある程度譲歩しても、合併実現に持ち込むハラを固めている。

この合併で、預金高は両行合わせて三兆六千億円（百億ドル）になり、わが国首位の富士銀行の二兆二千億円をはるかに超え、バンク・オブ・アメリカ、チェース・マンハッタン、ファースト・ナショナル・シティ・バンク（いずれもアメリカ）、バークレー・ロイズ・マーチンズ（イギリス）についで世界第五位の資金量を持つ銀行になる。

福田蔵相などの談話の部分は、それぞれ取材記者が担当し、デスクが手を入れた。

福田蔵相の話「両銀行が合併することは金融再編成のうえで、きわめて好ましいことだ。支援を惜しまない。これでほかの金融機関も、本格的に再編成に取り組むきっかけができたと思う」

田実・三菱銀行頭取の話「いま具体的なことは言えないが、いろいろな話があるのは事実だ」

長谷川・第一銀行頭取の話「金融再編成の時期にあるだけに、いろいろなケースを検討しているし、田実氏とも率直に意見を交換している。しかし、三菱との合併はまだ発表できる段階ではない。有力取引先、株主などの意思統一をはかることが先決だ」

〝第二、第三の合併を呼ぼう〟の小見出しのあとの解説記事は、斎藤が書いた。

○…都市銀行の合併という本格的な金融再編成は、大蔵省が指導している統一経理基準の完全実施を待って四十五年から、というのが常識だった。各行の経理内容の優劣差をはっきりさせ、いやおうなく再編成に追い込む、というのが大蔵省の筋書きだった。三菱・第一はこれに先手を打ったわけである。

○…銀行の実力を示すバロメーターが預金量であるだけに、両行の合併は他の都銀を刺激せずにはおくまい。三和—神戸、あるいは富士—三井—勧銀といった〝うわさの合併〟が現実のものになる可能性はある。たとえば都銀同士の合併が直ちに続くことはないにしても、これまでくすぶり続けてきた富士—千葉興銀、大和—武蔵野など中・小型合併が日の目を見る環境は熟してきたといえよう。

〝三菱、第一銀行が合併〟〝両首脳合意、夏にも実現〟〝預金高、世界第五位に〟〝政府も支援惜しまぬ〟などの見出しが躍る最終版が刷り上がったのは午前三時過ぎで、それを手にしたときの感激は、斎藤にとっても担当デスクの山本にとっても、経済部長の川森にとっても生涯忘れ得ぬものとなった。

元日のスクープは翌日が新聞休刊日にあたるため、完璧なものとなるだけに各紙とも狙っているが、狙ってできるものではない。

読売新聞の経済部は、その僥倖にありついたのである。

経済部全員が四十四年の元朝《がんちょう》を薄汚い編集局の大部屋で迎えねばならなかったが、屠蘇《とそ》がわりの冷酒のうまさといったらなかった。

全員が美酒に酔い、しらじらと夜があけるころおひらきとなった。

十年に一度あるかないかの大スクープは読売新聞の元日号の第一面トップを飾り、経済界、産業界は言うに及ばず、日本列島全体を震撼させ、騒然とさせることになる。

3

三十日の深夜に電話で本社に呼び出された川森が帰宅したのは、元日の朝七時過ぎである。川森は、さすがにぐったりと疲れていたが、それは快い疲労ともいうべきものであった。

「しばらく寝かせてもらうぞ」

川森は家人に言って、躰を横たえたとたんに軽い鼾をかきはじめていた。

川森が家人に揺り起こされたのは、そのわずか二十分後のことである。

電話の相手は、第一銀行会長の井上であった。川森は井上とは旧知の間柄である。

「おめでとうございます」

川森の欠伸《あくび》まじりの間延びした挨拶が気に障ったわけでもあるまいが、井上の声は苛立たしげに尖っていた。

「きみ、ひどいことをしてくれるじゃないか」

井上から、出し抜けに非難されて、川森は気色ばんだ。

「別にひどいことをしたとは思いませんが」

「きみは、第一銀行を潰したいのか。第一が三菱に吸収されようとしていることに応援したいのかね」

「…………」

「誰に頼まれたのか教えてほしいな」

ふだん誰に対しても丁寧な口をきく井上にしては、興奮しているせいか居丈高で、粗い言葉遣いである。

川森も寝入りばなを起こされて業腹だったから、負けずにやり返した。

「そんな言いがかりみたいなことは言わんでください。井上さんらしくないじゃありませんか」

「しかし、私にコンファームぐらいしてくれてもいいじゃありませんか」

井上の声が落ち着きをとりもどして、低くなった。

「時間的な余裕がなかったんです」

ありていにいえば、まったくのノー・マークで、本件で井上からウラを取ろうなどとはついぞ考えなかったことである。

「ニュース・ソースを明かしてもらえませんか」

「…………」

「三菱銀行ですか。まさか第一ではないでしょう」

「それは勘弁してください」

「そのぐらいはいいでしょう」

「そうもいきません」

「これは大変なことなんですよ。単に第一が三菱に吸収合併されるという問題にとどまらない」

「対等合併と聞いてますが」

「きみ、ほんとうにそう思いますか。読売新聞には対等とも吸収とも書いてなかったが、対等だと信じられますか」

川森は、ぎくりとした。実は、記事にする段階で対等合併と謳うべきかどうか、編集部内で意見が分かれたのである。三菱と第一では力に差があり過ぎる。トーン・ダウンして欲しいというソースの意向もあったには違いないが、〝対等〟に確信がもてなかったからこそぼかしたともいえるのだ。一瞬、川森は井上にその点を衝かれたような錯覚にとらわれたのだが、気をとりなおして言った。

「三菱と第一の合併は銀行界にとっても、産業界にとってもマイナスにはならないと思います。むしろ私は大いにプラスになると考えます」

「きみのところはスクープして、さぞ気持ちがいいでしょうが、第一の行員の身にもなってもらいたいですね。この話は必ず潰れると思います。いや、絶対に潰しておみせする」

井上に啖呵を切られて、川森はいやな予感がした。強がりだと思い直してもみたが、いかにも自信ありげな井上の言葉は耳にいつまでも残った。

井上は、三菱・第一銀行合併に関する読売新聞の大スクープを、三菱銀行サイドが意図的に流したのではないかと睨んでいたふしがみられる。三菱側が既成事実を作って、なんとしても合併を実現したいと考えたとしても、さほど不自然なことではない。田実三菱銀行頭取との後味の悪い会談からまだ二日しか経っていないのだからなおさらで、井上はそれを思い出すだに新たな怒りに身を熱くしていた。

井上が、川森へ抗議の電話をかけずにいられなかった心境も理解できる。「潰しておみせする」という言葉が口をついて出てしまったが、それは、強がりでも捨てぜりふでもなかった。井上は、砂野川崎重工社長や数納朝日生命社長に会って、取引先や株主の大半が合併に反対であることを肌で感じていたし、島村たちの働きによって、必ずや第一内部から反対論が擡頭すると読んでいた。

だが、この時期に新聞にスッパ抜かれたことはなんとしても痛い。政府、日銀がこの合併を後押ししようとしている気配が読売の記事からもうかがえるだけに、井上が千載の痛恨事と厳しく受けとめるのも当然と言えた。

しかも、読売のスクープが第一銀行にとって大きなイメージダウンにつながることは避けられない——。

井上のその思いは、島村にも酒井にも共通していた。

島村は、さっきから何度も井上家のダイヤルを廻していた。やっと話し中から呼び出し音に変わり、直接井上が出てきた。

二人は、新年の挨拶を交わすのももどかしげにいきなり本題に入った。

「えらいことになりましたね」

「まったくです。誰が流したのか知らんが、卑劣なことをする。いま、読売の川森経済部長に電話で抗議したところです」

「酒井相談役もカンカンで、こうなったら井上会長が記者会見して合併に反対だと正式に態度を表明すべきだという意見でした。会長のお宅に電話を入れたそうですが、話し中でしたので、私のほうにかけてきたのだと思います」

「そうですか。相談役には私から電話を入れておきます。それにしても、長谷川君には、内部固めができていない状態で発表しないようにあれだけ念を押しておいたのに、新聞に書かれてしまっては、どうしようもありません」

井上の声に悲痛な響きがこもる。井上は暮れの三十日の夜、酒井と二人がかりで長谷川を説得し、発表を急がないとの言質をとったが、それでも心配で除夜の鐘が鳴り終わった直後に、長谷川に電話を入れ、しつこくダメを押していたのである。わずか八時間ほど前まで続けられた、そうした努力はすべて水泡に帰してしまった。

「しかし、会長、こうなったら、対処の仕方はいくらでもあると思います。いわば反対運動を公然とできるわけですから」

「たしかに、それはそうですが、お家騒動みたいにとられると第一の信用に傷がつくからねえ。私は、新聞に書かれる前に、長谷川君を翻意させたいと考えてたんですが……」

「新聞に書かれたとなれば、長谷川頭取は逆に強気に出ると考えるべきじゃないでしょうか。否応なしに、対立関係が鋭角的になってくると思います」

「長谷川君とよく話してみます。内外の強い反対論を無視して独走するようなことはないと思いますが」

「午後からでも酒井相談役のお宅にお邪魔させていただこうかと思ってますが、会長はいかがなさいますか」

「私は、自宅にいるとしましょう。長谷川君と連絡もとりたいし……」

「会長、とにかく挫けずに最後まで頑張りましょうよ」

「大丈夫、私は意気沮喪してませんよ。自分で言うのもなんですが、意気軒昂たるものがあります。いまも、川森君に必ず潰してみせると見得を切ったところですから」

井上は、島村に励まされて、明るい声でこたえた。

4

一月一日付けの読売新聞一面のトップ記事を読んで、愕然としたのは井上や島村などの第一銀行の関係者ばかりではなかった。

読売のスクープをゆるしたA紙もB紙もC紙も、その性質は異なるが、等しく切歯《せっし》扼腕《やくわん》して口惜しがったくちである。それは多分に屈辱的なものであった。当時、C紙の経済部長だったK氏は「あんなに不愉快な正月はなかった」と、いまだに思い出すだに腹が立つといわんばかりに述懐している。C紙の日銀記者クラブ詰めの石井は、その朝、経済部の担当デスクから電話で叩き起こされ、「読売の一面トップを読んでみろ。惰眠をむさぼってるばあいか」と一喝された。

〝三菱、第一銀行が合併〟の大見出しを突きつけられて、石井はカッと頭に血をのぼらせたが、つぎの瞬間心臓が音をたててへこんでいた。

石井は、クリスマス・イブに、長谷川邸へクルマを走らせたことを思い出したのである。

その日、石井は三菱銀行の某首脳から「第一を当たってごらんなさい。なにか出てくるかも知れませんよ」と思い入れたっぷりに言われていた。

長谷川はいやな顔をせずに、まだ三十前の若い記者の話し相手になってくれた。雑談の後で石井が言った。

「三菱銀行となにかあるんじゃないですか。業務提携かなにか」

「…………」

スコッチの水割りを口へ運ぼうとしていた長谷川の手が止まった。長谷川はグラスをテーブルに戻し、腕組みして、しばらく、考え込んでいたが、こんどはテーブルの煙草に手を伸ばした。そして、吸いこんだ煙を深い吐息でもつくように大きく吐き出したあとで、ぼそっと言った。

「業務提携はありません」

石井は、かたずを呑む思いで長谷川の返事を待つ姿勢をとっていただけに、全身の力が抜け、話をつなぐ気力さえも失っていた。

長谷川は、嘘をつける人ではない。平気でシラを切り、黒を白と言って憚らぬ、したたかな財界人も少なくないが、長谷川は質問には正直にこたえるほうである。石井は、何度か長谷川と接して、長谷川の気性はのみこんでいるつもりだったから、それ以上追及することはしなかった。

そのとき石井の頭の中に、合併の二文字は全然なかった。思いもよらぬことだったのである。

冗談にせよ、「まさか合併はないでしょうね」ぐらいの質問をしていたら、あるいは長谷川から本音を聞き出せたとも考えられる。石井は、もう一歩のところで、歴史的な大スクープをものすることができたかも知れないのである。少なくとも、そのチャンスは皆無ではなかったと言えるだろう。

石井が、元日の朝、読売新聞を手にして、あのときの長谷川のなんとも言えない顔を眼に浮かべて、ハッと胸を衝かれたのは、あたら千載一遇のチャンスを逸したことに気付いたからにほかならない。

「業務提携はありません」とは、なんと正直で、正確な回答ではないか。いくら長谷川でも「業務提携はありません。しかし、合併なら考えられます」とまでは答えてくれまい。あのとき、長谷川がつらそうに表情を歪めた理由が、いまごろになって、石井に理解できた。

大スクープ・イコール・大誤報ということはとかくありがちだが、読売のこの記事に関する限り後者は期待できないな、と石井は思った。

石井は、雑煮をゆっくり味わう間もなく、家を飛び出して行った。当然のことながら、正月休み返上で取材にとび廻らねばならなかった新聞記者は石井一人ではないが、読売に鼻づら引きまわされた口惜しさは、石井にとって一生忘れられないものとなった。

5

読売のスクープに電撃的なショックを受けたのは、第一銀行の関係者にとどまらなかった。財界、産業界に大きな反響を呼び、特に都市銀行の首脳は一様に動揺の色を隠さず、危機感、焦燥感にかられ、屠蘇機嫌にひたるどころか、おちおち酒など飲んでいられない気分ではなかったろうか。

元旦早々緊急役員会を頭取邸で開催し、合併相手についてあれこれ論議した都銀もあるというが、三菱・第一両行の合併が引き金となって、金融界のみならず産業再編成に波及していくと多くのひとが予想したほどだから、元日の緊急役員会も決して過剰反応とは言えなかった。

銀行再編成は好むと好まざるとにかかわらず、やらねばならぬといったムードが横溢していた当時のことでもあり、一方では、米国巨大銀行の日本上陸が予想されていただけに、銀行再編成問題の大きなうねりの中で、なにがなんでも合併相手を物色しなければならないと多くの銀行経営者が考えたとしてもやむを得ないことと言えた。

一月三日付けの日本経済新聞は、一面トップのリードの書き出しで「都市銀行再編成に火がついた……」と表現し、三菱と第一の合併問題をとりあげ、「他行も多面的構図」「富士・三和銀行などに注目」と四段抜きの見出しで報じている。

因みに同紙には、次のような銀行首脳の談話が掲載されている。

岩佐富士銀行頭取談　三菱・第一両行の合併はあり得ることとは思う。当行としてはいまのところ具体的にどこと合併するとか、提携するとかいうことは考えていない。

浅井住友銀行副頭取談　三菱・第一銀行の合併話がどの程度進んでいるのかわか

らないが、三菱はともかく、第一の首脳部はよく決意されたと思う。こんどの合併が上位四行間の合併を促進するなど日本経済を金融支配するほどの大きな影響はないが、これによって金融再編成に刺激を与えた影響は大きい。しかし、当行としてはすぐに合併を進めるということは考えておらず、これまで歩んできた方針にそって堅実に経営基盤を固めていきたい。

高山三和銀行専務談　三菱・第一両行合併がほんとうに実現するとすれば、どこの銀行もムードに乗って金融再編成を進めることになるだろう。しかし銀行は一般産業界のように生産・販売力だけで結びつくものではなく、人間やコストの問題、取引先などがからみ合うので両行の合併が具体的に実現するかどうかは慎重に見守りたい。

三菱・第一両行の合併は、大蔵省が推進している金融再編成構想に合致するもので、読売新聞の福田蔵相談話に示されているとおり「積極的に支援したい」というのが、いわば政府の統一見解であった。

澄田大蔵省銀行局長は、「これまで都市銀行の合併といえば、都市銀行と中小金融機関の合併しか考えられなかった。しかしこんどのことで大都市銀行間の合併が現実の問題として浮かび上がってきた以上、その他の都市銀行経営者も合併問題を自分のこととして考えなくてはならなくなった。今後予想外の動きがでないともかぎらない」＝一月三日付け、日本経済新聞＝と語っている。こうした政府の方針なり意向が伝わるに及んで、三菱にしてやられた、先を越された、といった思いは他の上位三行（富士、住友、三和）に共通しており、中位行（東海、三井、勧銀）、下位行（協和、大和、神戸、太陽、北海道拓殖）を問わず、都銀各行のいらだちは、三日以降の大報道合戦によって、いやがうえにも増幅されていくことになる。

第六章　反対同盟結成

1

島村は、家族の手前、仏頂面をしているわけにもいかなかったから、つとめて平静をよそおっていたつもりだったが、どうにもやりきれない気持ちであった。井上には、挫けてはならない、などとえらそうなことを言って激励したが、読売新聞を読んだときは、文字どおり打ちのめされ、一敗地にまみれたような絶望感に陥っていた。

これで既成事実ができてしまった。長谷川が大蔵省という虎の威を借りて合併を強行するであろうことは眼に見えている。島村には、いままで自分がやってきたことがすべて虚しいことのように思えてくる。

酒井に勇気づけられ、気をとりなおして井上と電話で話をし、いくらか元気が出てきたが、島村の重苦しい気分はまだ晴れなかった。

島村は、ひっきりなしにかかってくる第一のOBや支店長たちの電話を受けるたびに、懸命に自らを鼓舞して「決して諦めてはならない。まだ、勝負はついていない。すべてはこれからではないか」と繰り返し強調した。

第一銀行従業員組合の西村委員長には、島村のほうから電話をかけた。長いこと話し中だったが、七度目か八度目にやっとつながった。

「明けましておめでとうございます。旧年中はいろいろお世話になりました」

西村は、折り目の正しい挨拶を返してから、

「新聞を読んで、びっくりしています。大変なことになりましたね。さっきから、組合の執行委員や支店長のかたがた、それにプレスのひとたちから電話攻めにあって閉口しています」

西村の声はさすがに興奮さめやらぬといったおもむきである。

「そのようだね、何度かけても話し中だったよ」

「申しわけありません」

「きみが詫びをいうのはおかしいよ。それにしても大変だね。きみの立場が立場だから、これから苦労することになると思うが、組合のリーダーとして、頑張ってください。一万人の組合員を束ねて、強力なリーダーシップを発揮してもらえると私は信じ

ている」

「ご期待に添えるかどうか分かりませんが、私なりに全力を尽くしたいと思っています。組合員の利益を第一義的に考えなければなりませんから、みんなの意見をよく聞いて、それをできるだけ会社に反映させていくようにしたいと思います。私を含めて執行部が個人的な意見を述べたり、独走したりすることのないようにしなければと、たったいま副委員長と話したところです」

「先輩の一人として言わせてもらえば、第一銀行の消滅を意味する三菱銀行との合併を容認することは断じてできないし、あってはならないと思う。私の知ってるかぎり、第一の関係者はOB、現役を問わずみんな三菱との合併に疑問を持っている。きみも個人的には合併に反対だという意見だったたね」

「たしかにそう申しあげましたが、この際個人的な意見はさしひかえ組合として整然と行動したいと思います。中央協議会という労使の話し合いの場もあるわけですから、事実関係を明確にしたうえで、会社側とじっくり意見のすりあわせをしていきたいと考えています」

「私は、支店長クラスと従業員組合がキャスティング・ボートを握っているような気がしてならない。とにかく、よろしくお願いする以外にないと思う」

島村は、西村の冷静な受けこたえを頼もしく思う反面、なにかしらはぐらかされたようなものたりなさを感じないでもなかった。しかし、ここは西村のリーダーシップに期待するほかはない。おそらく、組合を束ねて、合併反対へ踏み出してくれるに相違ない、と島村は思った。

2

元日の昼下がりに島村が高円寺の酒井邸へ顔を出すと、すでに渡辺欽が駆けつけていた。渡辺は日本飛行機の副社長に就任していたが、四十一年三月に長谷川が副頭取から頭取に昇格した当時は曾根原、清原らと並んで第一銀行の常務取締役として名を連ねていた。総務畑の出身だが、上州生まれできかん気の男である。

「曾根原さんからこの話を聞いたときは半信半疑だったんだが、やっぱり本当だったんだねえ」

渡辺はこの日の朝早く、島村宅に電話をかけてきたばかりだが、同じことを繰り返すところをみると、よほど興奮しているとみえる。

酒井が島村に酒をすすめながら言った。

「さっき、西園寺君と電話で話したよ。かれも私も隠居の身だが、最後のご奉公をさせてもらおうというところかな。大将、風邪をひいてるらしいが、寝込んでられるばあいじゃないと言っていた。とたんに元気が出てきたそうだ」

西園寺は、酒井の頭取時代に副頭取としてつかえた男である。

島村は正座して、酒井の酌を受け、返杯してから、脚をくずした。

「井上会長も張り切っておられました。ご両所に意気消沈されますと、われわれあとに続くものが辛くなります」

「私も井上君と電話で話したんだが、第一の内部に強い反対論があることをはっきりさせておく必要があるといっておいた。こうなったら、こそこそせずに正面切って真っ向から斬り込んでいかなければだめだ」

「おっしゃるとおりだと思います。ことここに至っては逃げ隠れできません」

「第一の行員はみんな動揺してるだろうなあ。支店長クラスが一番ショックを受けてるんじゃないか。長谷川さんの力は強いからね。正直言って、新聞を読んだときは、これで負けたと思ったが、島村君どう思う。ひっくり返せるだろうか。われわれOBが結束したくらいで、長谷川さんが翻意してくれるだろうか」

渡辺もさすがに弱気になっている。

「新聞を読んだときは私も暗澹とした気持ちになりました。その点は渡辺さんとまったく同じです。しかし、株主総会の決議事項でもあるわけですから、諦めるのはまだ早いですよ。むしろ、新聞が書いてくれたお陰で、行内に合併反対論が強まると期待していいんじゃないでしょうか。現に支店長クラスの人たちが何人も憤慨して私に電話をかけてきたくらいです」

島村は、わが胸に言いきかせるつもりで、ゆっくりと話を続けた。

「酒井相談役、井上会長のご努力で、三菱との合併に危機感を持つ株主や取引先が増えています。そうした内外の強い反対論を、長谷川頭取が無視できるとは思えません。たしかに長谷川さんはある意味では立派な経営者です。理論的には、この合併は正しいかも知れない。少なくとも間違っているとは言えないでしょう。だが、忌憚《きたん》なく言わせてもらえば、長谷川さんは人の気持ちがわからない方です。人の気持ちがわかる人なら、三菱との合併を強引に推進したりはしなかったでしょう。しかし、長谷川さんだって血のかよった人間ですから、いつの日か必ずわれわれの気持ちがわかってくれると思います。こんなことが力ずくでできるわけがないんです」

「そのとおりだ……」

酒井がやけに大きな声を出した。

「井上君も言ってたが、なんとしても長谷川君の気持ちを変えさせることが肝要だ。それはわれわれ先輩の義務だと思う。長谷川君がなにがなんでも三菱との合併を強行すると言うんなら、それ相応の対抗策を考えねばならんが、一昨日の四者会談でも、内部に対立がある間は合併を強行しないと約束した。渋沢さんの血を引く長谷川君に二言があるなどとは思いたくないね」

「しかし、長谷川さんのほうもこの新聞記事で逆に勢いづくかも知れないな。まったくいらんことをしてくれたもんだ」

渡辺が腕組みしたままの姿勢で、合併の大見出しが眼を剝いているテーブルの新聞を睨み返すようにして言った。

「書かれてしまったものは、いまさらしようがないじゃないか。島村君が言うとおり株主総会で否決されたら、それまでだろう。もっとも、それは最後の手段だ。そこまでやらずに事前調整しなければ、第一はおしまいだよ。一般預金者から見放されてしまう。すでにお家騒動みたいなことになってきてるんだから、ここらで幕を引きたいところだが、長谷川君も頑固だからなあ……」

酒井も気が滅入るのか、言い終わると盃を呷った。

「三菱に契約を盾に迫られると、第一側の立場は厳しくなりますね」

「島村君、その点は心配ないよ。井上君の話じゃ、田実さんもそんな莫迦なことはしないと言ってたそうだから。ともかくやるだけのことはやろう。長谷川君が簡単に引き下がるとは思えんから、外部の反対勢力も強めていかなならん。私が相談役の立場で各方面に手紙を出してアピールするのはどんなものかね」

「相談役にそこまでやっていただくのは、われわれとしては忍びない気もしますが……」

「なに、こうなったらなりふりかまってられんよ。有り体《てい》に言うと、上西君に下書きを書いてもらえそうなんだ。最前、きみらがみえる前に顔を出してくれたんだが、上西君と話しているときに、ふとそんなことを思いたった。上西君も賛成してくれた。と言うより、やっこさんえらく積極的で、私のほうがけしかけられたようなふしがないでもないんだ」

酒井は、照れ臭そうに頸筋のあたりをさすっている。

上西とは、本店の事務部長から監査役に廻っていた上西実のことである。上西は、井上会長の下で、第一銀行本店内および銀行ＯＢとの連絡の衝に当たっていた。現役では、合併反対派の急先鋒の一人である。

「ほう。上西君が……」

島村は、合併推進派の厳しい監視の中で、上西が苦労して合併反対運動に挺身していることを井上から聞き及んでいたが、元旦早々酒井邸へ駆けつけてきたというその行動力に、感じ入った。

「道康《どうこう》さん、いいじゃないか。行き過ぎだのなんのと言われるかも知れないが、われわれＯＢを代表して、相談役が真情を吐露するくらいのことは赦されるんじゃないか」

渡辺は即座に賛成した。冴えなかった渡辺の表情にいくらか活気がもどっている。島村は、同期の連中や親しい仲間から、道康（みちやす）を音読みで呼ばれることがよくあるが、酒井までが、

「どうこうさん、そうしよう」

と島村の背中を叩いた。

こうして、酒井の個人名で大蔵省、日本銀行、株主、取引先など関係各方面に手紙を出すことが決まった。

上西が起草し、酒井が手を入れた自筆の手紙がコピーされ、各方面に郵送されたのは四日以降だが、その内容はつぎのようなものであった。

拝啓　新年お目出度う存じます。久しく御無沙汰致して居りますが貴下には愈々御健勝にて大慶の至りに存じます。

扨永年御愛顧と御支援を戴いて居ります第一銀行が三菱銀行と合併せんとする旨の報道が、新聞紙上及びラジオ・テレビニュース等に取り上げられましたが、甚だ唐突のことにて貴下におかれても嘸かし御驚きのことと拝察恐縮に存じます。

実はこの計画は全く長谷川頭取の単独意図のあらわれでありまして井上会長にも私にも事前に何等相談はありませんでした。

第一銀行が合併の如き重大な問題に付内部の意思統一もせず、永年の大切な御取引先や株主各位の御了解も得ないで既成事実を作って合併を強行しようとするのはとんでもないことであります。

第一銀行は戦争中三井銀行と合併して帝国銀行を創立しましたが、失敗に終って分離して皆様に御迷惑をかけました。幸に今日では多くの優良取引先を持ち中道を歩む銀行として立派に存立し発展して参った銀行であります。

私は現在の第一銀行の永年の御取引先と株主の皆様及び役員行員がよく了解し賛成する適当な合併ならば決して異論を唱えるつもりはございません。併し現在の少数の役員の独断による合併推進には飽くまで反対し、合併企図の白紙還元を主張します。信用を重んずる銀行は内部の意見の対立を出来るだけ外部に出さないことが大切でありますが、第一銀行存亡の瀬戸際においては永年公私とも親交を戴いて居りました貴下には実情を訴えて御理解と御支援をお願いする次第であります。

因みに井上取締役会長、一部の現役員、我々旧職員及び御取引先、株主の多数の方々はこの合併に反対であります。

先は右とりあえず合併問題に関する第一銀行の内部事情を御説明致し我々の決意を披瀝する次第でございます。

第一銀行相談役　酒井杏之助

3

酒井の手紙にもあるとおり、三菱・第一両行合併のニュースは、昭和四十四年一月一日朝のテレビ、ラジオでも報道されたから、第一銀行関係者は一層不安感をかきたてられ、心理的ダメージはあまりにも大きく、一種の恐慌状態を呈していた。

三菱銀行の行員が余裕をもって合併のニュースを受け止め、「してやったり」と快哉を叫んだ者も少なくなかったのとはおよそ対照的で、その明暗の差はあまりにも歴然としていた。天国と地獄と言えば大袈裟に過ぎようが、当時をふり返って、「奈落の底に突き落とされたような気がした」と証言している関係者もいるほどだから、第一銀行の行員が受けたショック、落胆ぶりは筆舌には尽くせないといったところであろうか。いわば、三菱・第一の力の差を正確に認識していたからこそ、そのショックも大きかったということになり、〝対等合併〟と考えた行員は一万一千人中わずかしかいなかったと思われる。だからといって、この時点で三菱銀行との合併には反対だと言い切れる者がどれほどいたかとなると、はなはだ心もとなく、役員にせよ、部長にせよ、支店長にしても、平行員にしても、この段階では大勢順応を決めこむ以外に術《すべ》はなかったのではあるまいか。

それは、サラリーマンとしてごく当然のことである。

日比谷支店の貸付にいた秋山は、友人と約束していたゴルフに出かける気にもなれず、正月休みの三日間、「家で酒ばかり飲んでいた」と往時をふり返っているが、大部分の行員は秋山のように酒でも飲んでいなければ、やりきれない、と言った思いで、三ガ日をすごさなければならなかった。もちろん、なかには支店長宅へ駆けつけたものもいようし、支店長は支店長で母店（幹事店）の店長宅へ電話をかけたり、足を運んで行った者もいるだろうが、大多数の行員は自宅に閉じこもって、ひっそりと酒を飲むのが関の山で憂鬱な寝正月に終始したのではなかろうか。

また、第一銀行には、行員間の年始、年賀は行わない習慣が定着していただけに、じりじりしながらも、出歩くことを見合わせた者がいないとも限らない。しかし、当然のことだが、第一銀行の百四十五人の支店長のなかで一月一日の時点で合併反対に起ち上がろう、たとえ捨て石になっても——と考えた者は皆無ではない。ごくわずかとはいえ、悲壮な決心を固め、身内をふるわせた者もいたのである。横浜支店長の篠原達明もその一人であった。篠原は、昭和十六年に東大を出て秘書課長、総務部次長などを歴任して第一の支店長の中では古参のほうで、取締役目前のところに位置していた。もっとも、若いころから井上に目をかけられ、秘書役として海外旅行などにも同行し、薫陶よろしきを得ていた篠原が井上のためなら水火も辞さないといった態度で接していたとしたら、長谷川に疎《うと》んじられるのは致し方がないともいえる。そんな篠原が井上の合併反対運動に共鳴しないわけがなかった。

篠原は、比較的早い時期に井上から話を聞き、各支店と連絡をとりひそかに同志を糾合していたが、元日の新聞記事はやはりショックだった。篠原もこれで反対派の目はなくなったな、と目の前が暗くなりはしたが、むらむらとファイトが湧いてきたことも事実だった。

井上に殉じ、ともかくとことんまでやってみようと篠原は覚悟を決めた。

島村が酒井邸に駆けつけたように、篠原もその朝、品川の井上邸に奔《はし》った。正月休み明けの四日以降、篠原が示した行動力は、たしかに特筆すべきであろう。

それは、篠原だけではない。

高田馬場支店長の松田は、気のおけない何人かの支店長に電話で連絡をとりながら、たとえ一パーセントでも逆転の可能性があるんなら、合併反対を主張する意義はあると、わが胸に言いつづけた。

虎ノ門支店長の藤崎、兜町支店長の山田、京都支店長の池田なども合併反対に起ち上がろうと考えた男たちである。井上や島村の努力は徒労ではなかった。

澎湃《ほうはい》として、合併反対論がわきあがるのは四日以降だが、そうしたなかで、東京駐在の従業員組合の執行委員の七人は、組合専従の立場もあって、連絡をとりあい、元日の夕方、新宿三丁目の寿司屋の二階に集合した。七人とも判で押したように地味なスーツにネクタイを着用、頭髪も七三に分け、いかにも銀行の窓口から抜け出てきたような感じである。

委員長の西村は暮れの二十七日に島村と接触して、合併の話を聞いた直後に、各執行委員の耳にも入れておいたので、七人とも読売新聞のニュースを比較的冷静に受け止めることができたが、やはり活字にされてみると、切実感が倍加し、どの顔も緊張している。

「委員長から話を聞いたとき、どうもピンとこなかったのですが、これで腹をくくらなければならないと思うようになりました」

副委員長は二人いるが、若いほうの水沼が言った。水沼は三十を出たかどうかという年恰好で、まるい童顔をせいいっぱいひきしめている。

「腹をくくるってどうくくるんですか。三菱との合併を既成事実として認めざるを得ないってことですか」

書記長の仁科が水沼の顔を覗き込んだ。

水沼にかわって西村がこたえた。

「つまり、俎板《まないた》の鯉とでもいったらいいのか、この問題がどう転んでもジタバタしないということじゃないかな。水沼君、そういう意味だろう」

「ええ、会社というか経営者がいったんこうと決めたら、われわれとしてはそれに従わざるを得ないわけでしょう。もちろん、組合として主張すべきは主張し、組合員の利益を損なうことのないように努力しなければならないでしょうが、会社の方針が決まっているとしたら、その範囲で行動するしかないですよ」

「会社の方針が決まっているのかどうか、まだ分からんでしょう。委員長が島村重役や松田支店長から話を聞いたといっても、風聞の域を出ていないとも言える。この新聞記事にしたって、どこまで真実なのか、臆測記事ととれないことはない」

年長といっても三十二、三というところであろうか、副委員長の宮本がことさらにゆったりした口調で言った。

「厳密に言えばそうでしょうが、われわれがこうして集まったのは、三菱との合併を既成事実として認めざるを得なかったからこそではないのですか。風聞とか臆測とかの段階とは到底思えませんが……」

水沼が頰をふくらませたので、宮本はいささかあわてた。

「そうむきになられると困るんだ。僕が言いたいのは、事実関係を明確にすることが先決だってことだよ。この点は、委員長と電話で確認し合ったことでもあるが、はっきり言って、われわれは正規のルートでは会社側から、なんにも知らされていないわけだからね」

「宮本君も水沼君も言ってることにそう違いはないんじゃないですか。慎重に整然と行動しようということを婉曲に言ってるに過ぎないですよ」

西村は二人の副委員長が顔を見合わせて頭をかいたのを眼の端でとらえながら、話を続けた。

「というより、二人の言っていることはまったく正論だし、その間に矛盾はないと思います。ここだけの話として個人的な意見を述べることは大いに結構です。うち明けたところ、私は、三菱との合併には反対だし、諸君も恐らくそう考えているんじゃないですか。しかし、対外的には一切、個人的な見解を述べることは慎むべきだと思います。どこで調べてきたのか、私の自宅に電話をかけてきた新聞記者がいましたが、そのときの私の受けこたえは、実は、いま水沼君と宮本君が言ったことと同じでした。すなわち事実関係を確認したうえで、組合員の利益を考えながら慎重に行動するということです。その記者は委員長の私から合併反対論を引き出したいらしくて、個人的意見でもいいから聞かせてほしいとくいさがったが、私は立場上、個人的見解は明らかにできないと言って、断わりました。その記者の眼にはオポチュニストと映ったかも知れない。たしかになんというか半身に構えてるようなところがないとも言えないけれど、委員長の私がたとえ個人的にせよ反対論を唱えたりしたら、混乱のタネを播くだけだと思うんです」

「しかし、あまりにも公式論的に過ぎませんか。僕は、委員長が個人的見解と前置きしたうえで合併に反対の立場を表明するくらい容認されると考えますが」

竹野が首をふりふり異論をとなえた。竹野は、七人の執行委員の中では最も若い。大学を出てまだ三年目である。

執行委員の任期は一年と決まっているが、なり手がないので、仕事ができる行員ほど推されて引き受けさせられる羽目になる。竹野は職場でも、はっきりものを言うほうであった。

「私もそう思います。委員長の話では、井上会長は合併に反対しているということでしたね。三菱に吸収されることが明々白々だからこそ反対論が出てるわけですから、委員長が組合を代表して反対論を唱えたっていっこうにおかしくはないと思います。下部の意見を掬い上げて、集約するとなると時間がかかり過ぎて急場に間にあうのかどうか。出し遅れの証文みたいなことになっては執行部はなにをしてたか、と言われることになりませんか」

武藤が言い、桜井もそれに同調した。

「委員長だけが個人的に反対を表明するのはどうでしょうか。委員長一人に責任を転嫁しているようで釈然としませんね。大阪の山本さんには委員長から電話で意見を聞いてもらうとして、執行委員会として決をとり、執行委員会の意見を会社側に突きつけるべきですよ」

「いまの段階で、それはやり過ぎだと思うな。それこそ執行部の暴走だと下部に突きあげられることになるぜ」

これは、仁科の意見である。

桜井の意見が最も急先鋒と言えるが、大阪駐在の山本を除く七人のうち、期せずして三役の四人が慎重な態度を示し、残りの三人が強硬論を唱えたことになる。

ビール三本と銚子五本が空になり、追加の酒と、寿司だねの肴が運ばれてきた。

西村が隣りの竹野と水沼に酌をし、ついでに身を乗り出して、他の四人のぐいのみも満たしてからおもむろに言った。

「決をとれば、結果は明白です。しかし、われわれにはあまりにも情報が不足している。暮れのうちに中央協議会を開くことができれば、合併の事実関係だけでも確認できたんですが、時間がなくて物理的に無理でした。井上会長が反対しているとは言ってもわれわれは直接聞いているわけではない。島村重役から聞いたことはすべて事実だと思いますし、この新聞記事も恐らく事実でしょうが、それだけでわれわれが行動を起こすのは、短絡していると思いませんか。労務担当の清原常務と連絡をとって早急に中央協議会を開催し、正式に会社の説明を聞き、できたら長谷川頭取からも井上会長からも意見を聞いたうえで執行部としての対応策を出しても遅くはないと思います。とにかくバタバタするのはやめましょう。少なくとも初めから会社と対決的な姿勢をとるのは避けるべきだし、それはルールにもとることです。杓子定規的な言い方をすれば、役員会が合併を決め、株主総会がそれを承認したら、いくら組合が反対しても問題にならないわけですよ」

「委員長はなんだか諦めてるみたいですね」

桜井が下唇を嚙んで言った。

西村は一瞬、切なそうに表情を歪めたが、きっぱりとした口調で答えた。

「六分四分か、七分三分で、合併の実現の可能性のほうが強いとは思っています。社会的信用機構の銀行という枠組みの中で、われわれがとれる行動には自《おのず》と制約がありますが、しかし、諦めてはいません。なんとも見通しが立たないのだから、ともかく整然と行動する以外にないじゃないですか」

「結局のところ、三菱銀行に吸収されちゃうんですかね。第一銀行は都銀の上位行には入れないけれど、中位行として安定してると思ってたし、おおらかな行風も悪くないと思ってたんですけど」

竹野はいかにもがっかりしたような声で言った。

武藤もつられて、大きな嘆息を洩らした。

「三菱には大学の同期の連中が何人かいるけど、大きな顔をされるんでしょうね。かなわんなあ」

「よりによって、こんなときに執行委員になっていたというのもついてませんねえ」

水沼が憮然とした顔で、不味《まず》そうに酒を飲んだ。

宮本が水沼のぐいのみに銚子を傾けながら言った。

「いまさら愚痴を言ったところで、どうなるものでもない。ここは、西村委員長のもとに結束して秩序ある行動をとろうじゃないか。勝手な発言や行動は厳に慎むべきだと思う」

みんなが無言でうなずき、西村が小さく頭を下げて、

「ありがとう。これからは連日連夜、会議の連続で大変だと思いますが、風邪をひかないようにしてください」

としめくくった。

4

元日の緊急執行委員会は、雑談になってからが長かった。

「読売のスクープのニュース・ソースはどこでしょうか。三菱銀行か第一銀行か、それとも大蔵省ですかね」

「ちょっと見当がつかないなあ。私が松田さんと島村さんから話を聞いたのは二十七日だけど、第一の関係者は賛成派も反対派もずいぶん神経を使ってたようだから、第一サイドから出たとは考えられないが、それにしても読売は大きなスクープをやったもんだね」

西村は、水沼の質問にこたえながら、島村の顔を思い浮かべていた。西村は、島村と電話で話したことを披露すべきかどうか迷った。島村は組合が合併に反対することを切望している、と話せば議論が蒸し返され、また混乱する恐れなしとしない、ここは口をつぐんでいるほかはない、と西村は結論した。

「島村さんといえば東亜ペイントに飛ばされても、懲りずに反対運動を続けてるっていうんですからすごい人ですね。合併に反対したこと自体、普通の人には真似のできないことですが、東亜ペイントに飛ばされた時点で、ぺしゃんこにならずに頑張ってるところは、ただものじゃありませんよ。なんせ長谷川頭取を向こうにまわして、闘ってるんですから」

武藤は、同意を求めるような眼を西村のほうに向けてきた。

「島村さんの合併反対は第一銀行を守りたい一念からでしょう。バックに井上会長がひかえているということもあると思いますが、立派の一語に尽きると思う」

「一念岩をも通す、ってなことになればいいのですが、ボードが合併方針を決めているとなると、委員長も言われたように七分三分で、合併が実現すると考えなければいかんのでしょうか」

武藤は厳しい現実に思いをめぐらせて、さもやりきれないと言いたげに頭を抱え込んだ。

「ボードなんてあるのかい。あるとすれば長谷川頭取一人だろう」

「宮本君の言うとおりかも知れないな。長谷川頭取は先を読むこと、ものごとを的確に判断し業務をとりしきっていく能力の確かさなど、それこそもの凄い人だ。能力があり過ぎるためにボードは必要ないという言い方もできる。長谷川頭取ほどの人が三菱との合併を考えたとすれば、そこになにか、われわれ凡人には想像もつかないなにか大きなものがあるんじゃないだろうか。そんな気がしてならない。そんへんのところを頭取から直接聞いてみたい気もするね」

「委員長の気持ちがもう一つ盛りあがらないのはそのへんにあるんですか」

竹野が皮肉まじりに言った。

「そんなことはない。合併推進派と反対派の考え方をできるだけ客観的に把握したいと思うが、結果的に組合の意向が反対論に押し流されていくのは、ことがらの性質上当然予想できることだ。私は、無理に執行部が誘導しなくてもそうなると思うが、自分の気持ちをつき詰めてみると合併反対に誘導したい誘惑にかられていることは否定しようがない。しかし、そうあってはならないと思う。やはりニュートラルであるべきだろう。それに、客観情勢が反対派に不利なことも睨んでおかなければならない。とくに大蔵省が店舗配置の自由化を昨年末になって急に決めたことは、三菱・第一の合併を意識したうえでのことと、とれないこともない。どうにも、そのへんが気になって仕方がないんだ。なんといっても銀行再編成は時代の大きな流れになっているからね」

「西村さん、執行部の方針は出てるんですから、それ以上はもういいですよ」

宮本に牽制されて、西村は、

「そうか、すこしくどいかな」

と、後頭部を掻きながら白い歯をみせて笑った。

5

第一銀行従業員組合執行委員会の七人が元日の夜十時過ぎに寿司屋の仲居に追いたてられるようにして、国鉄の新宿駅に向かっているころ、井上は長谷川と電話で話していた。話し始めて二十分にもなるが、どこまで行っても嚙み合わず、押し問答が続くだけであった。

「きみ、どうあっても三菱との合併を強行しようというのかね」

「強行はしません。しかし、実現したい、推進したいとは考えています。一部に反対論があることは承知していますが、私は会長も含めて大所高所に立って冷静に判断していただければ、必ず理解が得られると思っています」

「一万一千人の行員がけさの新聞を読んで、どんな気持ちになったか、きみは考えてみましたか。一部の反対論などと勝手な解釈をされては困る。三菱に吸収されてよいと考えている行員は一人もいませんよ」

「私は対等合併であることを、支店長会議でも、組合に対しても懇切丁寧に説明するつもりです。吸収合併と頭から極めつけていますが、偏見です。第一の経営責任を持たされている私が対等合併だと明確に答えているんですよ」

「どうしてきみは、そんな詭弁を弄するのかね。事実上の吸収合併であることは誰が見ても分かることじゃないのか。もっと現実的な考え方をしてほしい。それに取引先、株主の反対論をどう受け止めているのか。酒井相談役をはじめ多くの先輩が反対していることも考えてもらいたい」

「取引先、株主にも時間をかけてねばり強く説得します。合併メリットがいかに大きなものであるか、お分かりいただけるでしょう……」

長谷川は、井上が激昂すればするほど冷静になっていた。もともとこの合併に執念を燃やす長谷川が、あっさり投げ出すとは考えられないが、長谷川には内部を固める自信があった。それは、信念とも言え、井上や酒井、あるいは島村の反対ぐらいで、ゆらぐことはない。

「会長、吸収合併という先入観は排除してください」

「帝銀時代の苦い経験を、きみは考えたことはないのか」

井上の声が低くなり、哀感さえ帯びている。

「それは承知しています。しかし、時代が変化し、進歩していることも考えていただきたいと思います。時代の変化に対応することこそ経営者の要諦《ようてい》ではありませんか。

国際化時代の銀行経営はいかにあるべきかを考えたすえの選択です」

「何度も言うが、私は合併に反対しているわけではない。合併の相手を考えてほしいとお願いしてるんです」

「…………」

「いま、直ちにきみに翻意してくれ、というのも無理だろうが、最低、内部の意見調整なり、取引先、株主の諒承が得られるまで、この合併を強行することはしないでもらいたい。これは、酒井さんと水津君が同席したうえで一昨日、確認されていることだが、もう一度確認してもらえますね」

「ええ」

「ということは三菱との合併問題はまだ白紙の状態で、なにも決定していないと解釈していいわけですね」

「…………」

長谷川は黙っていた。返事のしようがなかった。白紙の状態であるはずがない。だが、反対派の気持ちを解きほぐすことがこの際先決問題であることだけは長谷川にも分かっていた。感情的になっている井上や酒井を説得することは容易なことではないが、この二人の諒承が得られれば、あとは問題にならない、と長谷川は思っていた。

井上と長谷川が電話で長ばなしをしているころ、島村は自宅の電話口の前に立ちづめで、第一銀行のOBたちと連絡をとりあっていた。島村のほうから電話して、実情を話した者もいれば、新聞を読んで、あるいは曾根原や渡辺欽から詳しいことは島村に聞いてもらいたいと言われて、電話をかけてきた者も少なからずあった。連絡を終えて、受話器を置くと電話が鳴るといった具合で、島村は玄関の板の間に釘づけにされ、妻の美治子が気を利かせて石油ストーブを持ち込んできたほどである。

「みんな、心配している。古巣の第一を思う気持ちはみんな同じだ。自分のことのように考えている。誰一人として、三菱との合併を是としている者はいない。長谷川さんはこのことをどう考えているのだろうか」

深夜、寝床に横になりながら、島村は美治子に語りかけた。

「長谷川さんはきっと分かってくださいますわ」

「そうあってもらいたいが、なかなか一筋縄ではいかない人だからね」

「娘たちまで心配してますのよ。あなたがどんなに苦労なさっているか、新聞を読んでよく分かったようです」

「おまえや娘に心配をかけて、あいすまんと思っている。そのうち、つぐないをさせてもらうよ」

島村は、しみじみと言って、静かに寝返りを打った。

6

一月一日から三日にかけて、島村が会合で接触した第一銀行のＯＢは奥田武甲、一柳喜一郎、岡田貢助、岡村一、清田泰一、曾根原至郎、風早英雄、安部寅次、原和雄、古谷喜代次、今井虎一、井垣薫、市石実郎、梶山栄一、木原通雄、小林顕一郎、湊静男、小田切晃男、島原健一、生垣斉、外山正夫、渡辺欽、野尻素行、有川源太郎、水野健一、綱島賢司ら三十人以上に及んでいる。

旧役員もいれば、本店の部長あるいは支店長から産業界に転出した者もいるが、いずれも三菱銀行との合併にあくまで反対すると表明した者ばかりである。

島村は非常勤とはいえ現役の取締役だった関係で名をつらねることはできなかったが、その後第一銀行のＯＢで結成された「三菱との合併反対同盟」は、三ガ日の間にその輪郭ができあがっていた。

二日の午後、酒井邸に顔を出したのは島村のほか曾根原、渡辺、風早など数人だが、支店長クラスを動かすことが必要不可欠だという点で意見が一致した。後日「支店長の皆さん」の呼びかけで始まるアピールがまとめられたが、このアピールは十日に開催された支店長会議の直前に第一銀行百四十五の各支店長に配布された。内容はつぎのようなものであった。

支店長の皆さん、この度の三菱銀行と当行との合併の件は全く長谷川頭取の単独意図によるものでありまして、酒井相談役にも井上会長にも事前に何等相談がなかったものであり、吾々には断固として受け入れることは出来ません。

このような重大問題に内部の意思統一もせず、永年の大切な取引先や株主各位の了解も得ないで既成事実を作って合併しようとするのは、正常な考え方では出来ないものであります。

第一銀行は戦時中に三井銀行と合併して帝国銀行を創立しましたが、失敗に終って分離した苦い経験を生かして、今日幸いにして多くの優良取引先を持ち財閥に偏することなく中道を歩む銀行として、立派に発展してまいったことは皆様よくご承知の通りであります。

私共は現在の第一銀行が金融再編成の線に沿って、永年の取引先、株主および役員、行員が納得のゆく適当な合併ならば決して異論を唱えるものではありません。

然し合併の相手方が三菱財閥の中心である三菱銀行であるからには、いかに詭弁を弄しても第一銀行は三菱銀行に吸収せられて跡形もなくなることは明らかであり、大切な多くの取引先に大変な迷惑をかけるばかりでなく、行員諸君の不幸を招来することになり、現に第一銀行の取引先の間において銀行に対する不信は高まりつつあります。これでは合併効果は到底期待出来ないのであります。

従って現在の少数役員の独断によるこの合併推進にはあくまで反対し、白紙還元を主張しているのであります。

信用を重んずる銀行は内部の意見対立を出来るだけ外部に出さないことが大切でありますが、今や事ここに至っては絶対に反対する外はありません。また仮にこのまま対立して株主総会に臨んでも大変な混乱をきたし、金融史上かつてない汚点を残すことになりかねないのであります。

従って私共はここに実情を報告して皆様の良識ある意思決定をお願いする次第であります。

昭和四十四年一月八日

三菱との合併反対同盟　世話人代表　（順不同）

安部寅次　古谷喜代次　岡田貢助　蒲生新之丞
原　和雄　今井虎一　井垣　薫　市石実郎
梶山栄一　木原通雄　小林顕一郎　湊　静男
奥田武甲　小田切晃男　島原健一　曾根原至郎
曾野勇二　外山正夫　渡辺　欽　風早英雄
生垣　斉　以下略

二日も三日も島村は、ＯＢの間を駆けまわり、合併反対論を熱っぽく語った。

暮れのうちに島村から話を聞いたときは「三菱銀行と合併なんて考えられんね」とか「なにかの間違いじゃないのか」と、まるでとりあわなかった者も何人かいたし、それを冗談とでも受けとったのか、「銀行が大きくなるんなら結構じゃないか」などとにやにやしながらうそぶいた者さえあったが、活字でそれを知らされてみると、受けとめ方がまるで違ってくる。

「島村さん、疑ったりして申しわけありません。とても信じられなかったものだから」

「道康《どうこう》さん、かんにんしてくれ。まさかそんなことがと思ったんだが……三菱に併呑されるなんて、まっぴらだ。絶対反対だ」などと率直に自らの不明を恥じて、島村の話をひとことも聞きもらすまいと耳をかたむけるように変わっていた。

三日の午後には、福岡から原和雄が上京してきた。

原は、八幡支店長から、地元の信用金庫の理事長に転出した男だが、年の上では島村より五年ほど先輩である。九州男児に相応《ふさわ》しく、熱血漢でどうにもじっとしていられなくて、四日まで待てずに飛び出してきたという。島村は、新橋のホテルのロビーで原と会った。

原は、強談判のため、いますぐにも長谷川頭取邸へ押しかけかねない勢いで、

「こんなことをゆるしとったら、ＯＢの恥じゃなかとね」と、福岡訛りまるだしで、いきまいた。

「長谷川頭取いう人は立派な人だと思うとったが、見そこなったもいいとこですよ」

第一のＯＢになって久しい原にとって、第一が三菱に吸収されようがされまいがまったく利害に関係がないはずなのに、かくまで気持ちをたかぶらせて八幡くんだりから馳せ参じるその熱情に、島村は胸を熱くしていた。涙がこぼれるほど嬉しかった。人生意気に感ずとは、このことであろうか。

「梶山君も、東京へ出てくる言うてましたよ」

「そうですか。九州からお二人も……」

島村は絶句した。梶山も九州の支店長から、実兄の経営している倉庫会社に転出して、かなり経っている。

一世紀になんなんとする伝統と、そこで苦楽を共にしてきた連帯感がなせるわざとでも言ったらいいのだろうかと、島村は、しみじみとした気持ちで、原と向かい合った。

「原さんにせっかく来ていただいたのに、情勢はわがほうに不利です。きのうも、おとといも井上会長や酒井相談役と話したのですが、新聞に書かれたことは既成事実をつくられてしまったようなものですからね。もちろん、反対派の意気は大いに上がっていますが……」

「まさかわれわれOBがデモをやるわけにはいかないが、長谷川頭取に連判状を突きつけるぐらいのことはやったっていいでしょう。あなたを前にして悪いが、現役の連中にしたって、長谷川頭取の言いなりになってるとは、あんまり情けなかとじゃないですか。あなたが反対に廻ったとき、常務陣で応援団が一人もつかなかったちゅうのは、いったいどげんこつですか」

反対の方法論が悪いと言われているようで、島村は苦笑した。

「長谷川頭取一人に権力が集中していることは、原さんもご存じでしょう。亡くなった藤田常務は合併に反対してましたが、あとの人たちは内心疑問を持っていたとしても、長谷川頭取の力が強過ぎるために反対してもどうしようもない、どうにもならないと、はなから諦めてたんじゃないでしょうか」

「島村常務がクビになったとなれば、なおさらおそろしかろうが、それにしたって男じゃろうが、役員全員が束になってかかれば、いくら頭取だって……」

「それは、私も考えないではなかったのですが、長谷川さんの打つ手もなかなか巧妙で、一人一人頭取室に呼び込まれて、さしで説得されますと、なかなか反対しきれるものではありませんよ。それに長谷川さんの考えも筋道は通ってますからね。結局はフィロソフィの問題なんでしょうが」

「いうなれば一戦もまじえずに、城をあけ渡そうとしているようなものでしょうが。それで第一の常務がよくつとまると、言いたいですよ」

原の声が高くなる。奥歯をきりきりと鳴らしていると思えるほどのくやしがりようである。

島村は、ホテルのボーイの視線に気づいてあわてて、声を落とした。

「支店長クラスが挙《こぞ》って起ち上がれば、流れを変えることだって不可能ではないと思います。組合もあることですし……」

「ＯＢの連判状はどうだろうか」

原は、ボーイの視線などおかまいなしに、大きな声で繰り返した。正月三日の都心のホテルのロビーは人影がまばらで、迫力に満ちた原の声はひときわ派手に拡散していく。島村もホテルの従業員の存在を忘れて、話にひきこまれていった。

「奥田さん、岡田さん、曾根原さん、湊さん、風早さんたちが中心になって反対同盟を結成することになってますから、当然そういったことも考えられると思いますよ」

そこで島村が元日と二日のＯＢの動きを詳細に説明してやると、原はやっと得心がいったのかにっこり笑って言った。

「私は、決着がつくまで八幡へ帰らんつもりです。このままおめおめと手ぶらで帰るなんて……」

昨夜もそうだったが、三日の夜も島村の帰宅は十二時近かった。気が張っているせいか疲労は感じなかった。われながら、頑健にできていると感心する。

7

長谷川は、元旦から二日にかけて入れ替わり立ち替わり新聞記者に押しかけられたが、快く応対した。同じ質問を何度もきかされ、内心うんざりしていたが、いやな顔一つせず、その都度丁寧にこたえた。C紙の石井も長谷川邸にかけつけた一人だ。石井は愚痴の一つもいいたいところだったが、そこはじっとこらえて、長谷川と向かい合った。長谷川を恨むのは筋ちがいである。うらみがましいことなど言えた義理ではない、と石井は懸命に自己抑制につとめたのである。

しかし、長谷川のほうもクリスマス・イブに、石井に夜討ちをかけられたことを忘れるはずはなかったから、多少気がさしているのか、

「まだ、皆さんにはっきり申し上げられる状況じゃないんですよ」

と、ひろい額をこすりながら照れ笑いを浮かべて言った。

「しかし、基本的な方向は出ているわけですね」

「ええ、田実さんとは合併の方向で話し合いを進めていることはたしかです」

「三菱がこの合併にウエルカムであることはわかるような気がしますが、第一のほう

には不協和音もあるんじゃありませんか」

「なにか聞いていますか」

長谷川は反問し、石井を凝視した。

「井上会長の意見はどうなんでしょう」

長谷川は眼をふせて、ぼそぼそした調子になった。

「一部に反対論もありますが、説得できると思ってます」

「株主、古河、川崎両グループの動きも気になりますが」

石井は、柔和な顔に似合わず、鋭い質問を発した。

「もちろん、この合併を実現するためには大株主、取引先をはじめ社会的合意を得る必要があります」

「すると、そのへんの根まわしは、まだこれからですね」

「…………」

「内外に強い反対論があるとしますと、なかなか大変ですね。いろいろ曲折がありそうですが」

石井にたたみかけられて、一瞬、長谷川はかすかに眉をひそめたが、

「自信はありますよ。一部に反対論があるとしても、感情論ですから……。理念的に

はみんな合併が必要であり、第一にとってもプラスになると思っているんです」

と、にこやかにこたえた。

「三菱との合併に百パーセント自信がありますか」

「九十九パーセントありますけど、百パーセントと言われると、ちょっと……。そこまでは自信がないなあ」

長谷川は眼もとをなごませて言った。

因みに、一月三日付けのC紙は次のような長谷川の談話を載せている。

『田実氏とは合併の方向で話し合いを進めているが、実現するには大株主、取引先をはじめ社会的合意を得る必要がある。まだ、世間には発表するといった段階ではない。合併実現に百パーセント自信があるかと問われればないというほかない』

この時期、長谷川はまだ合併実現に自信を持っていたのではあるまいか。

ついでながら同じ紙面の田実談話は『いまはまだなんとも言えないが、もし第一銀行との合併ができるようなら、けっこうなことだと思う。今後の金融界の方向は銀行合併に進むことになろう。残されているのはそれが早いかおそいかという問題だけだ』となっている。

長谷川は二日の午後、熱海の石亭で田実と会った。両者とも新聞記者、放送記者にうるさくまつわりつかれて、うんざりしていたはずだから、東京から逃げ出したとも考えられる。

ひと風呂浴びて、さっぱりしたところで、両人はテーブルに着いた。

湯上がりのビールのほろ苦さが胸に滲みわたっていく。

「大変な正月になってしまったな」

「まったくですねえ。えらいことになりました」

「井上君は、相変わらずかね」

「昨夜も電話で長いこと話しましたが、意地になっているようです」

「うーん」

田実はバツがわるいのか、小さく唸って口をつぐんでしまった。内心忸怩《じくじ》たる思いがある。井上をして、感情的にさせてしまった一因が、あの余計な一言にあったことは認めざるを得ない。

ふたりはしばらく、黙々とビールを飲み、料理に箸をつけた。

「私もひとこと多かったよ。三日前になるか、井上君が訪ねてきて、合併に反対だと言われたので、きみにそんなことを言う資格があるのかと言ってしまったんだ。だいぶむくれてたな」

田実の性分として、そのことを隠しておけなかったとも汲みとれる。

「おたがい、井上君をすこし袖にしすぎたかも知れん」

「…………」

田実は婉曲に、反省を促したつもりだったが、長谷川はさほど気にしている様子はなかった。代表権を持たなくても会長は会長なのだから、きみはもうすこし井上君を立ててやるべきだったね、と田実は言いたかったのである。しかし、いまさら、それを口にしたところではじまらない。愚痴になるだけである。

「井上さんはともかくとして、酒井相談役が強硬なんで弱ってるんです」

この期《ご》に及んでも、長谷川は井上の存在に重きを置いていなかったもののようだ。むしろ大先輩の酒井には一目置いている。いわば酒井は長谷川にとってけむたい存在ということになろうか。

「井上君を無視することは危険だよ。よく話し合って、まず気持ちをほぐすことが大切だ。それには現役が一枚岩になっていなければ話にならん。その点は大丈夫かね」

「ええ」

長谷川は力強くうなずいた。

「新聞に書かれて、外野がうるさくなると、やりにくくなるね。あの記事は、タイミングが悪いな」

「さあ、それはどうでしょうか。奇貨おくべしで、むしろ合併が促進されるんじゃないでしょうか」

「それならいいがね。いずれにしたって、われわれはおかしなことをやろうとしているわけではない。国家的要請、社会的要請にこたえて、大事業を成し遂げようとしているんだから、胸を張って堂々とやろうじゃないか」

「そのとおりです。時代が三菱・第一の合併を求めているんです。なんとしてもやり遂げなければ……」

「三菱のほうはまったく問題はない。だから第一の反対勢力をなんとしても説得して、摘み取ってしまわなければ……」

「酒井さんと井上さんを説得できれば、株主、取引先のほうはなんとでもなると思います。政府もこの合併を支援してくれてるんですし、感情的な反対論がいかに低次元レベルのものであるかは、いずれ彼らも身に滲みたところで分かってくれると思います。ジャーナリズムなり世論も味方してくれるでしょう」

「うむ」

田実は曖昧にうなずいた。一抹の不安があった。読売のスクープが裏目に出ないという保証はない。判官びいきということも考えられる。

しかし、田実は合併を強行する以外にないと考えていたふしがみられる。『日経ビジネス』は昭和五十四年二月十二日号の〝ドキュメント決断〟で〝三菱—第一銀行、幻の合併劇〟をとりあげ、この熱海会談について、田実が後日『いろいろ打つ手を考えたが、結局、合併を強行する以外、手はないとの結論に終わった。私はもっと発表を早めようとも考えた』

と述べた、と伝えている。

さらに同誌は、

『田実が強く出れば成功すると考えていたことは想像できる。井上薫・第一銀行会長らの合併反対の動きを封じ込めるのは、合併契約書を公表し、両行の経営陣が合併への断固たる姿勢を、まずみせつけることであるというわけだ。何せ、当時、井上は会長とはいえ代表権を持っていない。代表権を持つ重役は全員、合併契約書にハンを押しているわけだし、法的には後日、株主総会の承認を得ればよいところまできていたからだ』

と、踏み込んでいる。

8

田実三菱銀行頭取と長谷川第一銀行頭取は三日の午後、茅ヶ崎のパシフィック・ホテルに福田蔵相を、また同日夜にはホテル・オークラに宇佐美日銀総裁を訪れて、両行合併の方針を正式に報告、これに対し蔵相、総裁とも全面的に協力を約した、と新聞は報じている。両頭取がこうしたあわただしい動きをみせた背景には、三日付けの読売を除く新聞の論調が予想外に厳しいものだったことも、その一つとしてあげられる。すなわち、合併の決意を強く打ち出し、政府の強力なバックアップもとりつけていることを天下に周知徹底せしめる――との狙いにもとづいていると受けとれよう。

一月三日付けの朝日新聞は『井上会長や旧役員、大株主の間に合併に対する強い反対が起きている。これは①この合併話は事実上、三菱への吸収につながる②第二次大戦中三井銀行と合併し帝国銀行となったが、失敗して戦後分離した苦い経験を繰り返すことになりかねない――などの理由によるものである。これについて長谷川頭取は内部の話し合いを急ぐ考えだが、反対が根強いため、場合によっては合併話がいったん白紙に戻ることもあり得るとの見方もある』と、この時点ではかなり穿《うが》った記事を掲載している。

朝日新聞が大型合併に一貫して批判的な姿勢を示したことは、八幡製鉄と富士製鉄の合併問題でみせた同紙の論調からもうかがえるが、三菱・第一両行の問題に限って言えば、スクープされた側の感情が挿入されていなかったとは言い切れないのではあるまいか。

これに対して、三日付けの読売新聞は、「〔ロンドン土井特派員二日発〕新年を迎えたシチーの話題は三菱と第一両銀行の合併で持切りである。二日付のフィナンシャル・タイムズはさっそく、〝日本の指導的新聞〟である読売新聞は両行の合併を報じた……」と、遠くロンドン特派員まで動員して、大スクープに錦上花を添えている。

しかし、朝日の記事が井上、酒井、島村、さらには現役を含めた合併反対派を勢いづかせたことは否定できない。特に一月六日付けの同紙の社説は、反対派の論拠ともなり、第一銀行内外の反対論を助長する結果をもたらしたという意味で、大きな一石を投じたと言える。この社説は、〝大型合併には国民の利益を考えよ〟と題して次のように主張している。大新聞が銀行とはいえ特定私企業の合併に社説で疑問を投げかけたのは異例のことである。長くなるが全文を引用しておく。

『産業界の大型合併が注目された昨年を受けて、今年のわが国では、一転して大銀行の大型合併など、金融再編成への動きに関心が集っている。

昨春、相ついで登場した産業界の大型合併のうちでは、業界でのシェア（市場占有率）がさして大きくない川崎重工グループなどについては、順調な進展をみたけれども、紙・パルプ業界での王子系三社の場合は、独禁法上からみて疑義が多く、ついに当事者が合併をあきらめたことは、周知の通りである。目下、世上の関心を集めているのは、八幡、富士両社の合併申請に対して、足かけ二年越しの審議をつづけた公正取引委員会がどんな態度を示すかだが、これまた王子系の場合に劣らず問題が多い。鉄鋼の合併申請では、すでに現状でも国際競争力が十分にあり、製品によってはシェアが過大になること、また、寡占体制が進む結果、管理価格が生れたり、市場支配力が強まるおそれがあることが、国民経済的にみた場合の難点として、学者グループなどから指摘されているからだ。

金融界では、大蔵省の金融制度調査会が、昨年はじめに中小金融機関の転換や合併を容易にさせるための答申を出し、それが立法化されたことから、相互銀行や地方銀行のトップ・クラスで都市銀行に転換するケースがあったほかは、都銀、地銀間での提携がいくつかおこなわれた程度で、さして大きな動きはなかった。それは、都銀や長期信用銀行の制度改革を手がけている金融制度調査会が、預金保険制度の創設については今春をメドにしているものの、他の問題についての答申は今年の秋を目標としており、昨年はなお審議の途上にあった、という事情によるところが多かった、と思われる。

今年の年頭早々に、都銀の第三位と第六位を占める三菱、第一両銀行の頭取が、合併に合意したといっせいに伝えられたことは、こうしたいきさつからすれば、いささか唐突の感を免れまい。とくに第一銀行内部には反対論がまだ強く、意思統一が不十分だとすれば、この合併構想の前途にはなお相当の曲折が予想されよう。

三菱、第一合併構想の役割

しかしながら、三菱、第一の合併自体の成否いかんにかかわらず、今後のわが国の金融再編成に対して、この合併構想が、促進剤として果すであろう役割を、われわれは見逃がすわけには行かない。

わが国の金融界の中枢にある都銀十三行は、はげしい預金獲得競争を演じているが、その預金量の大小によって、おのずと上位四行、中位四行、下位五行と俗称されるような格差が生じ、同位グループ間でのシェア争いはとりわけはげしい。したがって、各行ともに二兆円見当の預金量をもつ上位四行中の第三位にある三菱が、中位グループ中の第一との合併によって、一挙に三兆四千億円のマンモス銀行になろうとすれば、昨年秋までトップの座を保ってきた富士、預金量は二位でも収益高では第一位の住友、小差で三菱を追ってきた三和なども、対抗的に、残る都銀との合併を試みざるをえまい。

さらに、金融制度調査会のこれまでの審議過程が、異種金融機関の合併に道を開く方向を指向しているとみられる点からも、この合併競争の渦は、地銀のみならず、長期信用銀行や信託銀行などにも波及して複雑な形をとる可能性も、少なくあるまい。

企業であれ、銀行であれ、最近の合併当事者が必ず掲げる目標のひとつは、規模が大きくなれば経費が下がり、したがって需要家に供給する物品やサービスも安くなる、という「規模の利益」である。いまひとつ、本格的な国際化時代をむかえて国際競争力を強める必要があることも強調されるが、せんじ詰めれば競争力といっても、技術開発力を除けば、コスト低下が大きな要素になろう。

銀行の場合は、将来の国際化に備えて近代化をはかると言えぬこともなかろうが、日米通商航海条約でも「制限業種」のひとつとして認められているだけに、近い将来、銀行の資本自由化がおこなわれるかどうかには疑問があり、また、コンピューターの導入などによる機械化は進んでいるが、産業の場合ほどの技術革新の余地があるか否かも疑わしい。したがって「規模の利益」などの合併効果の有無が、とりわけ重視されるわけだが、大銀行の場合は、この点にも問題がある。

金融制度調査会に大蔵事務当局が出した資料によれば、相互銀行、信用金庫とか地銀などでは、規模が大きくなるほど経費が下がることがほぼ明らかである。が、都銀の場合は、物件費率や総経費率では上位四行が低いけれども、人件費率や預金利率では中位四行の方が安上り、また税金の負担率では下位グループが最低、といった具合で、必ずしも資金量の大小と、経費率の高低が比例していない。

大銀行の「規模の利益」は明白か

また、国際化時代で企業が大型化するのに対応して、銀行もまた大型化が必要かどうかにも疑問がある。米誌フォーチュンなどで、一九六七年の売上高からみた大企業の〝国際番付〟をみると、米国を除いた自由世界の上位五十社の大企業の中にふくまれる日本の企業は十社に達するが、米国の企業をふくめた場合には、日立と三菱重工の二社が五十位以内にはいるにすぎない。これに対して、アメリカン・バンカー紙によると、銀行の場合は、米国をふくめた上位五十行の中に、都銀九行、長期信用銀行二行など、日本の大銀行が十一行も顔を出している。金融制度調査会が、六六年の資金量で自由世界の上位百社の企業と、銀行の上位百行とを国際的に比べた資料でも、大企業に対して大銀行の規模は、日本の場合に決して小さくないことが読取れる。

これらの資料は十分なものとは言い切れまいが、上位都銀の場合に、大規模化のメリットが明らかでないとすれば、われわれは、その半面としての市場ないし産業支配力が強まることを警戒しなければならない。企業の場合は一般に、独占的支配力が強まれば、価格支配力が生れ、広告宣伝によって、客に対して提供する自己のサービスや製品が、競争する同業者のものとは異る、というイメージを客にいだかせる傾向が強まり、競争が弱まる傾向がある。銀行の場合も同様に、大規模化、寡占化が進むと、貸出し金利を高め、預金利率を低くして、銀行のコスト低下があってもそれを需要家や大衆に還元せず、大銀行の収益率がますます高まるおそれがある。こうした危険は、大銀行自体の調査月報などによっても、いち早く警告されているのである。

〝金融機関は金利で競争せよ〟

大蔵省が昨年、千五百余の企業に対しておこなったアンケート調査への回答によると、銀行が預金獲得、デラックス店舗などで過当競争しているのは、競争の場を誤っており、あくまでも銀行本来の商品である金利で競争すべきこと、これまで銀行は保護され過ぎており、公定歩合が上がる引締め期には、いっせいに貸出し金利を上げたり、大口貸出しに熱を入れて中小企業を粗末にするなど、一般にもうけ過ぎの印象が強いことが、多くの企業から指摘され、合併や自由化などによって貸出し金利を引下げるべし、との要望が多い。

大蔵省は、統一経理基準を採用させることによって銀行の経営をガラス張りにするとともに、店舗の配置転換もなるべく自由にし、配当率や金利も弾力的にしようとしている。われわれは、これまでの過保護を改め、銀行間の自由競争によって金融の効率化をはかろうとする、最近の金融行政には原則として賛成であるし、その意欲を評価するのにやぶさかではない。預金者保護のために預金保険制度を新設することも、自由競争を前提にすれば必要であろうし、「規模の利益」が認められるならば、金融機関の合併にも反対するものではない。

しかし、上位都銀の大型合併については、真に合併が当事者のメリットになるだけでなく、国民のためになるかどうかを、国民経済全体の立場から慎重に検討し、関係者は、つとめて世論の納得を得るべきである。

昨年夏、英国の三大銀行合併がご破算になったとき、独禁委員会があげた反対理由は、将来いっそう寡占体制がひどくなる危険と、消費者や中小企業の受ける不利、不便であった。いろいろ事情は異なるにせよ、大型合併に際して公共の利益を重視すべき必要があることを、とくに強調しておきたい』

この社説を、長谷川はどんな気持ちで読んだであろうか。いやなことを書いてくれる、と思ったのは仕方がないとしても、とるに足らないことと考えて、黙殺したのか、それとも多少なりとも気持ちは動揺したであろうか。

この合併は政府の方針に沿うものであり、国際化時代に対応して社会的要請にこたえるものであると確信していた長谷川が、ジャーナリズムに批判されるなどとはゆめゆめ考えていなかったとしたら、やはり少なからずショックを受けたとみるのが自然であろう。

さらに言えば、結果的に読売のスクープが合併推進派にとって裏目に出たことになるのだから、不運としか言いようがないのではなかろうか。

それはともかく、長谷川の知らぬところで、舞台は転回しはじめていたのである。篠原、山田、藤崎、松田らを中心とする行内の反対派の動きも激しさを増していたし、現役役員のなかにも明らかに動揺の色がみられた。もちろん、それは四日以降のことで、話は前後している。すくなくとも一月一日から三日までの間に、合併反対派で逆転を確信していた者がいたかどうかは疑問である。

長谷川は三日の深夜、東京、六本木の第一銀行・永坂寮に、在京の常勤役員を招集した。

この日、田実と同道して、福田蔵相、宇佐美日銀総裁に会い、合併問題を正式に報告し両人から協力、支援する旨の発言をとりつけたことを受けて急遽役員会を開催したものと思われる。いわば役員会の結束を促す目的とみてよいが、席上、長谷川は合併の意義を強調し、不退転の決意を表明したにもかかわらず、いま一つ役員会は盛り上がらなかった。

読売新聞のスクープ以来、井上、酒井を中心とする合併反対運動が公然化し、現役役員陣営に対する切り崩しも激しさを加えていただけに、各役員とも重たい気分で、六本木寮に足を運んできたのだから、役員会が盛り上がるはずはなかった。しかし、正面切って反対できる者はいなかったが、内部の意見調整に万全を期すべきだとする意見が強く出されたのは、消極的ながらも長谷川批判が役員会内部にも出てきた証左と受けとれる。もちろん、長谷川とて、井上や酒井からしつこく念を押されている手前、「合併についてはしばらく冷却期間を置かざるを得ない」と考えていたことはたしかで、「第一銀行内外の合併反対派に対して説得を続け、なんとしても合併を実現したい」と、各役員に一層の協力を求めたことはいうまでもない。

第七章　経済界騒然

1

四日の午前十時までに東亜ペイント本社に出社するため、その朝、島村は六時十五分東京駅発の新幹線ひかり号に乗り込まねばならなかった。駅の売店で、数種類の朝刊を買い込んで、グリーン車のシートに腰をおろし、むさぼるように新聞に眼を走らせた。

どの新聞も前日に引き続き大きなスペースを割いて、合併問題を報じている。

朝日新聞の記事に、島村はひきつけられた。

『第一銀行と取引関係が深い石川島播磨重工業の土光敏夫会長は「この合併話は、銀行の合理化かもしれないが、いまのままぽっと合併してしまうのは賛成できない。石川島播磨重工業としては、この合併についていろいろ意見をいいたい」といっている』

　ああ、土光さんまでが……と島村は感慨無量で、このくだりを二度三度繰り返し読んだ。

　島村は昭和二十九年から三十一年までの深川支店長時代、播磨造船と合併する以前の石川島重工業の本社が石川島にあった関係で、土光とは公私ともに親しくつきあった仲である。当時から土光は、料亭や茶屋遊びは嫌いで、赤ちょうちんの焼きとり屋や屋台のおでん屋で、気らくに一杯やるのが好きだった。島村が札幌支店長に栄転したときには、わざわざ訪ねてきてくれたこともある。

　気さくで飾り気がなく、それでいてどんな相手にも細心の気遣いをみせる土光を島村は尊敬していた。大先輩でありながら、先輩風を吹かすようなことはなく、胸襟をひらいて友達づきあいをしてくれる男だった。

　島村は、「きみ、一杯やらんか」と土光に誘われ、弱い酒を無理して懸命に土光の相手をつとめたときのことを懐かしく思い起こしていた。

　しかし、島村の感慨は束の間のことで、すぐに現実にひきもどされた。

　毎日新聞は〝前向きに努力を〟〝蔵相、両頭取に協力約束〟の大見出しにつづいて『福田蔵相は「両頭取の考えに敬意を表する。具体化の段階になったら大蔵省としても協力を惜しまない。前向きに努力してほしい」と述べた』と伝えている。

また、日本経済新聞は〝金融再編成を促進　蔵相語る　金利自由化など急ぐ〟の見出しで、福田大蔵大臣の記者会見の内容を次のように伝えている。

『一、金融制度の理想的な姿は安定した資金を低い利率で供給することにあると思うが、現在の金融界はあまりにも多くの銀行が過当競争をくりひろげ、この理想と遠い状態にある。たとえば今度合併の話が出た三菱・第一両行の場合をみても東京都内だけで五十店舗も競争している。こうした過当競争をなくすために都市銀行をはじめ現在の金融機関が大幅に整理されることが望ましい。
一、現在の都市銀行の経営者はほとんど一人残らず新しい時代に適応するため合併提携が必要であると考えている。今回の両行合併は決して例外的な事件ではなく、今後いろいろな形で現われてくるであろうし政府としてはこれを促進していきたい。
一、現在行なわれている金融制度調査会の論議は本年暮れごろまでに答申が出るものと聞いているが、それではテンポの早い金融再編成の動きに間に合わなくなる可能性がある。長期信用銀行、信託銀行などを含めた新しいビジョンを固めてもらい、金融機関経営者の新体制への準備に役立てるためにはできるだけ早い答申が必要だ。

一、三菱・第一両行の合併についてはもちろんこの程度の金融機関の再編成が独占禁止法の面で問題になるとは思わない。今後独禁法上の問題については大蔵省としても合併構想のある各行を支援する方向で研究していきたいと思う。

一、大蔵省が考えてきた金利、金融機関の配当、店舗の三大自由化について金融再編成の環境づくりのためにも、またその最終目的である安定資金を安く供給するためにも、できるだけ早目に実現したい』

蔵相がここまで強い意向を示しているとなると、井上にしても、酒井にしても最後まで抵抗することは困難なのではないかと悲観的にならざるを得なくなってくる。島村の憂鬱な気持ちは会社に着いて、熊沢社長たちと新年の挨拶を交わしている間も、午後第一銀行の大阪支店へ顔を出したときも変わることはなかった。それどころか大阪支店では、一層やりきれない気持ちにさせられたのである。

取締役大阪支店長の福井章一は、島村が本店勤務になったときに後任として推薦した男である。四年後輩だが、手堅い仕事ぶりを島村は買っていた。

大阪支店は島村がつい二年前まで支店長として勤務したところだから、顔馴染みが少なくない。島村は受付嬢に笑顔を向けて、店長室へ向かおうとしたが、呼びとめられたのである。

「あの、少々お待ちください」

「…………」

島村は、咄嗟には呑み込めず、怪訝《けげん》な表情で受付嬢を見遣った。なにか伝言でも聞かされるのかと思って、足を止めたが、受付嬢は、社内電話でなにやら連絡をとっている。

「いま、秘書の者がまいります」

「どういうこと。私は、福井支店長に会いに来たのだが」

「…………」

受付嬢は、泣き出しそうに面を伏せてしまった。支店長付秘書の女性があらわれて、こわばった顔で「新年おめでとうございます」と深々と頭を下げてから、応接室へ島村を案内した。

「しばらくお待ちください」

秘書嬢が間もなく茶を運んできた。

「福井君は留守かね」

島村は、よそよそしい応対ぶりに感情を害していたが、静かに訊いた。

秘書嬢はそれにはこたえず、

「いま、野木次長がまいります」と、言って、逃げるように部屋から出て行った。

島村は、まだフリーパスで店長室へ直行できる立場にあると思っていた。事実、東亜ペイントへ転出してからも、そうしていたし、それでいやな顔をされることはなかった。アポイントメントなしでやってきたとはいえ、あまりではないか、と島村は腹が立った。

やがて顔を出した野木は、慇懃な挨拶をしたあとで、硬い顔でおもむろに言った。

「実は、本店から島村重役と会ってはならないと支店長に連絡があったのです。頭取じきじきかどうかは聞いておりませんが、支店長はお会いしたいのはやまやまだが組織を乱すわけにもいかんから、ご遠慮したい、と申しております」

「なるほど、福井君らしいな……」

島村は、思わず失笑を洩らしてしまったが、すぐに表情をひきしめた。

「新年の挨拶も受けられないというのは、すこし狭量過ぎませんか。取引先の銀行の支店長を訪問するのはごく常識的なことだと考えて出かけてきたのだが……。それに、ここは私にとって古巣でもある」

「お気を悪くされるのはごもっともですが、支店長の立場もお察しいただいて……」

「それは、わからぬじゃない。たしかに三菱銀行との合併に反対している私を近づけたくない気持ちはわかります。それが長谷川頭取をはじめとする首脳部の強い意向ということだと、なおさら迷惑でしょう。しかし、それならそれで対応のしようがあると思う。福井君は私に会って、意見があれば、自分で言うべきではないのかね。それが先輩に対する礼儀じゃなかろうか」

「おっしゃることはよく分かりますが」

野木は当惑しきった顔で、湯呑茶碗を掌の中でこねくっている。

「きみを困らせるのは本意ではないが、福井君に伝えてほしい。三菱との合併反対に起ち上がろうとしている支店長クラスのひとたちが何人もいるということを。勇気を出して反対してほしいと」

「はい。申し伝えます」

野木は、身を竦めてこたえた。

「きみ、三菱と合併していいと思うかね」

「………」

一層、小さくなって、野木はかすかにかぶりを振った。

「福井君の立場を悪くするようなことはしたくないから、これで退散するが、とにかくよろしく伝えてください」

島村は皮肉っぽく言って、ぬるくなった茶をひとすすりしてから腰をあげた。

ふんまん遣るかたない気持ちをもてあましながら、島村は大阪支店を後にした。

島村が、すがれるものならなんでもすがりたいといった思いで、親友の大平正芳に電話をかけようと思いたったのは、四日の午後三時ごろのことである。

2

一月四日の朝、島村が新幹線で大阪へ向かっているころ、丸の内の第一銀行本店内は異様なムードに包まれていた。

気が急くのか、いつもより三十分も早めに出勤した行員が多いが、みんな不安と緊張感の交錯した複雑な思いを表情に滲じませている。いくら銀行とはいえ、仕事始めの四日ぐらいは、どこかはなやいだ雰囲気がただようはずなのに、店内は息苦しいほど張り詰めた空気がたちこめていた。

十時から本店七階の大食堂と四階の講堂に行員を集めて、頭取が新年の挨拶を行うのが恒例である。

講堂組には長谷川の顔は見えないが、皆んな固唾《かたず》をのむ思いで、スピーカーの声に耳を傾けている。無気味なほど静まり返った屋内に、長谷川の抑揚のない声が吸い込まれていく。

年頭の挨拶の中で長谷川は、三菱銀行との合併問題に関し「合併の話があるのは事実ですが、まだ正式に決まったわけではありません。このことは関係者の納得を得たうえで進めたいと思っています。行員は動揺せず日常の業務に励んでください」といった趣旨のメッセージを発表、このメッセージは各支店にも伝達された。しかし、現場の混乱ぶりはそれどころではなかった。

全国の支店には一般預金者から合併問題について電話で問い合わせが殺到し、熱心な取引関係者は、わざわざ窓口まで足を運んできて、支店長などの幹部に面会を求めるが、支店としてはどうにも対応のしようがなかった。支店長から平行員に至るまで浮き足だって、仕事が手につくような状態ではない。事務能力は、仕事始めの四日には早くも眼に見えて停滞していたのである。

まさか極端な混雑騒ぎに発展するようなことはなかったが、それでも気の弱い支店長なら店の鎧戸《よろいど》をおろしてしまいたい衝動にかられたのではあるまいか。動揺するな、というほうが無理であり、日常の業務に励めと言われても励めるような状態ではなかった。

九時十五分から従業員組合の申し入れを受けて、本店の役員会議室で中央協議会が開催され、清原常務が西村委員長以下の組合執行部に対して、一時間にわたって合併問題の経緯を説明、組合の同意をとりつけたいと協力を要請した。

十一時過ぎには、むらがる新聞記者に無理やり引っぱり出されたかたちで、長谷川頭取が本店四階の会議室で記者会見し、所信を明らかにしている。

日本経済新聞は四日の夕刊で、このときの長谷川の発言要旨をつぎのとおり伝えている。

『一、けさ、行員に新年の話をする際、合併について触れたが、三菱銀行と合併するという話を正式に伝えたわけではない。昨日取締役には私の意思として持ち出したが、現段階では銀行としての意思ではなく、頭取としての私の意思と考えてほしい。これから関係先ならびに行内の諸先輩などとよく相談して決めていきたい。

一、三菱銀行を相手に選んだのはお互いに銀行の気風が似ているからである。悪く言えば商売がうまくなく、理屈だけというところだし、良くいえば品のいいというのが気風である。

一、合併を考えたのは三つの理由がある。第一は日本経済がＧＮＰ世界第二位など非常に大型化し、日本の企業、銀行も世界化の波に乗る必要があると考えたこと。第二は、日本の金融界が過当競争といわれる血みどろの決戦を避けるためには金融モラルを堅持して、目先の利益にとらわれない巨大銀行が出来てもいいと考えたこと。第三は、規模のメリットが発揮できるということである。

一、先輩の方々が反対しているのは第一銀行の伝統を考えてのことでお気持ちはありがたいと思う。次の段階でお話をするはずでその点申し訳ないと思う。私としては合併は最終責任者同士の間でないとできないことだと考えたし、大蔵省、日銀の意向も内々に打診しながら代表取締役のコンセンサスを得ることが最初だと思った。

一、三菱銀行に実質的に吸収されるのではないかという懸念も反対の理由になっているようだが、第一銀行の行員はそういう人たちでないと信じている。かりにそうであれば第一銀行は黙っていても衰微するだろう。

一、六日から具体的な話にはいるが時期的なメドはない。大株主、取り引き先の了解を丹念にとりつけていくつもりだが、誠意をつくせば理解してもらえると思っている』

三菱銀行を相手に選んだのはなぜかという記者の質問に対して、長谷川は「一般にいわれていることだからわかると思いますが、両行員の気風が似ている点もありますし、田実頭取と私が若いころからの永いつきあいだという点もあります」と、こたえている。長谷川は疲労の色は隠せなかったが、終始笑顔を絶やさず、にこやかに記者と質疑応答をつづけた。

ただ、当日の記者会見で、長谷川は、「銀行内部には今回の合併問題を極秘裏にしてきました。取締役に合併の話をしたのもきのうがはじめてです」と述べているが、これは明らかに事実に反する。一身に責任を負うため、あるいは独りでドロをかぶるために敢えて……と解釈すべきなのか、長谷川一流の深い読みがあって、ことさらに修飾したのか、わからないが、いわば長谷川が「個人的意思の段階」に終始している点は興味深い。とりようによっては、合併に向けて高揚していた長谷川の気持ちなり意識が後退したと受けとれないこともないが、その後の長谷川の言動に照らしてみると、そう解釈するには不自然な点が多い。むしろ、合併に並々ならぬ決意と自信をのぞかせていたとみるべきであろう。

記者会見後、長谷川は丸の内の銀行倶楽部で行われている全銀協主催の賀詞交歓会に駆けつけねばならなかった。

全銀協の会長でなかったら、欠席するところだったが、立場上そうもいかず、せいぜい笑顔をふりまきながら会場へ入っていった。

〝時の人〟だから、ここでも記者たちに囲まれ、フラッシュを焚かれる。長谷川は、「もう、話すことはありませんよ。失敬」とかるく右手をあげて、輪を抜け出した。

そして、水割りのコップを片手に金融界のお歴々の間を縫ってまわった。

長谷川に面と向かって、「三菱銀行との合併は本当ですか」と質問する者はいないし、もとより長谷川のほうから触れることもないので、表面はあくまで平静を装い、通常の儀礼的な挨拶を交わすだけであった。

もっとも、長谷川や田実のいないところでは、合併話で持ち切りで、逆に新聞記者から取材する銀行首脳も少なくなかった。

賀詞交歓会の会場で、新聞記者に所感を求められた住友銀行の堀田庄三頭取は「両行はもともと親密な間柄だったが、両頭取の決意と英断に敬意を表する」と話している。

長谷川の記者会見もそうだが、それより一時間ほど前に行われた田実の記者会見も予定外のものであった。田実は、どちらかといえば腹蔵なくざっくばらんに話をするほうだが、ことがらの性質上、いつもの、くだけた感じはなく、慎重に言葉を選んで、記者の質問にこたえている。要約すれば、次のような発言内容となる（朝日新聞四日夕刊）。

『一、いままで私が合併問題について発言を差控えてきたのは、問題のある第一銀行側を刺激してはいけないと配慮したからだ。合併にのぞむ三菱側の方針は全然変っていない。今後は第一側からもその内部問題についてそのつど連絡があると思うので、それにそって方針を決めていきたい。両行の合併問題はそれぞれの自由意思で進めてきたのだから、最後までそれぞれの意思を尊重する方向で貫きたい。三日、福田蔵相と宇佐美日本銀行総裁に正式に話したが、どちらも前向きにやれ、と激励してくれた。

一、三菱、第一両行の場合は、都市銀行の預金量に占める両行のシェア（市場占有率）からみても、その合併が独占禁止法上の問題にならないと確信している。合併の利点は⑴両行が進めてきた大衆化路線をさらに推進できる⑵中小企業向け融資の分野で一層活躍できる⑶資金量が大きくなるのに応じて活動に弾力性がつく⑷むだな競争をやめられる、などがあると思う。日本の国民総生産が自由世界で二番目になった時代だから、銀行も世界で十指にはいるものがあってもいいのではないか。

一、三菱側に内部のトラブルは絶対にない。銀行は合併の歴史を重ねて来た。第一銀行は八回、富士銀行は七回、三菱銀行は四回の合併をやってきた。大きな合併だから、障害が出てくるのは当然だ。第一側に、「伝統ある銀行が〝吸収合併〟される」という誤解もあるように聞いている。しかし私は古いものが一緒になるだけでなく、まったく新しいものをつくるという考えでやるつもりだ。アポロ8号が月を回り、米ソ両大国が共存しようという時代だから、大きな視野と高い次元でものを考えなければだめだ』

また、田実は「合併の相手として第一銀行を選んだのは、行風が似ているためです」と述べ、長谷川と息の合ったところをみせている。さらに、この合併は成功すると思うか、との質問に対して「いまの段階ではなんとも言えないが、大銀行同士の合併という大きなことを進めるには障害が多いのは当然でしょう。ローマは一日にして成らず、というところですが、十年先二十年先を考えて、じっくり取り組みたい。合併を左右するものには、商号、株価、人事の問題があるが、実際には人事がいちばん問題です。しかし、両行首脳が絶えず、相手のことを考えて行動すれば、難しい人事も乗り切れると思います」と、語っている。

田実が「三菱側に内部のトラブルは絶対にない」と言い切っているのとは対照的に、第一側は、内紛をさらけ出してしまうことになる。

3

井上がはにかんだような笑みを浮かべて記者たちの待機する会議室へ入ってきたのは四日の午後零時半のことだ。

「ごくろうさまです」

井上は、記者たちに向かって丁寧に一礼して、席に着いた。傍に清原常務が控えている。

記者クラブでの幹事が型どおりの質問を発した。

――三菱銀行との合併について、どうお考えですか。

「絶対反対です。その理由は、形式はどうあろうと、事実上は第一銀行が三菱銀行に吸収されることになるからです。このことは規模や収益力からみましてもはっきり言えると思います。合併後の株主構成を想定してみても、上位大株主に三菱の名前がついた企業が並ぶのに対しまして、第一銀行側にははっきりした直系の株主が少ないので、新しい株主構成が三菱色になることは自明です」

——合併問題について長谷川頭取と意見が対立しているわけですが、今後の見通しについて。

「長谷川頭取と元日に三十分間電話で話し合いましたが、二つの点で意見が一致しました。一つは合併問題についてはなにも決定していないということです。二つは、このような大問題には大株主や主要取り引き先など銀行内外の同意を得なければならないということです。私が大株主、お得意先に合併の賛否を聞いた限りでは反対の意向が強く、当行の先輩もこぞって反対している。この合併話は潰れると思っています。いや阻止しなければなりません」

——合併そのものにも反対ですか。

「私は理念的に金融再編成が必要だという意見に賛成です。しかし、三菱銀行との合併にはあくまでも反対します。理由は、いま申し上げたとおりです」

——第一銀行の経営に不安説も出ているようですが。

「その点はまったく心配ありません。ただし三菱銀行に比べますと格差がありますが……」

井上は、記者たちを笑わせる余裕をみせたが、清原が小声でなにやら口をはさんだときに「きみ、はっきり言いたまえ」と、一喝するほどの激しさもみせている。

こうして、頭取が合併推進の決意を新たにする一方で、会長が絶対反対を表明するといった前代未聞のハプニングの幕は閉じたが、第一銀行の内紛劇は五日以降さらにエスカレートしていく。因みに、井上の記者会見の内容も四日の夕刊で報じられたが、〝合併は絶対反対＝井上第一銀行会長語る＝〟（朝日）、〝話はつぶす決意＝井上会長＝〟（日経）と、いう見出しで、井上の意気軒昂ぶりを伝えている。

4

一月四日は土曜日だったが、午後になっても三菱、第一両行の合併問題をめぐる熱く激しい動きは続く。

川崎グループ五社は午後一時半から神戸市のオリエンタル・ホテルで社長会を開き、合併問題の対応策について協議した。川崎重工業、川崎製鉄、川崎航空機、川崎汽船、川崎車輛の五社だが、この社長会では砂野仁・川崎重工業社長がリーダーシップをとって、早くも合併に否定的な見解を明らかにしている。

砂野社長は、立場上、井上のように絶対反対とまで明確な線は出していないが、五日付け日本経済新聞は『国際化時代に対応した企業の集中合併は私の持論ではあるが、三菱・第一両銀行の合併は系列企業に競合する面が多いので、必ずしも好ましくない。系列企業が競合しない銀行ならもろ手をあげて賛成するところだ。しかし、第一銀行の長谷川頭取は相当な決意のようなので、第一銀行首脳から詳細な説明を聞いてから改めて川崎グループの態度を検討したい』との談話を載せている。

一方、古河グループの九社（古河鉱業、古河電気工業、旭電化工業、横浜ゴム、富士電機製造、富士通、日本軽金属、日本ゼオン、朝日生命保険相互）も四日の午後、緊急社長会を開催している。

五日付けの朝日新聞は『第一銀行内部の動きを見きわめたうえで、個別の会社としての態度を固め、その結果によって旧古河系グループとしての態度を決める』と、どっちつかずな統一見解を載せている。もっとも、同じ紙面で『旧古河系グループの有力電機メーカーである富士電機などは強く反発しており、全体としても合併に批判的な空気がかなり強いので反対論が打ち出されることになる見通しだ』と、合併反対ムードを煽っている。ここにもスクープされた側の感情がこめられていると言っていえないこともないが、井上、島村ら合併反対派が得ている感触と大差はなく、一応、客観的な報道と見做すべきであろう。

　事実、朝日生命の数納社長は四日夜、朝日新聞記者に「酒井、井上、長谷川、水津の四氏が会談し、合併問題の白紙還元を決めるべきである」と明言している。数納社長が三水会のなかでは合併反対の急先鋒だとしても、この発言に三水会の意向がほぼ集約されているとみてさしつかえあるまい。

　夕刻には、井上、酒井、西園寺ら二十数人が都内のホテルに集まり、「三菱銀行との合併にあくまで反対する」と改めて申し合わせた。

　閉店後、矢も盾もたまらず本店に駆けつけた支店長も少なくない。

　横浜支店の篠原もその一人であった。篠原は、バンカーには珍しく、歯に衣着せずストレートにものを言う男である。ときとして容赦なく相手をやっつけてしまうようなところは誤解をまねきかねないが、親分肌というか人情家でもある。篠原は、秘書課長、総務次長など総務畑を歩いたが、頭取時代の井上の懐刀的存在でもあったから、井上が三菱銀行との合併反対に起ち上がったとなれば、もともとひと肌もふた肌も脱がなければならない立場にあった。篠原は、四日以降、ほとんど横浜支店に顔を出さず、行内反対派の参謀部長格に収まって、影の形に随う如く、井上にぴったり密着していた。井上の記者会見をアレンジしたのも篠原だと証言する関係者もあるが、長谷川にとって島村同様八裂きにしてもしたりないほど赦し難い存在であったことはたしかであろう。

篠原は、もとよりクビを覚悟で、長谷川に反旗をひるがえしたのである。四日以降、第一銀行本店一階の西北隅の応接室が合併反対派の拠点になっていたが、当時、現役で篠原ほど露骨に反対運動に没入した者はいない。

大阪支店長の福井に面会を拒否された島村は、東亜ペイントの本社に戻って、東京の大平通産相の事務所に長距離電話をかけた。

大平は不在だったが、面識のある森田秘書官が電話口に出てきた。

「きょうは、賀詞交歓会などで一日飛びまわってますが、お急ぎなら、なんとか連絡をつけられないこともないと思いますが……」

「それには及びません。それでは秘書官からおことづけいただけますか」

「けっこうですよ。どういうことでしょうか」

「三菱銀行と第一銀行の合併問題で、大臣にお力添えをいただければと思いまして」

「そういえば、大臣も大変心配されてました。島村さんもご苦労されますね」

「いや、私の苦労などたいしたことはありませんが、第一銀行が滅びてしまうような合併にはどうしても賛成できません。ところが、福田大蔵大臣はこの合併に支援を惜しまないと発言されています。大蔵省事務当局も両行の合併をなんとしても実現させたいと考えているのかどうか、そのへんも気懸りです。閣内不統一ということで、大平さんにご迷惑をおかけするようなことになってもなんですが、大臣は大蔵省の出身でルートもお持ちですから、できる範囲で援けていただければと、実は藁《わら》にもすがる思いで、お電話させてもらいました」

「お気持ちはよくわかります。必ず大平に申し伝えます」

「三菱銀行との合併につきましては、長谷川頭取の独断専行によるもので、第一の現役、先輩、それに株主、取引先のかたがたも皆んな反対しております。そのへんのところもお含みいただいて、ひとつよろしくお願いします」

島村は、森田秘書官と電話で話したあと、本町、御堂筋、心斎橋、梅田、堂島、東大阪、尼崎、庄内などの各支店に片っぱしから電話を入れて、支店長を電話口に呼び出した。本当に席を外しているのか、居留守を使っているのかわからないが、なかには電話に出ない者もいたし、出てきても、いかにも迷惑そうな様子で言葉を濁す者もいた。しかし、島村の反対論に共鳴する支店長が大多数であった。

島村は、四日の夜、新幹線の最終で東京の自宅へ帰ったが、五日の日曜日も早朝からＯＢの間を飛びまわり、文字どおり寝食を忘れる取り組みをみせている。学生時代、空手で鍛えた身体はがっしりしており、島村自身、ちょっとやそっとでこわれることはないと自負していたが、気が張っているせいか、疲れを覚えるいとまもなかった。

長谷川頭取以下の執行部は、四日は深夜まで三菱銀行との合併問題について協議するが、支店長クラスに出始めた合併反対論を抑えつけるために、クビ切りをまじえた強行措置を講じるべきとする意見を吐く者もあった。長谷川頭取も、峰岸副頭取も、あるいは清原も安田も合併を強行できると情勢判断していたが、第一銀行の内外に燃えあがった合併反対運動は六日以降、一層強まり、その火勢は、長谷川らの想像をはるかに越えていたというべきであろう。

5

一月六日の夜、京橋の割烹「蜻蛉」は、店始まって以来の入りでにぎわっていた。三菱銀行との合併に反対する第一銀行ＯＢを中心とする関係者が六時を過ぎたころから続々と詰めかけ、七時過ぎには四十人を越える男たちで二階の三部屋は占領されてしまった。襖が取りはずされ、廊下にはみだしている者、座布団を敷かずに坐っている者、まさに足の踏み場もない状態であった。

神鋼電機の湊社長、小田切専務のはからいで、会場が確保されたが、会費はとび切りの低額料金で、商売抜きの出血サービスぶりに、第一銀行を、あるいは神鋼電機とのつきあいを大切にする女将の心意気があらわれている。

会場は、人いきれでむんむんせかえるほど熱気に満ちていた。九州の八幡から駆けつけてきた原などは、スーツを脱いでワイシャツの袖までたくしあげている。

酒井相談役の顔はみられなかったが、井上会長も島村も、もちろん出席した。奥田、曾根原、風早、玉木、生垣、今井、渡辺の顔もみられる。現役では、上西監査役、山田兜町支店長、篠原横浜支店長ら数人が顔を出した。

山田、篠原は枢要な支店長ポストにあり、第一銀行が三菱銀行と合併したとしても新銀行の役員になれる力量を持った人材である。彼らが首をかけてまで合併に反対しているのは、欲得ぬきで第一を滅ぼしてはならないといった心情にかられているからに他ならない、──そう思うと、島村は身内が熱くなるほどの感動を覚える。このひとたちのためにも、合併を白紙に還さなければならない──。

湊が司会役になって話が進んだ。

「井上会長の記者会見はよかったですね。胸がすっとしましたよ」

「けさの朝日の社説は、実にタイムリーだね。内容も立派だ。さすがに大朝日だな」

そんな発言が続いて、会は盛りあがっていく。

現役組は、さすがに発言をひかえているが、どの顔も満足そうで、〝来てよかった〟といった思いを映している。

この日の会合はさながら、合併反対派の総決起大会のおもむきを呈し、そして領袖である井上会長の激励会ともなった。

湊が手際よく、三菱銀行との合併反対を訴える文書を全国の支店長に手渡す件で意見をまとめた。

昨年の五月十八日に、長谷川から突然、合併話を聞かされて以来、こつこつと反対運動を積み上げてきた甲斐があった——、島村はこのときほど感激したことはなかった。先のことはどうなるかまだわからないが、すくなくともこれほど大勢のひとたちが合併反対に起ち上がったのである。長谷川頭取といえども、無視することはできないはずだ——。

「旧帝銀分離の時のアトモスフィアの再現となった」と、島村は日誌に書いている。

この日は、第一銀行の本店でもあわただしい動きをみせている。午前十時から始まった母店・幹事店長会議は午後六時半まで延々と続いた。

清原ら四常務が三菱銀行との合併の意義、メリット、第一銀行の現況などを詳細に説明し、感情的な反対運動には耳を貸さないでほしいと訴えた。

母店・幹事店長会議と並行して、午後三時から一時間半にわたって従業員組合に対する頭取説明が行われた。ここで長谷川は次の点を強調した。

一、日本経済は国民総生産がアメリカについで世界第二位になった。産業界は大型化、国際化の方向に進んでいるが、銀行もこれに対応していかなければならない。いまのままでは経済の大型化に対応できない。

一、アメリカの巨大銀行の極東への進出意欲はきわめて旺盛であるが、これに対抗していくためにも合併による大型化、国際化を真剣に考える必要がある。

一、統一経理基準の実施が進み、配当の自由化も予想されるなど、今後銀行経営をめぐる環境は一段ときびしくなると考えなければならない。こうしたなかで銀行も合併による規模の利益の追求が必要である。合併は早ければ早いほどベターである。

一、三菱銀行との合併では吸収されてしまうという意見もあるが、そんなことは絶対にあり得ない。三菱銀行の田実頭取とは財閥色を脱却した新しい銀行づくりをするという点で完全に意見が一致している。第一銀行の行員も吸収されてしまうような人たちではないと信じる。

四日の記者会見の内容とほとんど変わらないが、従業員組合に対する長谷川の発言はそっくりテープに収録された。頭取説明テープは、さっそくこの日の母店・幹事店長会議で聴取されるが、さらに複写されて、都内の各幹事店、組合支部へ貸し出された。

この時期、長谷川は田実と頻繁に電話で連絡をとっているが、三菱銀行側は専務取締役の黒川久をスポークスマンに仕立てて、合併に向けて、既成事実の積み上げを図っている。

黒川は経済誌の記者などにも折りにふれて「本部要員の節約、コンピューターの有効利用、店舗配置の効率化」などの合併メリットを強調し、長谷川発言（記者会見）をフォローして『三菱・第一両行の合併の大きな背景として、企業の巨大化、寡占化、国際化への対応があげられる。企業のマンモス化に対して、金融機関もスケールアップを要請される。もう一つは、銀行行政の過保護撤廃ないし自由化路線の推進である。統一経理基準、配当自由化、金利自由化などを通じ、金融界にもきびしい競争原理導入政策が次々にとられようとしている。金利の自由化で金利が上がってコストが高くなり、配当自由化で増配が行われて対外流出がふえる。しかし、貸出金利のほうは産業界の実力強化、外資との競合などによって低下の方向にあるので、当然銀行の収益は圧迫される。したがって、コストダウンは焦眉の急だ』と語っている。

6

一月七日の夕方、島村が日本橋古河ビルの東亜ペイントの東京支店に顔を出すと、秘書の女性が「曾野さんとおっしゃる方がこれを」と、紙片を差し出した。

その小さなメモ用紙に島村は眼を走らせた。

島村　兄　　　　　　　　曾野

第一銀行の件については私共衷心貴兄に満腔の敬意を表して居ります。風早君共色々御奔走下さっている件も感謝の至りです。私も諸君の意見に全く同感、今度退社しますにつきましても、私は私なりに酒井氏に挨拶に行き私見をまじえ御願い申して置きました。

退社早々で貴兄のお手伝が出来ないのは申し訳ない事とお詫び申します。

そういえば、昨夜の会合に曾野の顔はなかったことを、島村は思い出した。曾野は島村より八年先輩で、第一銀行の取締役から川崎汽船に転じたが、最近、川崎汽船を退社し、川崎航空機輸送の監査役に就任したばかりであった。メモにある〝退社早々〟はその間の事情を伝えるものだが、飯野海運副社長の風早英雄から島村の活躍ぶりを聞き及んで、表敬のため、わざわざ出向いてきたとみえる。曾野らしい気遣いに、島村は心があたたまった。

ついでながら、一月八日付けで全国百四十五の支店長に「三菱との合併反対同盟」名で文書が送付され、その代表世話人のなかに曾野の名前も認められるが、これは曾根原、風早、湊、小田切らが曾野の気持ちを忖度した結果である。

七日も夕刻から深夜まで、反対派の会合は続けられるが、第一銀行は終日、本店、支店、従業員組合など全行的に合併問題をめぐる論議が沸騰した。

この日午前中に行われた常務会では、長谷川頭取を支持して合併を積極的に進めることを確認するとともに、八日以降、各常務が主要取引先、大株主を訪問して説得に当たることを決めている。また十日に支店長会議を招集し、長谷川頭取から合併方針を説明することが決められた。

長谷川は常務会後、全国銀行協会連合会の年頭昼食会に出席、昼食会後の記者会見で「今年は開放経済の第二ラウンドが始まり、本格的な産業再編成に取り組まねばならない年なので、財政、金融政策の運営をとくにうまく進めてほしい。銀行業界としては貯蓄の増強と自主的な経営の効率化に努めたい」と、全銀協会長の立場で語っているが、記者団の質問は合併問題に集中しがちであった。

長老や大株主から強い反対論が出ているが、合併を推進する考えか、との記者の質問に答えて、長谷川は「一部に反対論があることは承知しているが、なんとしても理解を取りつけたいと思っている」と述べている。

第三者に斡旋を依頼するつもりはないか、の質問に対しては「第三者の調整に頼らず、あくまで銀行内部で自主的に解決したいし、また、しなければならないと思う。八日から大株主、主要取引先に、協力を求めるが、いまは軽々に賛否の態度を打ち出さないようお願いするつもりだ」とこたえている。

また、七日の午後には、本店内で部長会、次課長有志会がそれぞれ開催され、内部の対立を外部に出さぬよう井上会長と長谷川頭取に申し入れている。

一方、三菱銀行の田実頭取は、この日、三菱グループ二十五社の社長会である金曜会に対し、合併問題について正式に報告、了承を得たが、さらに旧常務以上の約二十人が出席して開催された三菱銀行旧役員懇談会でも、第一銀行との合併方針が承認された。席上、田実が合併契約書の存在を明らかにしたとも考えられるが、いずれにしても金曜会と旧役員懇談会への説明によって、第一との合併について三菱側は万全の受け入れ態勢を整えたといえる。

七日の深夜、合併反対派に某新聞記者から朗報がもたらされた。それは、福田蔵相がこの日の夕刻に行われた記者会見で「大蔵省としては両銀行の合併あっせんに動くつもりはないが、話がまとまれば合併を認可する方向で処理したい」と語ったという内容である。「積極的に支援する」という蔵相談話が伝わっており、政府の強力な介入が懸念されていただけに、後退と思えるこの日の蔵相発言で愁眉を開いた向きは少なくないし、合併反対派は元気づけられたかたちであった。島村も胸を撫でおろした一人である。島村は、もしや大平通産相が手を廻してくれたのではないか、と思わぬでもなかったが、これは考え過ぎであろう。

7

長谷川頭取は、八日午前十時から行われた従業員組合に対する二回目の説明会で、めずらしく、心情に訴えるように力をこめて言った。

「現実、実態をよく認識してくれませんか。いまさら後もどりできないと理解してほしいんです。三菱銀行との合併を既定の方針として受け止めて、その範囲で、組合としてどうあるべきかを考えてくれませんか。ここまできたら前へ進む以外にありません。もし、合併を白紙に戻すようなことをしたら、第一銀行は世間の信用を失うことになってしまいます」

西村委員長、宮本副委員長ら七人の執行委員が思わず居ずまいを正したほど、長谷川は厳しい表情で、不退転の決意が感じられた。

前回の説明会では、従業員や、株主、取引先の意向を無視して合併を強行することはしない、世論の動向も見きわめ、社会的コンセンサスを得たうえで実現したい、と長谷川は語った。社会的コンセンサスは得られる、一部の合併反対派は必ず説得してみせる、という自信に裏打ちされた発言とも思えるが、その後ますますエスカレートする反対運動や、新聞の論調に、長谷川なりに危機感をいだき始めた証左とみてとれる。

いってみれば既成事実は動かせないぞ、とひらきなおったとも受けとれるのだ。

長谷川は、緊迫した室内の空気を察したのか、執行委員の面々をにこやかに見まわして「きょうは、皆さんの意見をきかせていただく番でしょう。私の考えはおととい申しあげてるし、私の考えが変わったわけでもありませんから」

と、冗句を飛ばした。

「冒頭に申し上げるつもりでしたが、執行委員会としては、頭取と会長の意見の対立を大変遺憾に思っています」

西村が長谷川をまっすぐ視て言うと、長谷川は、照れくさそうに顔をしかめ、隣席の安西取締役人事部長と西村にこもごも眼をやりながらこたえた。

「きのうも本店の次長、課長さんたちからお叱りをちょうだいしました。不徳のいたすところです」

長谷川はかるく頭を下げてから、話をつづけた。

「井上会長、酒井相談役とは早急に意見の調整に努めますが、銀行の合併が必要不可欠だという点については会長、相談役とも意見が一致しています。問題は合併の相手と時期についての判断が違う点ですが、このギャップは必ず埋められると信じています」

「合併後の労働条件の確保についてはいかがお考えですか。店舗の調整もあると思いますが」

「合併すれば、四、五十の支店が減ることになるでしょうが、遠からず店舗設置の自由化が予想されますから、一時的な配置転換はあるとしても、不安はないはずです。どうか感情に走らず、冷静に行動していただきたい。また繰り返しになりますが、私は全銀協の会長としてＩＭＦの総会などにも出席し、銀行の国際化、自由化が猛烈な勢いで進行していることを肌で感じています。銀行界の現実に照らしていま、危機感をもたない銀行経営者がいたとしたら、経営者失格ですよ」

「三菱グループの力を考えますと、実態は吸収合併ではないかとする意見もわかるような気がしますが……」

「西村君、第一ほどの銀行が吸収されちゃうなんてことが考えられますか。三菱を合併の相手として選んだのは、金融界でリーダーシップのとれる世界的規模の銀行の出現が待望されていると考えたからです。中途半端な合併ならしないほうがましです。これも、前回話したことだが、三菱と第一は行風が似ている。それに、こういうことはトップ同士の信頼関係が大切ですが、田実さんとは三十年来の友達づきあいで、相互の信頼関係は、おたがいにそれを誇りとしているほどゆるぎないものです」

「銀行は財閥のものであってはならない、一般大衆、一般預金者のためのものであるべきと考えますが、その点はいかがでしょうか」

「そのとおりです。田実さんとも、その点は完全に意見が一致している。三菱という名前はつけてますが、財閥に偏することのないようにしなければと、田実さんも話してます。皆さんの心配はもっともと思いますが、すべて杞憂に終わりますよ。案ずるより生むが易しです。この私を信用してください」

長谷川はにっこりとほほえんだ。

そのあと、従業員組合執行委員会は、午後二時から井上会長の見解を聴取した。

公式的には組合と会長の対話の場はない。それは、労使の意見調整の場である中央協議会に、代表権を持たない会長がメンバーとして名を連ねていないことにもよるが、実際問題として、井上が常務会からも除外されていたのだから、従業員組合と接触する必然性もなかったのである。

しかし、西村たちは、ニュートラルな立場で井上会長の意見も聞きたいと銀行側に申し入れ、安西取締役人事部長の判断で、諒承されたのである。銀行側が拒否してできない性質のものではない。その可能性もないではないと西村たちは危惧していたが、むしろ安西はすすんで斡旋してくれたのである。

この日は、清原ら四常務が主要株主、取引先である古河グループ、川崎グループなどの関係会社を手分けして訪れるなど合併の了解工作で会社を留守していることも、組合が井上と接触できた理由として考えられないこともない。裏を返せば、安西だから、井上との会見の手はずを整えてくれたとも解釈できる。安西は、立場上、意見を表明することは避けていたが、心情的には三菱銀行との合併に反対だったと思える。

井上会長と組合執行部との会見には、会社側から山口人事部次長、富岡課長らが同席した。

午前中の長谷川との話し合いは一時間とはかからなかったが、井上は一時間半にわたって合併反対理由を懇切丁寧に説明した。

このなかで井上は手続き論を展開し、長谷川が酒井相談役らOB、そして大株主、主要取引先になんら相談せず、諒承もとりつけずに独断専行しようとしていることは、どうしても容認できないと訴えた。また、帝銀時代の苦労話、三菱銀行と第百銀行の合併後の実情などをごく具体的に話した。

井上の話は、現実論でもあったから、心情的なアピールの度合いは、長谷川の理念論をはるかに上まわっていた。

予定の時間を三十分もオーバーしているのに、井上はまだ話し足りない風情で、会議室から出て行った。

従業員組合は、その夜七時過ぎまで執行委員会を開き、合併問題の対応策を協議するが、「執行部は独走せず、整然と行動する」という元日の申し合わせ事項に沿って、長谷川頭取と井上会長の見解をできるだけ正確に組合員に、周知徹底せしめ、組合員の意向を集約することを確認した。

〝長谷川頭取の見解〟〝井上会長の見解〟を整理して原稿にまとめ、それを七人で分担して、ガリ版をおこしたが、わら半紙びっしり八枚分の分量になった。百四十五の支店に二部ずつ配布するためには手動の謄写版で二千三百二十枚刷り上げなければならない。

八枚つづりの速報をホチキスでとじ、封筒に入れ終えたのは九日の午前一時四十分、中央郵便局に持ち込んで、速達便として受け付けてもらったときは、午前二時を廻っていた。

この日は、長谷川と井上の話し合いもあったが、長谷川が組合執行部で語ったようにギャップが埋められた形跡はなく、むしろ一層拡大していくように思われた。

西園寺実元副頭取、川瀬雅男元専務、大森尚則元常務のOB三人が峰岸副頭取を訪ね、「酒井相談役ら長老の意見を聞かずに合併問題を進めたのは誤りであり、中立的な立場を伝統とする第一銀行が財閥系の三菱銀行と合併するのは容認できない」と改めて合併反対を表明したのも、八日のことである。

8

酒井相談役が個人的に各方面へ出した手紙は、さまざまな反響を呼び起こした。

昭和二十六年から三十七年までの十一年間にわたって第一銀行の頭取職にあった顔の広さもあり、長谷川頭取も一目置いていたほどの長老だったから、相談役に退いた今日でも、それなりに影響力を保持していたと思える。

三菱銀行との合併反対を訴える酒井の手紙は、第一銀行の関係者のみならず、総理大臣、大蔵大臣、日本銀行総裁などにも送付されたが、各方面の理解がとりつけられた反面、そこまでやるのは行き過ぎではないか、との批判がなかったわけでもない。

当時、日銀副総裁であった佐々木直は、酒井の手紙に眉をひそめた一人である。

佐々木は、東大経済学部で一年後輩の気安さもあって、先輩の井上に電話で直截的に不快感を表明してきた。

「おたくの酒井さんから妙な手紙をもらったが、こんな莫迦なことをさせていいんですか。第一銀行をどうするつもりですか。めちゃくちゃになっちゃいますよ」

佐々木は、井上が背後で糸を引き、酒井にそれをやらせたととっているようであった。

井上は、相手が監査権を持つ日銀の副総裁だけに電話で済ませるわけにもいかず、さっそく釈明のために佐々木のもとへ駆けつけるが、日ごろから親しくしている佐々木にしてはえらく不機嫌であった。

「酒井さんにまで、こんなことをさせているんですか」

「実情を理解していただくために酒井さんとしてもやむにやまれぬ気持ちでそうしたんでしょう。私に免じておゆるしいただきたい」

「井上さんが書かせたのではないのですか」

「あとで話は聞きましたが、おそらく酒井相談役の判断で、自発的にそうなさったんだと思います。帝銀の経験で、財閥銀行には懲りごりしてますから、酒井さんの気持ちも私にはよく分かります」

井上は、懸命に弁じたてた。

「しかし、こんなお家騒動をいつまでも続けていていいんですか。名門の第一は対外的な信用をなくすだけですよ」

「世間をお騒がせしている点は重々反省してます。早急に事態を収拾したいと思ってます」

井上は、さらに三菱銀行との合併に反対せざるを得ない理由をるる説明し、最後は佐々木日銀副総裁をして「よく分かりました」と言わせているが、いろいろな意味で酒井の手紙が投じた波紋は小さくなかった。しかし、すくなくとも第一銀行内部の合併反対論を高めるにあたって一役も二役も果たしたことはたしかである。

この日、九日の夜には全国支店長会議を明日に控えて山田兜町支店長、篠原横浜支店長、柿坂昭和通り支店長、石岡堀留支店長、高山銀座支店長、高野堂島支店長、松田高田馬場支店長、藤崎虎ノ門支店長ら有志が丸ノ内ホテルで会合、明日の支店長会議に井上会長の出席を求め、一挙に合併反対を決議しようと策をめぐらせている。

慣例として代表権のない会長は支店長会議に出席していないが、臨時会議でもあり、ことが合併問題にかかわる以上は、会長の見解を聞かなければ公正さを欠く、と強硬に主張することにしたのである。

島村は、仕事の合い間を縫って、毎日一度は必ず第一銀行本店の反対派のたまりに顔を出していたから、十日に支店長会議が開催されることを聞き及び、これが天王山になると考えていた。八日と九日の二日間に、島村が東京周辺の支店を狂ったように駆けまわったのも、それを意識していたからである。

島村は、九日の深夜、帰宅するなり心を鎮めるために、書斎で硯に向かった。ことさらにゆっくりと墨をすり、「法灯を擁りて　君が仁王立ち　末の代までも　語り伝へん」と半紙に四行に書いた。そして、「昭和四十四年一月九日　第一、三菱合併反対運動展開中　井上会長に捧ぐ　島村青山」と、認《したた》めて花押をついた。

あすの支店長会議で決着をつけなければならない。支店長会議で帰趨が決まらないようだと、いよいよ泥沼に足を踏み入れ、第一は自滅しかねない。万一、支店長会議で合併賛成が決議されるようだったら、そのときは、きっぱり諦めなければ——。

島村は悲壮な決意で、胸がふるえた。

第八章　支店長会議

1

第一銀行の全国支店長会議が始まったのは、一月十日の午前十時である。

取締役調査部長の岡本の司会で、会議は進行した。

まず長谷川頭取が三菱銀行との合併方針を決めるに至った経緯、狙いなどについて一時間にわたって話した。長谷川は、これまでに記者会見や従業員組合で話したことを繰り返したに過ぎないが、演説は得意なほうではなかったから、話の内容は理路整然としたものでありながら、抑揚が乏しく、もう一つ盛り上がりを欠く憾みが残った。しかし、聴衆側は鳴りをひそめ、この段階ではまったく反対論は出なかった。

つづいて、峰岸副頭取が第一銀行の経営状態について経理内容を中心に説明した。峰岸は、第一銀行の将来のためにも合併は望ましいと強調した。

井上は午後になってから登壇するが、長谷川から司会役の岡本に、クレームがつけられたのはその日の朝のことである。

「会長が支店長会議に出席するのはどういうことなんですか」

長谷川は、いかにも不愉快だといわんばかりに顔をしかめている。

岡本は、従業員組合の前例を引き合いに出して、長谷川を説きふせた。

「賛成、反対双方の意見を聞きたいというのが支店長たちの意向です。組合も井上会長の見解を聞いたそうですが、本日の支店長会議の趣旨も、頭取と会長から直接話を聞いたうえで、支店長会議として判断したいという点にあるのですから……」

岡本は、支店長の有志から井上の出席を執拗に求められていたこともあって、ここで長谷川に譲歩することは、なんとしてもできなかったのである。

結局、長谷川が折れ、井上の出席が決まった。岡本がもし長谷川に押し切られていたら、支店長会議の空気はまったく別のものになっていたと思われるが、結果的に岡本は終始、中立の立場をとりながら、最後の土壇場で反対派に大きな一票を投じたことになる。

2

井上は雄弁だった。

「田実頭取は、三菱銀行と第一銀行が合併したあかつきには、財閥銀行から脱却して大衆路線を進むと言っているそうです。三井銀行と第一銀行との合併のときも、三井銀行の万代会長はやはり田実頭取と同じことを申しました。しかし、帝国銀行が財閥銀行から脱却することはできなかったのです。第一、三井の合併はあくまで対等ということで、第一の本店を合併銀行である帝銀の本店とするなどの配慮がなされました。合併前の店舗数は第一の八十三に対して三井は四十六、預金計数でも六対四で第一側が優位に立っていたのです。だが、結果はどうだったか。第一側にとって見るも無残なことになったではありませんか……」

「店舗統合にあたっては旧第一の店舗が閉鎖されることが多く、支店の配置、支店長の構成などすべてにわたって、三井側にイニシアティブをとられてしまいました。旧第一の横浜のある支店は、戦後キャバレーにされてしまったほどです。支店長の比率は、帝銀発足当初七対三もしくは六対四で第一側が優勢でしたが、数年で逆転してしまったのです。枢要のポストのほとんどは旧三井側で占められ、旧第一マンはそれはつらい思いをしたものです。支店長の皆さんの中にも、帝銀時代にやりきれない思いをなさったかたがおられるはずですから、私が申しあげていることに決して誇張や嘘のないことはお分かりいただけると思います」

会場の中からときおり咳ばらいがきこえる。なかにはノートを取っている者もあるが、全員が一心不乱に井上の話に耳を傾けていた。

「三菱は、旧財閥の中でも最も強大な力を持っています。非財閥系の銀行として発展してきた第一銀行が三菱に吸収され、三菱財閥が一層強化されることになれば、社会的にも批判される恐れなしとしません。長谷川頭取は、最前、対等合併であることを強調されたことと存じますが、両行の規模、背後の力関係からみて、実質的に第一銀行側が吸収合併されることは誰の目にも明らかで、第一の行員が差別待遇をうけることも眼に見えています。昭和十七年でしたか、第一と三井の合併とほぼ同じ時期に三菱銀行と第百銀行が合併しました。合併時の店舗数は第百銀行が三菱のそれを上廻っていたと記憶していますが、三菱が圧倒的優位に立って第百を併呑してしまった一事をもってしても、三菱の力の強大さがお分かりいただけると思います」

「私は、金融再編成、銀行合併そのものに反対しているわけではありません。ただ、財閥強化につながるものであってはならないと思っているだけです。現実の問題として大株主、主要取引先の八割以上が三菱との合併を好ましからざることと受け止めていることに眼をそむけるわけにはまいりません。たとえ株主総会に諮って合併を強行しようとしても、合併の特別決議に必要な三分の二以上の賛成を得ることは不可能と思われます。こうした見通しにある以上、合併方針を強行することはいたずらに混乱を大きくするだけではないでしょうか。ここは合併問題をいったん白紙に還すことが賢明な選択であると考えます」

井上は、ごく簡単なメモだけで、草稿なしで五十分間しゃべりつづけた。ときにはなみいる支店長たちに静かに語りかけるように、ときにはテーブルをたたかんばかりに語気を強めて——。そして一段と声を励まして結んだ。

「いまや、第一銀行の百年の歴史のなかでも一度あるかないかの決定的瞬間を迎えようとしています。諸君、慎重に考慮して悔いることのない結論を出していただきたい」

会場がどよめき、井上がテーブルに手をついて低頭したとき、いっせいに拍手がわいた。

起ち上がって拍手を送る者も少なくなかった。しばらく拍手は鳴りやまず、井上は声をうるませながら、「ありがとう」「ありがとう」と二度、三度深々と頭を下げた。

井上は喝采の中を退室して行った。

3

支店長会議は、午後二時から母店、幹事店単位で十二ブロックに分かれてディスカッションが行われた。

ブロックによっては、抑圧されていた不満が一挙に噴出するように、合併絶対反対の線を強く出すところもあった。

「財閥のための合併などごめんこうむる」

「三菱の陰謀に、長谷川頭取はおどらされている」「伝統ある第一がなくなっていいのか」「大株主、取引先の意向を無視して合併を強行できるはずがない」等々、強硬論が続出した。

また、なかには絶対反対とか賛成とかの議論よりも、「このまま紛糾をつづけていたら、第一銀行はいったいどうなってしまうのか」と危機感を表明する者もあった。

支店長会議は夜七時過ぎまで続けられた。長谷川頭取は五時ごろまで頭取室で待機していたが、しびれを切らしたのか、帰宅し、自宅で岡本の報告を待っていた。一方、井上会長は反対派のたまりになっている一階の応接室で島村や上西たちと雑談していた。

司会の岡本は、六時過ぎに十二人のブロック会議議長を集めて、ブロック会議ごとの結論を聴取した。

ブロック別会議の議長の一人である篠原は「支店長会議は圧倒的多数をもって三菱との合併に反対の結論を出したと長谷川頭取に伝えて欲しい」と、岡本にしつこく念を押した。

岡本が田園調布の長谷川邸へクルマで向かっているころ、篠原たちが支店長会議の結論を持って、四階の講堂から一階の応接室へ降りてきた。

篠原の報告を聞いて、どっと歓声があがり、その場に居合わせたＯＢ、現役の十四、五人は誰かれなしに肩を叩きあい、握手をかわした。

「諸君、永い間、ほんとうにご苦労さまでした。あとは長谷川君が勇気をもって白紙還元の線を出してくれるのを待つだけです」

井上が緊張した面持ちで、挨拶した。また、拍手が起こった。

「従業員組合のほうはどうなってるのかな」

「五時から七階の食堂で、各支部総会を開いているようです。二百人近く集まってるようですよ」

「支店長会議の向こうを張って、合併に賛成なんていう結論を出すことはないだろうな」

「まさか。大会じゃないから、正規には意思決定することはないそうですけど、フィーリングとして組合の意向を頭取に伝えたいということですよ」

「第一の従業員一万人を擁する最大の圧力団体だから、長谷川さんは支店長会議よりもこっちのほうが気になるかも知れませんね」

「組合がフィーリングにしろなんにしろ、合併に反対の線を出すことは間違いありませんよ」

島村は、支店長たちのそんな会話を胸をわくわくさせながら聞いていた。

どうやら、逆転に成功したもののようだ。

まさに大逆転である。島村は、その夜、身体がほてって、一睡もできなかった。

〈頑張った甲斐があった、自分は正しいことをやったのだ〉と思う反面、長谷川の気持ちを忖度すると、別の感懐も湧いてくる。おそらく、長谷川のことだからいさぎよく身を退《ひ》くに相違ない。第一銀行にとってかけがえのない逸材を、こんなかたちで失わなければならないとは……。自分がその引き金を引いただけに、島村の胸中は複雑であった。

4

終夜、眠りにつけなかったのは島村だけではない。長谷川もそうだった。したたかにウイスキーを飲んだが、頭は冴え返るばかりであった。眠れるわけがなかった。

岡本の報告を聞いたときは、「そうか」と、放心したようにぽつっとこたえたきりだったが、長谷川はどうにも信じられなかった。狐につままれたような気持ちだった。「支店長会議の結論は、圧倒的多数で合併に反対でした」などと言われても、にわかに信じられるものではない。支店長たちの突き刺すような真剣な眼差しを、長谷川はやさしく見返して、説得につとめたつもりであった。多くの支店長たちがうなずき、理解を示してくれていたように思えたのだが……。しかも自分が話したときは誰一人として反対した者はいなかった。何故だ、どうしてなんだ、そんな莫迦なことがあっていいはずはない、と長谷川は思う。

予備、後備がなにを言うか、と酒井や井上を甘くみたことについては、反省しなければならないとしても、現役のぱりぱりの支店長クラスまでが、ＯＢの感情論に引きずられてしまうなどということがあるだろうか――。長谷川はくやし涙がこぼれるほど腹が立ち、なさけなかった。

トップが決断し、常務会が承認したことを支店長会議のような大衆討議によって、くつがえされるなどということが認められていいのか。前代未聞のことではないか、とも長谷川は考える。しかし、読売新聞のスクープ後、「従業員の意向を無視することはできない、社会的コンセンサスを得たうえで……」と主張しつづけてきたのはほかならぬ長谷川自身であった。自分の考えは正しいのだから当然、わかってもらえる、と確信していたからこそ、長谷川をして、そうした発言を吐かせたのではあるまいか。思いすごしであり、過信であった。経営トップとして支店長会議で弁明する必要などなかったともいえ、長谷川頭取はすこし良い子になり過ぎたという見方もできよう。

長谷川頭取が、三菱銀行との合併を断念する意向を固めたのは十一日の夜になってからだ。

日下、小沢両常務から、その日行われた中央協議会の結果について報告を受け、そして先輩の八十島親義、同期の水津取締役に説得されて、長谷川は白紙還元のハラを決めたのである。八十島は、昭和六年に第一銀行に入行、その後常務に昇進し、三十八年に渋沢倉庫に転出、当時、同社の社長職にあったが、水津同様、心情的には長谷川寄りとはいえ、合併問題では中立の立場をとり、おもてだった動きはしていない。

しかし、「これ以上ドロ仕合いをしてはならない」と、最後は、水津と二人がかりで長谷川を説きふせたかたちである。

もっとも、長谷川は、「大勢として白紙還元を望む声が強い」とする従業員組合の意向を日下、小沢両常務から聞いたときに、合併を諦めていたとみてさしつかえあるまい。それは、支店長会議の結論以上にショックであった。

従業員組合は十一日の午後一時から前日の各支部総会に引きつづき、支部長を含めた拡大執行委員会を開き、合併問題について慎重に協議した結果、銀行側に対して、「白紙還元を望む声が強い」旨を申し入れることを決議し、五時からの中央協議会に臨んだのである。

第一銀行従業員組合が中央協議会で、日下、小沢両常務に示した、合併問題に対する基本的な考え方は次のようなものであった。

一、三菱銀行との合併問題で株主、取引先など社会に混乱を引き起こしたことはまことに遺憾である。

一、金融再編成、産業再編成の方向に異論はない。これに前向きに取り組んでいくことにやぶさかではない。

一、しかし今回の合併問題は現状をこのまま放置すれば銀行業務に支障をきたし、銀行のもつ社会的責任を果たしえない。また従業員の労働条件改善も困難となる。

一、組合としての正式態度は決定していないが、全国各地の討議の中から感じられる組合員の意見は、①現在の混乱を外部からの干渉によらず、銀行内部の経営責任において早期に収拾することが必要である、②三菱銀行との合併問題は白紙還元を望む声が強い。

長谷川は十一日の夜遅く、大勢の新聞記者に夜討ちをかけられる。憔悴の色は覆うべくもないが、気持ちの整理をつけたとみえ、記者団にたんたんと心境を語っている。

一月十二日付け読売新聞（朝刊）は、〝合併問題あす決断〟〝第一銀行長谷川頭取記者会見、強行突破は避ける〟の見出しで、次のように報じている。

『長谷川第一銀行頭取は十一日夜、十三日に取締役懇談会を開いて、三菱銀行との合併に対する態度を最終的に決断する意向を明らかにした。これは行内の意思統一が難航し、十一日の労組の拡大中央執行委員会でも反対の空気が強く、銀行の日常業務に支障がでてきたため、結論をいそいだ方がよいとの判断によるものだが、長谷川頭取が十一日夜の記者会見で「合併に対するわたしの考えは正しいと思っている。しかし内部の意思がかたまらない段階で合併を強行することは避ける。いまの段階では合併をすぐ具体化することには無理がある」と語っている点からみて、長谷川頭取は十三日に、しばらく冷却期間をおくか、一応合併を白紙にもどすかの決断を迫られることになろう。

白紙還元の場合は、合併ご破算にすることと第一銀行の重役陣は受け取る向きもあるが、①両行の合併方針はすでに両頭取が明らかにしている、②従ってここで合併中止に踏み切ることは、第一銀行の対外信用をさらに低下させることは必至である、③かりに白紙還元しても、早急な経営陣の立て直しが期待できない、などのほか、三菱銀行側はあくまで合併実現に努力する方針をかえていないこと、長谷川頭取が合併を白紙還元するには三菱銀行や、先に支援協力を要請した大蔵省、日銀の了解をえなければならない、などの点から、しばらく冷却期間をおく意味でのものとなる公算が強い。

長谷川頭取の発言要旨は次の通り。

一、合併話を突然聞いた支店長や組合員には理解しにくいことだろうし、日常業務にさしつかえるような状態になれば、合併反対も多くなるだろう。合併交渉は取締役会の権限できまることだが、銀行内の意見統一が出来なければ、合併後の新銀行の運営にシコリを残すことになる。わたしは強行突破する考えはない。

一、わたしの合併に対する考え方は正しいと信じているが、いますぐ具体化するのは無理な状態である。そこで十三日に取締役懇談会を開いて第一銀行側の態度をきめ、三菱銀行と相談する。もちろん監督官庁にも連絡する。

事態を静観

田実渉・三菱銀行頭取の話「十一日夜までの段階で長谷川頭取から合併をご破算にするような話は何も聞いていない。長谷川頭取とは長年のつきあいだが、わたくしは、そのようなことをする人とは思っていない。第一銀行内部の意見調整はたしかに難航しているが、もう少し時間をかければ調整がつくのではないか。三菱銀行としては第一銀行の内部調整を前向きに静観する」

福田蔵相談「まだ具体的な報告を受けていない。私としては両行が合併の話をまとめてくれれば、おおいに応援する考えだが、一方の銀行の内部で意見調整ができない段階で動くのはよくないと思う。したがって事態を静観する以外にない」』

同紙はさらに〝信用問題にかかわる重大な岐路〟の小見出しにつづいて、次のような解説記事を掲載した。

『一、長谷川頭取の第一銀行内における指導力は、堀田頭取の住友におけるそれに匹敵する、といわれている。それだけに三菱銀行は長谷川氏の手腕に安心しきっていたし、事実、長谷川氏も並々ならぬ自信を示していた。すでに取締役は、井上氏を除きすべて長谷川氏に傾き、頭取も七日ごろには、いっきょに取締役会決定にもち込もう、というハラを固めた。

一、しかし支店長、中堅職員に反対が強く、これが決意をにぶらせた。しかも、この調整に手間どっている間に、日常業務が全く停滞状態になった。預金集めもはかどらず、各支店の得意先は他の銀行にどんどんとられていく、といった苦情が現場から殺到した。この急場を救うには、白紙に戻す以外にない——第一銀行の内部にはこうした判断も強まっている。

一、しかし、白紙に戻すといっても、それは冷却期間を置くという意味——三菱側はこう受けとっている。これに対し、第一側の役員には「三菱との話をつないでおくことはできないだろう。それならこのまま行内調整の時間をかけても、変わりない」という声も聞かれる。これをどうするか。三菱が第一を説得し、第一内部の意見調整を促進するような条件を明示するか。このへんが両頭取の話し合いの焦点になろう。

一、金融再編成の旗じるしをかかげ、大蔵省、日銀の賛成と激励を受けた合併話だけに、白紙に戻るとなれば、経営者の責任はまぬがれない。三菱に対しても不信行為ととられても仕方ない。しかも国民世論の第一銀行に対する評価も、著しく低下することはいうまでもあるまい。こうした情勢にどう対処するか。第一銀行は、同行始まって以来の重大な岐路にたたされた』

読売新聞は世紀の大スクープをやってのけただけに、三菱・第一両行の合併話が破談となったことの無念さが解説記事から読みとれる。朝日、毎日、日経、サンケイ、東京などの各紙がいずれも〝白紙還元〟〝白紙還元の公算大〟などと五段抜きの大見出しで、一面ないし経済欄のトップ記事として扱っているのとは対照的に、読売は三段見出しの地味な扱いである。同紙は〝白紙還元〟を見出しに使わないどころか、逆に長谷川頭取に対して、あきらめてはならじと激励し、けしかけるような思い入れをみせている。

後年、読売新聞の関係者は「長谷川頭取の合併に向けての強い決意と、その強力なリーダーシップぶりから判断して、白紙還元されるなどとは夢にも思わなかった。それが音をたてて崩れていく。なんともやりきれない二週間だった。スクープとはいったいなんなのか、といった問題をも考えさせられた」と述懐している。

しかし、昭和四十四年一月一日の読売の合併記事が経済史に残る歴史的スクープであることにはかわりはない。同紙の経済部が社長賞を受賞したのもけだし当然であろう。

5

十三日の月曜日、午前九時から行われた役員懇談会の冒頭、長谷川頭取は「三菱銀行との合併問題はこの際白紙還元したいと思います」と述べ、各役員の諒承を求めた。もちろん出席者の全員が予期していたことである。

長谷川は重苦しい役員会議室の空気とはちぐはぐに明るくふるまっていた。

「私の至らなさからこんな結果になって、ほんとうに申し訳ありません。皆さんの協力ご努力に報いられなくて、私としても残念ですが、おゆるしいただきたい。責任はあげて、この私にあります」

言葉にすると悲痛な響きを伴うが、長谷川は微笑さえ浮かべている。さばさばした心境ということであろうか。

「われわれの努力が足りなかったのです」と、声をつまらせる者もいたし、「相手があることとですから、こちらだけの都合であっさり諦めてしまうのはいかがなものでしょう」と、最後の抵抗を試みるべきだと主張する者もあった。

しかし、もはや〝白紙還元〟の線をくつがえすことは不可能であった。

結局、役員懇談会は全員一致で白紙還元の方針を決定、直ちに全店にこの旨がテレタイプ発信された。

この通達全文は「本日当行は三菱銀行との合併問題をこの際白紙還元したいとの方針を決定した。各位は新しい行風確立の旗のもとに全従業員が総力を結集し、当面の信用の回復、さらに業務の進展に全力を尽くされたい」というものである。

この時点で、長谷川は責任をとって辞任する腹を固めていた。長谷川の性格からすれば、いま直ちに、やめたい心境であったと思われる。第一の行員たちに愛想が尽きたというか、裏切られた思いが強かったから、一日たりとも頭取職にとどまることをいさぎよしとしなかったのではなかろうか。しかし、長谷川が相談役に退くのは、四月二十四日の取締役会においてである。長谷川が全銀協の会長職の任期を残していたための配慮とみてさしつかえあるまい。

ところで、役員懇談会に出席していなかった井上は、十一時過ぎに会長室で岡本からその報告を受けた。

「役員懇談会で正式に白紙還元の方針が決まりました」

「そうですか。かねてから私が主張していたことですから、それは結構だが、条件はついていないでしょうね」

井上は念を押すことを忘れなかった。

岡本は、

「はい、そんなことはありません」

と、こたえたが、井上の慎重さに改めて感心させられた。

そして、この日の午後、日下、小沢両常務、岡本、安西両取締役の四人が三菱銀行本店に中村副頭取ら同行首脳を訪ね、白紙還元の申し入れを行った。

三菱側も新聞報道などによって当然、それを覚悟していたとはいえ、合併契約まで交わした相手から、一方的にこうもあっさり白紙還元を通告されてはかなわない。

中村たちが「白紙還元とは、完全に打ち切るということですか。それともしばらく冷却期間をおくという意味ですか」と皮肉まじりに質問したのもわかろうというものだ。

同日夕、田実三菱銀行頭取は、記者会見し、

「第一銀行から合併は一応白紙に返したいが、両行の友好関係は続けたい、という申し入れを受けた。寝耳に水だ。永い間進めてきた話がわずか十日間の動きでこんなことになるとは……。よくよくのことだと思うので、相手の事情をよく調べて、こちらの態度を決めたい。今週中には取締役懇談会を開いて返事するが、三菱銀行の合併したい考えは少しも変らない」と語った。田実は未練たっぷりで、残念無念といった思いをストレートに記者団にぶちまけている。

また、長谷川第一銀行頭取は同日、「三菱銀行との合併について第一銀行内部で早急に意見の一致をはかるのは困難なことがわかったので、本日、三菱銀行に白紙還元を申し入れた。この間、多くの方々を驚かせたことを心からおわびする。今後、全行の総力を結集して取引先に対するサービスに万全を期する」という談話を発表している。

さらに井上会長も同日午後、記者会見しているが、その内容は次のとおりである。

「合併問題が白紙になったのはありがたいことで、第一銀行はこれまで通りの独自の経営を続ける。将来のことは流動的だが、白紙還元になった以上、いまの条件では三菱銀行との合併話が蒸し返されることはない。また財閥色の強い銀行との結びつきが深まることもない。三菱銀行との合併は白紙になったが、金融再編成自体に反対ではない。今回の事態によって金融界にめばえた金融再編成の動きが冷やされるという見方があるが、大きな流れとしては再編成の方向に向かっている。ただ、第一銀行としては即刻手を打つつもりはない。今後は新しい行風のもとで気持ちを新たにしていく。取引先企業との関係改善にも本気で取り組むとともに銀行内にある暗いモヤモヤした空気を一掃したい。今後の第一銀行にとっては強力な執行部作りが課題である」

十四日付けの朝日新聞は七面の経済欄で〝銀行合併、三菱・第一の教訓〟と題して、以下のようなカコミ記事を載せている。

『新年の話題を呼んだ三菱、第一両銀行の合併は十三日、第一銀行の長谷川重三郎頭取が「白紙還元」を決めたことによって、ご破算となった。本格的な金融再編成の第一号になるかと注目されたこの大型合併構想がなぜつぶれたか。日本経済の大型化、国際化に伴って、今後いやおうなしに進むとみられる産業、金融の再編成を控え、今度の出来事から学ぶべき点は多いようだ。

第一銀行の従業員組合が「合併の白紙還元」を訴えて、ご破算がほとんど決定的になった十一日夜、合併反対の旗頭だった井上薫第一銀行会長と、推進役の長谷川第一、田実渉三菱両行頭取の表情は、明暗の二つにくっきりと分かれていた。「行内の同意が得られない以上、合併を強行するのはむずかしい」と語る長谷川頭取は、さりげない口調ながら、気落ちと疲労の跡がありあり。田実頭取も「自分たちで育てた長谷川君を、よってたかってなぐりつけるとは……」と、第一銀行の反対派への憤まんをぶちまけた。一方、井上会長は、合併反対派から次々にかかってくる電話に上きげんで応対しながら「これからは第一銀行の立て直しに全力をつくす」と、先の見通しを語るほど余裕たっぷり。日ごろいんぎんで冷静な金融界とは思えぬほど、感情をむき出しにした〝人間くさい〟結末だった。

この合併話が、表面化後わずか十日余りであっけなくつぶれた直接のきっかけは、第一銀行の酒井杏之助相談役や井上会長ら長老グループが、猛烈な反対運動を展開したこと。年末に、合併の話を聞いた長老が、大株主や取引先に反対工作を始める一方「第一銀行を守る会」を組織。年が明けて話が表面に出たとたん、第一銀行内外に活発に働きかけた。これに応じて、もと第一銀行の中堅幹部だった人たちも八日には「三菱との合併反対同盟」を結成、ヤマ場とみられた十日の全国支店長会議を前に、合併反対のアピールを出すなど、反対ムードを着々と盛上げていった。

一方、長谷川頭取ら合併推進派は、大株主・大口取引先に「静観」を求めただけで、反対の火の手の燃え上がるのに、手をつけられぬ形だった。果して十日の第一銀行全国支店長会議の空気は圧倒的な反対に傾き、十一日に従業員組合が「白紙還元」を訴えたことで、長谷川頭取もトドメを刺された形だった。

反対派の長老グループは「第一銀行の伝統を築いた先輩に相談もしないで内定したのはけしからん」といきまいていた。長谷川頭取が失敗した大きな理由は、こうした〝ウエットな関係〟を「お年寄りのノスタルジア」と片付け、「日本経済の大型化に対応する経営規模の拡大」という〝理〟だけに走り過ぎたことにある。これは、こうした人間関係がビジネスにもなお深く根ざす日本の場合、今後の産業再編成にも通ずる教訓といえないだろうか。

第一銀行では、井上会長らとともに反対派の先頭に立った酒井相談役（元頭取）の影響力はなお強い。酒井氏は、戦時中、無理やりに三井銀行と合併させられた「帝国銀行」からの分離、独立を、井上会長らとともに推進した人、そして、財閥系に片寄らぬ、中立の商業銀行としての伝統を築き直した人である。こうして長老連の反対が、ウエットな風土のもとで、行内に広くしみわたり、「大三菱に吸収される」という不安と相まって、従業員組合までも、「社会に混乱を引き起したのは遺憾」と、反対にかり立てたのである。そのへんに長谷川頭取ら合併推進派の誤算があった。

同じ大型合併の話が進んでいる八幡、富士両製鉄の場合はどうか。両社とも、現在の部長クラス以上の首脳は、昔「日本製鉄」で同じカマのメシを食った間柄、ウエットな関係が、ここでは逆にプラスに働いている。日本経済が高度成長から安定成長に向う動きを反映して、イザナギ景気のもとでも鉄鋼業界はパッとせぬ、という危機感も共通のものである。合併内認可申請を取下げてUターンした王子、十條、本州の三製紙会社の場合も、旧王子製紙のメシを食った間柄という関係が生きていた。どちらも、三菱、第一両銀行の場合とは逆である。

こうした関係のなかで、では、合併を決めるのはだれか、という問題が起きてくる。

米国などでは、社長や頭取がひとりで話を進め、重役さえ知らない間に、会社の合併が決ることも珍しくないという。社長、頭取はたいていの場合、同時に大株主であり、きわめて強い実権を握っている。しかも、日本とは逆のドライな風土。長谷川頭取が「大型合併は、最高責任者が極秘に準備を進めて、抜打ちに決めるべきもの。話がもつれるのを覚悟で、幅広く根回ししなければならないようでは、大型合併なんてできない」と嘆くのはその通りだし、同頭取が第一銀行のなかでワンマンといわれ、強い指導力を持つことも事実。

しかし、今度の場合、話が明るみに出てから十日余りの経過が示すように、頭取の一存ではコトは運ばなかった。支店長、部長、次長、課長のほか従業員組合など行内はむろんのこと、先輩、大株主、主な取引先の意見も聞かねばならなかった。ここに〝企業一家〟ともいえる日本的意識が顔をのぞかせる。とくに、カネ、人の両面で強くつながる取引先にとって、「メーン・バンク」の合併はひとごとではない。そして、その意見の多くは、合併に反対あるいは慎重、しゃにむに合併に進もうとする推進派の前に大きく立ちはだかった。

井上会長らを含めて反対派も、長期的には金融再編成、銀行合併そのものを否定してはいない。ただ時期が早過ぎ、合併の機運が十分に熟していなかった。三菱銀行の田実頭取は十三日の記者会見で「この合併は三年前から考えていた」と述べたが、ひそかに準備を始めたのは去年の初夏といわれ、合併条件など具体的な点まで煮詰ったのは暮れ。「都市銀行の合併は、産業、金融再編成の最終ラウンド。早くとも今年秋に金融制度調査会の結論が出てから」という経済界の一般的な見方からすれば、ピッチはずい分早かった。

しかも、金融機関は信用第一、合併話がいったんこじれたら、冷却期間や話合いの余裕はない。一刻も早く、事態の収拾をはからねばならぬ。産業再編成から金融再編成へと進もうとするいま、三菱・第一のケースは、この面からも貴重な教訓を投げかけたといえるであろう』

第九章　辞表提出

1

島村は役員懇談会の結論を十三日の午後、大阪の東亜ペイント本社で聞いた。井上に電話を入れて、確認したのである。

「さっき、岡本君から報告がありました。長谷川君も退き際は立派だったと思います」

「よかったですね……」

島村は、胸がいっぱいで、言葉がつづかなかった。

「島村さん、永い間、ご苦労をかけましたね。ありがとう」

「会長こそ、ほんとうにご苦労さまでした。しかし、これからが大変ですね」

「そうなんです。ゆるんだタガを締めなおさなければなりませんからね。島村さんも、ひとつ力を貸してください」

島村は呼吸を整えて言った。

「いえ、もう私の出る幕ではありません。しかし、必ず雨降って地固まるということになりますよ。池田君、山田君、篠原君、藤崎君、松田君みんな張り切っていると思います。第一にはたのもしい人材がたくさんいます。九十五年の伝統の力はやはりたいしたものですね」

「あなたが、後輩の力を引き出してくれたんですよ。こんど上京するのはいつですか、ゆっくり話しましょう」

「この騒ぎですっかり会社に迷惑をかけてしまい、仕事がたまってるものですから、今週いっぱい大阪にいることになると思います」

「それでは、来週早々に連絡してください」

電話が切れたあと、島村はさっそく、社長の熊沢に報告した。

「おめでとう」

熊沢に手を差し出されて、島村は両手でそれを握り返し、

「ありがとうございます」

と、拝むように頭を下げた。

島村は仕事の合い間を縫って、大阪周辺の第一銀行の支店に電話を入れた。ひとこと礼を言わずにはいられなかったのである。

「よかったねえ」

「ええ。おかげさまで」

「きみたちが頑張ってくれたおかげで、第一は残ったんだ。ありがとう」

「お礼をいうのは、私のほうですよ。みんな島村重役のおかげです」

堂島支店長の高野の声も弾んでいれば、島村の声も浮き立っている。

島村は、大阪支店に出向いて行った。役員懇談会の三日後のことで、仕事の話もあったのだが、あの日、面会を拒んだ福井が気にしてやしないかと気を使ったのである。あのときは腹が立ったが、立場上、やむを得なかったといえるし、暮れのうち、島村が大阪のグランドホテルに界隈の支店長たちを集めて、合併反対論をぶった会にも、出席こそしなかったが、幹事店の取締役支店長として福井が黙認してくれたからこそではないか、福井なりに配慮してくれたのだ、と島村は思い直したのである。

島村が大阪支店に顔を出すと、心なしか受付嬢まで態度が変わっていた。

福井支店長、野木次長はじめ、幹部がずらりと顔をそろえ、まるで凱旋将軍でも迎えるようなおもむきであった。

「過日は大変無礼しました。おゆるしください」

福井はわるびれずに頭を下げた。

「きみ、気にすることはないよ。あのときはあれでよかったんだ」

島村は、福井の態度にいさぎよさを感じて、こだわりなく握手を交わすことができた。

盛大な拍手がおき、さすがの島村も照れくさくなって、福井の手をふりほどかねばならなかった。

島村は週末に帰京し、久しぶりに一家団欒の食卓を囲んだ。妻や娘たちの明るい笑顔がなによりもうれしかった。しかし、島村はふともの思いに耽《ふけ》るように遠くのほうを見る。これでよかったのだ、と自分の胸に幾度となく念を押してもみたが、なにか気持ちにひっかかるものがあった。

島村が第一銀行の取締役職を辞任しようと心に決めたのはこのときである。

島村は、東亜ペイント転出後も第一銀行の常務並みの給与差額をもらっていることに拘泥する気持ちがあった。長谷川頭取が辞任すると聞いていただけに、なおさら第一にとどまることはできないとの思いを強くしていた。

島村は、あくる日の日曜日、朝から書斎にこもって、たまっている手紙の返事を書いた。

第一のOB、学生時代の友人たちから、島村に対する手紙や葉書きがたくさん寄せられていたのである。それらの書状の整理をし終えた後、辞表を墨書した。

2

島村は二十日の月曜日の朝、第一銀行に井上を訪ねたが、井上は留守だった。人事部長の安西も席を外していたので、総務部長の山田に会った。

山田はてきぱきした事務処理能力と、腹のすわったところが買われて、兜町支店長から本店の総務部長に栄転、合併問題の事務処理の任にあたっていたのである。

「山田君、これをひとつお願いします。会長も人事部長も席を外しているようなので……」

「辞表って、どういうことですか。島村さんがおやめになる理由はまったくないじゃないですか」

「そんなことはない。私は東亜ペイントの人間になりきる必要があると思っているんです。ともかく、お願いする」

「こんなものを受けとったら、会長に叱られます。島村さんが辞表を出すのはおかしいですよ。ほかに進退伺いを出すべき人はたくさんいますが……」

「そういわずに、あずかってください」

「どうせ、井上会長もお受けとりにはならないと思いますよ」

「しかし、撤回するつもりはありません」

島村は、山田がなおもぐずぐず言いそうだったので、急いで部長応接室のソファを起った。

島村が、井上に呼び出されて、再び第一銀行を訪ねたのは、三十一日の午後のことだ。

「島村さん、困りますよ。ごたごたしてるときにこんなことをされちゃあ。これは破棄させてもらいます」

井上は、ことさらに渋面をつくって島村が提出した辞表を、島村の眼の前で二つに引き裂いて、屑籠に捨てた。

島村は、井上の気魄に押されて、用意していた言葉を呑み込まねばならなかった。

「長谷川頭取からも辞表が出されてますが、これは受けとらんわけにはまいらんでしょうね」

井上は、こんどは眼もとをなごませて言った。

「第一にとっては、大変な損失ですが、慰留すべき筋あいのものではないでしょう。仕方がないでしょうね……」

「…………」

「結局、第一銀行ぐらいではグラウンドが小さ過ぎたんでしょうか。一国の総理総裁の器だったんでしょうかね。百年に一人出るか出ないかの大器かも知れない」

井上は、遠くを見ながら、つぶやくように言った。

「私もそう思います。スケールの巨きい人で、第一の頭取にしておくには勿体ないということだったのでしょうか。もうすこし早い機会に長谷川頭取が合併を断念してくださっていたら、こんなことにはならなかったのでしょうが、ほんとうに残念至極です」

「しかし、長谷川君も最後は分かってくれたんだと思います。悪あがきしないところは、さすがですよ。立派です」

井上は、かつて頭取後継者として長谷川を指名しただけに、いざ長谷川に辞表を突きつけられてみると、当然予想されたこととはいえ、なんとも名状しがたい気持ちになっていた。

3

長谷川が田実から〝白紙還元〟の諒承をとりつけて、日銀本店に宇佐美日銀総裁を訪ね、この間の事情を説明したのは、十八日午前十一時のことだ。一方、田実は二十二日午前十時過ぎ、首相官邸に佐藤首相を訪問し、三菱、第一両行の合併問題について報告している。新聞各紙は、この事件の決着がついた後だけに、いずれもベタ記事で、あっさり伝えているに過ぎない。たとえば、毎日新聞は『三菱銀行の田実渉頭取は二十二日午前十時、東京・永田町の首相官邸に佐藤首相を訪れ「三菱、第一両銀行の合併は白紙還元になった」と報告した』と五行のうめくさ程度の扱いである。朝日新聞は、『この席で、田実頭取は政府の協力を受けながら両行の合併が白紙還元になったことに遺憾の意を表した』とつけくわえているが、それでもわずか九行のベタ記事である。日本経済新聞は『佐藤首相も「世論も支持をしており、政府としても支持をしていただけに残念である」と述べた』と、朝日より三行余分だが、一段扱いであることにはかわりはない。

日本列島が揺れ動かんばかりの大報道合戦を演じたわりには、なんとも呆気ない幕切れだが、白紙還元ではまさに大山鳴動してのくちだから、新聞が冷淡になるのもやむを得ないところであろう。それにしても、佐藤首相の言う「世論の支持」が得られたかどうかは疑問である。むしろ世論の支持を得たのは逆に合併反対派であったとみるべきで、このことは、読売以外の各紙の論調をみれば一目瞭然である。歴史にイフは禁句だが、もし、読売のスクープなかりせばどうなっていたろうか——。たしかに考えさせられることではある。

長谷川頭取、峰岸副頭取、清原、安田、日下、小沢四常務らが辞表を提出したのは一月二十二日のことである。

また、長谷川は、岡本取締役を通じて「持病の心臓病が思わしくないので、二十三日から信濃町の慶応病院に入院したい」と井上に申し出た。

この間の経緯を、第一銀行小史は、「酒井相談役、井上会長、水津前副頭取は三者会談を開いた結果、頭取の辞任は遅くとも五月末までに認めるが、当面は現職のまま病気療養に専念させ、水津取締役の副頭取復帰を中心とした新人事で事態を収拾するということで意見が一致した」と伝えている。峰岸、清原、安田の取締役への降格も合わせて、この役員人事を正式に決めたのは翌二十三日の臨時取締役会であった。

第一銀行が長谷川頭取名で、次のような挨拶状を関係各方面に送付したのは二十四日のことだ。

謹啓　きびしい寒さの続く今日このごろでございますが、あなたさまにはますますご清栄のこととおよろこび申しあげます。

平素は格別のお引き立てを賜わり、ありがたく厚くおん礼申しあげます。

さて、本年元日早々より新聞等によって報ぜられました当行と三菱銀行との合併問題につきましては、何かとひとかたならずご迷惑をおかけいたしましたことと存じ、ここに衷心よりお詫び申しあげる次第でございます。

三菱銀行との合併問題は、このたび同行と円満な話し合いにより白紙還元の了解に達しました。ここに謹んでご報告申しあげますとともにみなさまがたのあたたかいご理解をいただけますようお願い申しあげる次第でございます。

当行は今後とも従来同様、株主並びにお取引先のみなさまのご繁栄のために、全店全力をあげてご奉仕する決意でございます。なにとぞいっそうのご理解とご支援を賜わりますよう伏してお願い申しあげます。

まずは略儀ながら書中をもってご挨拶申しあげます。

敬　具

長谷川が慶応病院へ入院したのは、心臓病の悪化にもよるが、うるさい新聞記者や雑誌記者から逃れるためでもあった。

長谷川が入院している慶応病院の特別室に、銀座でクラブを経営している富美江が見舞いにやってきたのは二月初めの午後のことである。

「絶対安静で面会謝絶だが、美人で若い女性は特別だよ」

長谷川はよほど体調がよかったとみえ、きよ子夫人とチェスに興じていたが、そんな冗談を言うほど元気だった。

富美江は、長谷川が入院したことを新聞で知り、すぐにも見舞いに来たかったのだが、病状が分からず、絶対安静ということも考えられるし、それではかえって迷惑をかけることになると思って遠慮していたのである。

「この人は、赤坂のNの女将の令妹ですよ。なかなか勉強家でね」

長谷川が、富美江をきよ子夫人に紹介すると、夫人は「ご機嫌よう。ようこそおいでくださいました。いつも長谷川がお世話になっております」

と、しとやかに挨拶を返してきた。

学習院出の才媛という先入観もあって、富美江はなにやら圧倒される思いで、早々に辞去した。

長谷川が、富美江の経営するクラブに顔を出してくれたのは二度か三度だが、けっこう色々なお客を紹介するなど応援してくれたのである。富美江は、読売新聞のスクープ以来、毎日、数種類の新聞を読みあさり、富美江なりに心配していたのだが、長谷川が元気そうなので安心した。

4

辞　任　願

私儀

今般都合により取締役を辞任いたしたく此の段御願い申し上げます。

昭和四十四年三月二十九日

島村道康

株式会社第一銀行

取締役会長　井上薫殿

島村が辞表を懐に井上を訪ねたのは、三月二十九日の朝である。

実は、合併問題の白紙還元が決まった時点で、島村は辞表を提出したのだが、井上は受けてくれなかった。島村は、東亜ペイント転出後も、第一銀行の常務並みの給与差額をもらっていたが、二ヵ所から禄を食むことをいさぎよしとしなかった。

井上に強く慰留されたとき、井上の思いやりに感謝の念が湧くと共に、かえってつらくなった。

島村は、早く辞表を受けてもらわなければ、と思いながら、井上が合併問題の事後処理に忙殺されていたことがわかっていただけに、つい一日延ばしにしてきたが、今度こそはと井上を訪ねたのである。

「会長、きょうはどんなことがあっても受けていただきますよ」

島村は、「取締役会長　井上薫様　御侍史」と墨書した白い封筒をテーブルの上に置いた。

「あなた、これは困りますよ」

井上は、封書を島村のほうに押しやって、話をつづけた。

「あなたには、まだやってもらいたいことがあるんですよ。とにかく、これは受けとれません」

「会長のお気持ちは大変ありがたいと思いますが、それに甘えてばかりもいられません。いつかも申しあげましたが、東亜ペイントの仕事に全力投球するためにも、第一の取締役の肩書はむしろ邪魔になります。東亜には合併騒ぎでさんざん迷惑をかけてしまいましたから、せめてその償いをしなければ、バチが当たります」

「あなたらしいが、東亜ペイントの専務ぐらいではあなたには役不足ですよ」

「そんなことはありません。どうか私の気の済むようにさせてください。これから、大阪の本社へ行かなければなりませんので……」

島村は辞表を置いて逃げるように、会長室を後にした。

島村は、エレベーターを使わずに、感慨をこめて一歩一歩踏みしめるようにゆっくりと階段を降りて行った。島村は階段の途中でふと足を止めた。「大は国家、または自分の所属する企業に身を挺して尽くせ、仲間のために働け……」と訓えてくれた亡父の威厳に満ちた顔が眼に浮かんだのである。そして戦死した長兄の顔、急逝した長男の道明の顔も……。

〝亡き父の訓へに我は導かれ、重き使命に出で立ち往かん〟嚙みしめるように低く島村はつぶやきながら、また歩き始めた。春の彼岸には行けなかったが、さっそく時間をつくって墓参りをしようと考えているうちに、島村はいまは亡き藤田常務の顔が連想的に思い浮かんだ。藤田の墓前にも大願成就を報告しなければ……。

やわらかな春の陽射しを躰いっぱいに浴びながら、大きく深呼吸をしてから、島村は荘重な第一銀行本店ビルの玄関をもう一度ふり返った。

〈参考資料〉

▽『第一銀行小史――九十八年の歩み――』第一勧業銀行資料展示室
▽『月刊金融ジャーナル』(一九七一年八月号)松本俊一「勇気ある第一・三菱の合併工作の記録」金融ジャーナル新社
▽『日経ビジネス』(一九七九年二月十二日号、二月二十六日号)新井淳一「ドキュメント決断　三菱―第一銀行、幻の合併劇」日経マグロウヒル社
▽『月刊宝石』(一九六九年三月号)三鬼陽之助「幻の世界第五位銀行」光文社
▽『月刊現代』(一九六九年三月号)国頭義正「報道されなかった三菱、第一合併の裏側」講談社
▽『経済セミナー』(一九六九年二月号)津田八郎「三菱・第一合併騒動顚末記」日本評論社
▽『週刊東洋経済』(一九六九年一月十八日号)「三菱・第一合併の問題点を衝く」
▽『週刊新潮』(一九六九年一月十八日号)「スクープされた三菱・第一の合併」、同(一九六九年一月二十五日号)「合併失敗で逆転した第一銀行の出世地図」新潮社
▽『週刊文春』(一九六九年一月二十七日号)紀尾井三郎「三菱・第一銀行合併の真

相」文芸春秋社
▽『週刊読売』（一九六九年一月二十四日号）「三菱・第一銀行合併劇の舞台裏」読売新聞社
▽『財界』（一九六九年二月一日号）「第一銀行・長谷川頭取の大いなる誤算」財界研究所
▽『別冊中央公論』（一九六九年三月二十五日号）向井久典「三菱・第一銀行合併流産の力学」中央公論社
▽『週刊現代』（一九六九年二月六日号）「頭取を躓かせた第一銀行行員の憂鬱」講談社

解説

堺 憲一（東京経済大学教授）

いまなら、大銀行の合併話が話題に上っても、あまり驚く人はいないだろう。これまで、実に多くの合併や経営統合が繰り返された。もとの名称さえ、すぐにはわからないほどである。ところが、四十年ほど前にさかのぼると、そのようなニュースはまさに「青天《せいてん》の霹靂《へきれき》」、右往左往《うおうさおう》の大騒ぎ。都市銀行同士の合併は、それほどめずらしい出来事だった。

一九六九（昭和四十四）年元旦。読売新聞朝刊に、三菱銀行（現・三菱東京ＵＦＪ銀行）と第一銀行（現・みずほ銀行）の合併がスクープされた。成立すれば、戦後初の都市銀行同士の合併になるはずであった。当時の預金高は、三菱銀行二兆二千億円、第一銀行一兆四千億円。合併が実現すれば、トップの富士銀行（現・みずほ銀行）をはるかに上回る「メガバンク」が誕生する。大蔵省（現・財務省）が、資本の自由化に伴う国際化に対応するため、都市銀行の合併を軸とする金融再編成を構想し始めていたころだ。ところが、この合併話はわずか十三日で幻《まぼろし》に終わってしまう。第一銀行内部での反対運動が激しくなり、白紙に戻されたのである。

合併は成立しなかったとはいえ、その事件は、多くの人の記憶にとどめおかれるべき、戦後銀行史における一大事件と呼ぶに値するものであった。日本における金融再編成の「事実上のスタート」と考えることができるからだ。

本書は、三菱・第一両銀行の合併話の顚末《てんまつ》を描いた実名小説である。合併を考えるときに直面する、多くの複雑で多岐にわたる課題（時代背景、日本的経営との関係、当事者の考え方、進め方、予想される障害、克服するための方策など）の「原形」がほぼ出そろっている。その意味で、普遍的な意義をもつ作品に仕上げられている。

本書の主人公は、第一銀行常務取締役の島村道康だ。役員で合併に反対したのは、彼だけであった。長谷川重三郎頭取によって子会社に追放されたにもかかわらず、その後も反対運動を続けた人物である。著者の高杉が島村と知り合ったのは、業界紙の記者として活躍していたころ。日本ゼオン社長としての島村には何度もインタビューしていたのである。ところが、『日経ビジネス』に掲載されたわずか数行の記事が、高杉をして、元第一銀行常務としての島村を主人公にした小説の執筆へと駆り立てた。「埋もれていたドラマ」が掘り起こされ、まとめ上げられたのが本書。だから、『大逆転！』は、経済小説の形をとった、作家高杉の「スクープ」と言えるものだ。もしこの本が刊行されなかったら、島村の存在も、信念を貫いた第一銀行常務として後世に語り継がれることはなかったことだろう。一般には、合併反対運動というと、いつも井上薫会長の名前が挙げられるが、島村がいなければ、大逆転のドラマが始まらなかったのだから。

本書のメインストーリーは、トップレベルでの合併合意↓第一銀行内での反対運動↓「大逆転」↓白紙撤回というプロセスの描写にある。ストーリーの詳細は、読む人のお楽しみということになるが、軸になる構図を紹介しておきたい。

一九六八（昭和四十三）年五月十八日。第一銀行常務の島村道康に頭取の長谷川から呼び出しがかかった。「三菱と合併したいと考えてるんだが、きみの意見を聞かせてくれませんか」。それに対し、「賛成いたしかねます」と答える島村。長谷川は、第一銀行の実質的創業者である渋沢栄一を実父に持ち、二年前に五十八歳でなるべくして頭取に。就任後は、「独裁者」といっていいほど強力に決定権を行使してきた。一方の島村は、「土佐いごっそう」。高知県人の気性を表す語で、信念を曲げない頑固者という意味だ。そのうえ、若いころに一緒に仕事をしたこともあり、長谷川にもはっきりものがいえる数少ない役員の一人であった。

長谷川の意見はこうだ。あくまでも「対等合併」。両行の合併で、日本一はもちろん、世界第五位の大銀行になる。銀行再編成は時代の要請である。他方、島村の意見はこうだ。合併そのものには反対ではない。ところが、合併相手が三菱だと、吸収合併になってしまう。第一銀行には帝国銀行で三井銀行（現・三井住友銀行）と合併・分離した経験があり、そのことからも、財閥系銀行との合併は絶対避けるべきだ。

つまり、大所高所《たいしょこうしょ》に立って「正論《せいろん》」を述べる長谷川と、現実論・「現場の立場」を主張する島村という対立の構図が浮かびあがる。そこに、わが国のその後の多くの銀行合併劇でしばしば認められる対立の縮図を見ることができるのではないだろうか。

本書のおもしろさに、いわば「失敗例」という形で、銀行や企業の合併をうまく行うためのノウハウ・考え方が詰まっている点がある。合併が失敗した理由は、五つほどある。

第一に、三菱銀行田実渉頭取と合意を得た長谷川頭取の「独断」で話が進展し、関係者への充分な根回しが行われなかった。彼は、ボード（役員会）の支持さえあれば、合併を成就できると信じて疑わなかった。自分の考えは正しいのだから、当然わかってもらえると確信していたのである。

第二に、島村や井上、それに同行のバックにいる古河・川崎グループの企業は、三菱という強力な旧財閥系銀行に呑み込まれてしまうことを警戒した。当時はまだ、旧財閥とか企業集団（グループ）といった「日本的システム」が強固に存在し、カネ、ヒトの両面で強くつながる取引先にとって、メインバンクの合併は他人事ではなかった。

第三に、表面的には「対等合併」と言われていたものの、誰の目にも明らかなように、事実上は三菱銀行による第一銀行の吸収合併であった。第一銀行の行員たちには、けっして歓迎すべきことではなかった。

第四に、既成事実をつくろうと思い、ことを急いだ結果が元旦のスクープ記事であるが、それが第一銀行内での反対運動を盛り上げるという、逆の効果をもたらした。

第五に、井上にも長谷川にも支店長会議などで、行員たちの前で説明をする機会があったが、二人の話の仕方にはひじょうに大きな違いがあった。井上の語り口は、非常に具体的で説得力があり、情に訴えるところがあった。それに対し、長谷川の方は、極めて理念的な大局観に終始することが多かった。行員の心が動かされることはなかった。

確かに、アメリカなどでは、社長や頭取が一人で話を進め、重役さえ知らない間に、会社の合併が決まることもめずらしくはない。行員の気持ちなど、さほど問題にはならない。しかし、第一銀行では、本書の内容が示すように、頭取の一存だけでは、ことは運ばなかった。行内で働く者はもちろんのこと、OB、大株主、主な取引先の意見も聞かなければならなかった。ここに、「企業一家」ともいえる日本的意識が顔をのぞかせている。長谷川頭取が、「大型合併は、最高責任者が極秘に準備を進めて、抜打ちに決めるべきもの。話がもつれるのを覚悟で、幅広く根回ししなければならないようでは、大型合併なんてできない」と嘆いたのは、まさにそうした日本的な事情の反映なのである。

企業や銀行の合併それ自体がビジネスになってしまい、当事者双方に異なったアドヴァイザーがつくといった形で、合併の準備が行われることもある現在では、この本で示されるすべてのことがそのまま参考になるというわけではない。しかし、根本のところで押さえておくべき点が網羅されていると考えられる。

もっとも、後で振り返れば、必然的な結果として失敗に至った原因をそのような形でまとめることができたとしても、ほんのちょっとなにかが違っていれば、別の展開があったことを予感させてくれる場面も多々ある。それこそが、歴史の現場にいるという臨場感なのだ。

もし、田実、長谷川両頭取の付き合いがそれほど緊密なものでなかったら、島村家の家訓が別のものであったら、長谷川の演説力がもっと素晴らしいものであったら……！

そんなことを念頭におきながら、読んでいくのも、一興《いっきょう》ではないだろうか。

ともあれ、そのように感じさせるのは、入念な取材、資料の吟味《ぎんみ》、考え抜かれた文章、この本の執筆にかけた心意気、つまるところ、高杉の作家としての力量の高さが大いに関係している。いい経済小説は数十年～百年後には優れた歴史小説としても評価されるというのが、私の持論。この作品もそうした評価を受けることになるだろう。

旧財閥や企業集団という枠を超えて、銀行を統合させ、国際的競争力のある「メガバンク」を創設するという、長谷川の金融再編構想。一九六九年の時点では、幻で終わったが、二年後、第一銀行はほかの銀行と合併することになる。そのときの主役は、なんと皮肉なことに、三菱銀行との合併に対して反対運動を推進した会長の井上その人であった。責任を取って辞任した長谷川に代わり、頭取に復帰した井上。長谷川の失敗を教訓にして周到な準備を行ったうえで、日本勧業銀行との「対等合併」を成功させ、第一勧業銀行を創設させる。

　さらに興味深いのは、同じ高杉が、第一銀行と勧業銀行との合併劇を『大合併』という小説にまとめあげていることだ。したがって、『大逆転！』と『大合併』はまさにワンセットで読まれるべきものと言えるだろう。

　ただ、第一勧銀の成立は金融再編成に向けての前進であったことは確かであるが、まだ本格的な再編と言えるものではなかった。「私の判断が間違っていないことが、いつの日かあなたもお分かりいただけると信じています」と、井上会長に言い放った長谷川。彼の言葉が文字通り日の目を見るには、バブル崩壊後の長期的な不況、経済のグローバル化、旧財閥や企業集団の枠を超えた連携といった、九〇年代以降の「歴史」というフィルターを通る必要があった。

　最後に、高杉作品のなかでの本書の位置を確認しておこう。『大逆転！』を契機に、『大合併』からさらには『金融腐蝕列島』シリーズに。高杉の関心が、第一銀行から第一勧業銀行へ、さらには日本の銀行業の再編へとつながっていくきっかけになった作品である。

「人に対するやさしい眼」「懸命に働く人への応援歌」「前に歩み出すための活力源」。『大逆転!』は、そのようなメッセージを読者に与え続けている「タカスギ・ワールド」を確立させた小説なのである。

本書は、一九八三年二月に講談社文庫より刊行された
『大逆転！』を改訂し文字を大きくしたものです。

|著者|高杉 良　1939年東京都生まれ。専門誌記者・編集長を経て、'75年『虚構の城』でデビュー。以後、企業小説・経済小説を次々に発表する。著書に、『あざやかな退任』『生命燃ゆ』『小説 日本興業銀行』『辞令』『勇気凜々』『首魁の宴』『濁流』『青年社長』『銀行大統合 小説みずほＦ　Ｇ《フィナンシャルグループ》』『不撓不屈』『乱気流 小説・巨大経済新聞』『迷走人事』『市場原理主義が世界を滅ぼす！』『暗愚なる覇者 小説・巨大生保』など。また、『高杉良経済小説全集』（全15巻）も刊行されている。近刊に『消失 金融腐蝕列島〔完結編〕』『挑戦 巨大外資』『反乱する管理職』『罪深き新自由主義』（佐高信氏との共著）がある。

新装版《しんそうばん》　大逆転《だいぎゃくてん》！　小説《しょうせつ》　三菱《みつびし》・第一銀行合併《だいいちぎんこうがっぺい》事件《じけん》

高杉《たかすぎ》　良《りょう》

講談社文庫
定価はカバーに
表示してあります

2010年6月15日第1刷発行

発行者——鈴木　哲
発行所——株式会社　講談社
東京都文京区音羽2-12-21　〒112-8001
電話　出版部（03）5395-3510
　　　販売部（03）5395-5817
　　　業務部（03）5395-3615
Printed in Japan

デザイン—菊地信義
本文データ制作—講談社プリプレス管理部
印刷———信毎書籍印刷株式会社
製本———株式会社大進堂

落丁本・乱丁本は購入書店名を明記のうえ、小社業務部あてにお送りください。送料は小社負担にてお取替えします。なお、この本の内容についてのお問い合わせは文庫出版部あてにお願いいたします。

ISBN978-4-06-276632-6

講談社文庫刊行の辞

二十一世紀の到来を目睫に望みながら、われわれはいま、人類史上かつて例を見ない巨大な転換期をむかえようとしている。

世界も、日本も、激動の予兆に対する期待とおののきを内に蔵して、未知の時代に歩み入ろうとしている。このときにあたり、創業の人野間清治の「ナショナル・エデュケイター」への志を現代に甦らせようと意図して、われわれはここに古今の文芸作品はいうまでもなく、ひろく人文・社会・自然の諸科学から東西の名著を網羅する、新しい綜合文庫の発刊を決意した。

激動の転換期はまた断絶の時代である。われわれは戦後二十五年間の出版文化のありかたへの深い反省をこめて、この断絶の時代にあえて人間的な持続を求めようとする。いたずらに浮薄な商業主義のあだ花を追い求めることなく、長期にわたって良書に生命をあたえようとつとめるところにしか、今後の出版文化の真の繁栄はあり得ないと信じるからである。

同時にわれわれはこの綜合文庫の刊行を通じて、人文・社会・自然の諸科学が、結局人間の学にほかならないことを立証しようと願っている。かつて知識とは、「汝自身を知る」ことにつきていた。現代社会の瑣末な情報の氾濫のなかから、力強い知識の源泉を掘り起し、技術文明のただなかに、生きた人間の姿を復活させること。それこそわれわれの切なる希求である。

われわれは権威に盲従せず、俗流に媚びることなく、渾然一体となって日本の「草の根」をかたちづくる若く新しい世代の人々に、心をこめてこの新しい綜合文庫をおくり届けたい。それは知識の泉であるとともに感受性のふるさとであり、もっとも有機的に組織され、社会に開かれた万人のための大学をめざしている。大方の支援と協力を衷心より切望してやまない。

一九七一年七月

野間省一

講談社文庫 最新刊

香月日輪
妖怪アパートの幽雅な日常④
夕士、高二の夏休み。魔道士の修行レベルアップで息も絶え絶え。世界はまたひとつ広がる。

高杉　良
新装版 大逆転！〈小説 三菱・第一銀行合併事件〉
〝吸収合併〟には耐えられない！　一人反対の姿勢を貫いた役員の真情を描いた傑作長編。

椰月美智子
しずかな日々
五年生のあの夏の日、ぼくの人生は変わった。野間児童文芸賞、坪田譲治文学賞ダブル受賞作。

阿部　佳
わたしはコンシェルジュ
「けっしてNOとは言えない職業」その素敵で大変な仕事をコンシェルジュ自身が描く。

藤　水名子
紅《こう》嵐《らん》記《き》(上)(中)(下)〈元末群像異史〉
紅巾の乱に身を投じた男は、やがて朱元璋となる。動乱の元末を舞台に描く壮大な群像劇。

柏葉幸子
ミラクル・ファミリー
父さんの昔話は秘密の匂い。小さな奇跡でつながる家族を描く、産経児童出版文化賞受賞作。

北原尚彦
死美人辻馬車
19世紀、イギリス。今よりも不思議な世界の扉が身近にあった。〈文庫オリジナル〉

野村　進
脳を知りたい！
脳研究の最先端をできるだけ専門用語を使わずに解説。脳の神秘が誰にでもすぐわかる。

リース・ボウエン
羽田詩津子 訳
押しかけ探偵
探偵修業のために強引に弟子入りした師匠のライリーが殺された。犯人は私が見つける！

永　六輔
矢崎泰久
ふたりの品格
話しきらなきゃ、あの世に行けぬ。行けぬならもう一席。世相を憂い、悪を斬りましょう！

原　武史
滝山コミューン一九七四
マンモス団地の小学校の〝自由で民主的な教育〟は、ひとりの少年をなぜ追いつめたのか。

講談社文芸文庫

三浦朱門
箱庭
戦後二十年、東京山の手を舞台に、一つの屋敷内に住む父母、長男夫妻、次男夫妻の世代の異なる三カップルが繰り広げる悲喜劇。「家族」の静かな崩壊を描く力作長篇。
解説＝富岡幸一郎　年譜＝柿谷浩一
978-4-06-290089-8
みJ1

大岡昇平
常識的文学論
歴史小説や推理小説など、大衆小説が文壇の主流へ進出しつつあった一九六〇年代初頭、こうした流れとそれを受容する言説に対し、根底的に批判した文芸時評集。
解説＝樋口覚　年譜＝吉田凞生
978-4-06-290088-1
おC12

吉本隆明
書物の解体学
現代世界に多大な影響を与えた欧米の文学者・思想家——バタイユ、ヘンリー・ミラー、ユング他の計九人を批評家の経験のみを手がかりに論じた画期的作家論集。
解説＝三浦雅士　年譜＝高橋忠義
978-4-06-290090-4
よB6

高杉　良　指名解雇
高杉　良　燃ゆるとき
高杉　良　挑戦つきることなし〈小説ヤマト運輸〉
高杉　良　辞表撤回
高杉　良　銀行大合併〈短編小説全集(上)〉
高杉　良　エリートの反乱〈短編小説全集(中)〉
高杉　良　金融腐蝕列島(上)(下)
高杉　良　小説ザ・外資
高杉　良　銀行大統合〈小説みずほFG〉
高杉　良　勇気凜々
高杉　良　混沌《こんとん》　新・金融腐蝕列島(上)(下)
高杉　良　乱気流(上)(下)
高杉　良　小説会社再建
高杉　良　小説ザ・ゼネコン
高杉　良　新装版 懲戒解雇
高杉　良　新装版 虚構の城
高杉　良　新装版 大逆転！〈小説 三菱・第一銀行合併事件〉
高橋源一郎　日本文学盛衰史
高橋克彦　写楽殺人事件

高橋克彦　悪魔のトリル
高橋克彦　総門谷
高橋克彦　北斎殺人事件
高橋克彦　歌麿殺贋《さつがん》事件
高橋克彦　バンドネオンの豹《ジャガー》
高橋克彦　蒼《あお》夜叉《やしゃ》
高橋克彦　広重殺人事件
高橋克彦　北斎の罪
高橋克彦　総門谷R　阿黒篇
高橋克彦　総門谷R　鵺(ぬえ)篇
高橋克彦　総門谷R　小町変妖篇
高橋克彦　総門谷R　白骨篇
高橋克彦　1999年〈対談集〉
高橋克彦　星封陣
高橋克彦　炎立《ほむら》つ　壱 北の埋み火
高橋克彦　炎立つ　弐 燃える北天
高橋克彦　炎立つ　参 空への炎
高橋克彦　炎立つ　四 冥き稲妻
高橋克彦　炎立つ　伍 光彩楽土〈全五巻〉

高橋克彦　白妖鬼
高橋克彦　書斎からの空飛ぶ円盤
高橋克彦　降魔王
高橋克彦　鬼
高橋克彦　火怨〈北の燿星アテルイ〉(上)(下)
高橋克彦　時宗　壱 乱星
高橋克彦　時宗　弐 連星
高橋克彦　時宗　参 震星
高橋克彦　時宗　四 戦星〈全四巻〉
高橋克彦　京伝怪異帖　巻の上 巻の下
高橋克彦　天を衝く(1)～(3)
高橋克彦　ゴッホ殺人事件(上)(下)
高橋克彦　竜の柩(1)～(6)
高橋克彦　刻謎宮(1)～(4)
高橋克彦　高橋克彦自選短編集〈1 ミステリー編〉
高橋克彦　高橋克彦自選短編集〈2 恐怖小説編〉
高橋克彦　高橋克彦自選短編集〈3 時代小説編〉
高橋　治　男波女波(上)(下)〈放浪一本釣り〉
高橋　治　星の衣

講談社文庫　目録

高樹のぶ子　妖しい風景
高樹のぶ子　エフェソス白恋
高樹のぶ子　満水子　(上)(下)
田中芳樹　創竜伝1〈超能力四兄弟《ドラゴン》〉
田中芳樹　創竜伝2〈摩天楼の四兄弟《ドラゴン》〉
田中芳樹　創竜伝3〈逆襲の四兄弟《ドラゴン》〉
田中芳樹　創竜伝4〈四兄弟《ドラゴン》脱出行〉
田中芳樹　創竜伝5〈蜃気楼都市《ミラージュ・シティ》〉
田中芳樹　創竜伝6〈染血の夢《ブラッディ・ドリーム》〉
田中芳樹　創竜伝7〈黄土のドラゴン〉
田中芳樹　創竜伝8〈仙境のドラゴン〉
田中芳樹　創竜伝9〈妖世紀のドラゴン〉
田中芳樹　創竜伝10〈大英帝国最後の日〉
田中芳樹　創竜伝11〈銀月王伝奇〉
田中芳樹　創竜伝12〈竜王風雲録〉
田中芳樹　創竜伝13〈噴火列島〉
田中芳樹　魔天楼〈薬師寺涼子の怪奇事件簿〉
田中芳樹　東京ナイトメア〈薬師寺涼子の怪奇事件簿〉
田中芳樹　巴里《パリ》・妖都変〈薬師寺涼子の怪奇事件簿〉
田中芳樹　クレオパトラの葬送〈薬師寺涼子の怪奇事件簿〉
田中芳樹　黒蜘蛛島《ブラックスパイダー・アイランド》〈薬師寺涼子の怪奇事件簿〉
田中芳樹　夜光曲〈薬師寺涼子の怪奇事件簿〉
田中芳樹　霧の訪問者〈薬師寺涼子の怪奇事件簿〉
田中芳樹　西風の戦記《ゼピュロシア・サーガ》
田中芳樹　夏の魔術
田中芳樹　窓辺には夜の歌
田中芳樹　書物の森でつまずいて……
田中芳樹　白い迷宮
田中芳樹　春の魔術
田中芳樹　タイタニア1〈疾風篇〉
田中芳樹　タイタニア2〈暴風篇〉
田中芳樹　タイタニア3〈旋風篇〉
田中芳樹 幸田露伴 原作　運命〈二人の皇帝〉
田中芳樹 土屋守　「イギリス病」のすすめ
田中芳樹ほか文 皇名月 画・文　中国帝王図
田中芳樹 赤城毅　中欧怪奇紀行
田中芳樹 編訳　岳飛伝〈青雲篇〉(一)
田中芳樹 編訳　岳飛伝〈烽火篇〉(二)
田中芳樹 編訳　岳飛伝〈風塵篇〉(三)
田中芳樹 編訳　岳飛伝〈悲曲篇〉(四)
田中芳樹 編訳　岳飛伝〈凱歌篇〉(五)
高任和夫　架空取引
高任和夫　粉飾決算
高任和夫　告発倒産
高任和夫　商社審査部25時〈知られざる戦士たち〉
高任和夫　起業前夜　(上)(下)
高任和夫　燃える氷　(上)(下)
高任和夫　債権奪還
高任和夫　生き方の流儀〈28人の達人たちに訊く〉
谷村志穂　十四歳のエンゲージ
谷村志穂　十六歳たちの夜
谷村志穂　レッスンズ
高村薫　李歐《りおう》
高村薫　マークスの山　(上)(下)
高村薫　照柿　(上)(下)
多和田葉子　犬婿入り
多和田葉子　旅をする裸の眼

講談社文庫　目録

大道珠貴　背く子
大道珠貴　ひさしぶりにさようなら
大道珠貴　傷口にはウオッカ
大道珠貴　東京居酒屋探訪
高橋和　女流棋士
高木徹　ドキュメント 戦争広告代理店〈情報操作とボスニア紛争〉
平安寿子　グッドラックららばい
平安寿子　あなたにもできる悪いこと
高梨耕一郎　京都 風の奏葬
高梨耕一郎　京都半木の道 桜雲の殺意
日明《たちもり》恩《めぐみ》　それでも、警官は微笑《わら》う
日明恩　鎮火報〈Fire's Out〉
日明恩　そして、警官は奔《はし》る
多田克己　絵・京極夏彦　百鬼解読
竹内真　じーさん武勇伝
たつみや章　ぼくの・稲荷山戦記
たつみや章　夜の神話
たつみや章　水の伝説
橘もも　バックダンサーズ！

橘もも／三浦天紗子／百瀬しのぶ／田浦智美　サッド・ムービー
武田葉月　ドルジ 横綱・朝青龍の素顔
高橋祥友　自殺のサインを読みとる〈改訂版〉
田中文雄　鼠《ねず》舞《まい》
立石泰則　ソニー最後の異端〈近藤哲二郎とA^3研究所〉
田中啓文　蓬萊洞《ほうらいどう》の研究
田中啓文　邪馬台洞の研究
田中啓文　天岩屋戸《あめのいわやど》の研究
高嶋哲夫　メルトダウン
高橋繁行　死出の門松〈こんな葬式がしたかった〉
田中克人　裁判員に選ばれたら
たかのてるこ　淀川でバタフライ
谷崎竜　のんびり各駅停車
高野秀行　西南シルクロードは密林に消える
陳舜臣　阿片戦争 全三冊
陳舜臣　中国五千年(上)(下)
陳舜臣　中国の歴史 全七冊
陳舜臣　中国の歴史 近・現代篇(一)(二)
陳舜臣　小説十八史略 全六冊

陳舜臣　琉球の風 全三冊
陳舜臣　獅子は死なず
陳舜臣　小説十八史略 傑作短篇集
陳舜臣　神戸 わがふるさと
陳舜臣　新装版 新西遊記(上)(下)
張《チャン》仁《イン》淑《スク》　凍れる河を超えて(上)(下)
筒井康隆　ウィークエンド・シャッフル
津島佑子　火の山――山猿記(上)(下)
津村節子　智恵子飛ぶ
津村節子　菊日和
津本陽　塚原卜伝十二番勝負
津本陽　拳豪伝
津本陽　修羅の剣(上)(下)
津本陽　勝つ極意 生きる極意
津本陽　下天は夢か 全四冊
津本陽　鎮西八郎為朝
津本陽　幕末剣客伝
津本陽　武田信玄 全三冊
津本陽　乱世、夢幻の如し(上)(下)

講談社文庫　目録

2010年6月15日現在